O ATLAS DO AMOR

LAURIE FRANKEL

O ATLAS DO AMOR

Tradução

LAURA SILVA NEVES

A Editora Paralela é uma divisão da Editora Schwarcz S.A.

Grafia atualizada segundo o Acordo Ortográfico da Língua Portuguesa de 1990, que entrou em vigor no Brasil em 2009.

TÍTULO ORIGINAL The Atlas of Love

CAPA Joana Figueiredo

FOTO DE CAPA Stockphotos/ Veer/ DJA65

PREPARAÇÃO Larissa Lino Barbosa

REVISÃO Juliane Kaori e Renato Potenza Rodrigues

Dados Internacionais de Catalogação na Publicação (CIP)
(Câmara Brasileira do Livro, SP, Brasil)

Frankel, Laurie
O Atlas do amor / Laurie Frankel ; tradução Laura Silva Neves. — 1ª ed. — São Paulo : Paralela, 2012.

Título original: The Atlas of Love.
ISBN 978-85-65530-05-7

1. Ficção norte-americana I. Título.

12-06420 CDD-813

Índice para catálogo sistemático:
1. Ficção : Literatura norte-americana 813

[2012]

EDITORA SCHWARCZ S.A.
Rua Bandeira Paulista, 702, cj. 32
04532-002 — São Paulo — SP
Telefone (11) 3707-3500
Fax (11) 3707-3501
www.editoraparalela.com.br
atendimentoaoleitor@editoraparalela.com.br

Para Paul,
literariamente e literalmente

PARTE I

ANTES DE TUDO

1

Quando eu tinha seis anos, encontrei um bebê no saguão do Waldorf Astoria. Envolto por um lençol e aninhado em uma verdadeira selva de vasos de plantas ao canto, ele estava num lugar em que somente uma criança de seis anos o encontraria. Para se enfiar ali, só mesmo alguém tão obcecado por *Onde vivem os monstros* que saberia reconhecer aquela floresta misteriosa e cuja avó fazia o check-in havia horas e nem estava prestando atenção mesmo. A não ser que você fosse uma recepcionista de vinte e poucos anos que escondera a gravidez e estava apavorada após ter dado à luz na hora do almoço em uma suíte no terceiro andar que não seria ocupada a semana inteira porque o carpete estava sendo trocado. Nesse caso, acho que aquela selva de vasos de plantas pareceria um bom lugar.

Eu tinha escapado da minha avó e me aventurado naquela floresta porque estava em busca de monstros. Lá, encontrei só poeira, uma moedinha que guardei no bolso para dar sorte, dois pedaços de rocambole grudados no chão — dos quais nem cheguei perto porque, mesmo aos seis anos, eu não comia pedaços de rocambole grudados no chão — e, debaixo de um tinhorão, uma coisinha se remexendo que a princípio pensei ser Max vestido de lobo.

É claro que eu não tinha idade para entender, mas de alguma maneira devo ter entendido, porque me agachei com o bebê no colo e me encostei na parede da selva de plantas e, para tentar acalmar meu novo amigo, olhei fixo em seus olhos sem piscar nem uma vez, ignorando os gritos histéricos da minha avó e o tumulto de um saguão cheio de gente estranha chamando meu nome, espiando embaixo da porta dos banheiros, na lojinha, na calçada e em mais um monte de outros lugares onde uma criança de seis anos poderia ter ido parar sem querer. Foi preciso outra criança para me achar, sua cara suja enfiada na minha selva gritou "Achei! Achei! *Eu* achei!", como se ele é que tivesse feito algo heroico.

Vi o rosto da minha avó passar do alívio à raiva e à confusão continuamente, enquanto ela tentava entender como a neta de seis anos tinha conseguido escapar dela e dar à luz em cinco minutos. Ela abriu e fechou a boca algumas vezes antes de finalmente dizer: "Janey, querida, por favor, me diga que você não roubou o bebê".

*

Mais tarde, no nosso quarto perfeito com camas brancas enormes e toalhas macias enormes e janelas enormes com milhões de luzinhas brilhantes, depois de escapar do frenesi da imprensa, que tinha tomado conta do saguão quando uma recepcionista lívida percebeu que estava na hora de abrir o jogo, coloquei meu pijama e minha avó me abraçou e disse que estava muito orgulhosa de mim.

"Você não está zangada?"

"Um pouquinho", ela admitiu, "por isso nunca, mas nunca mesmo fuja de mim e se esconda como você fez hoje. Mas eu também estou muito impressionada."

"Por quê?"

"Porque posso ver a grande garota que você vai ser quando crescer. E é uma garota adorável."

"Por quê?"

"Porque você estava assustada, mas foi corajosa. Não sabia o que aconteceria se alguém te achasse, por isso ficou calma, quietinha e não largou aquele bebê. Mesmo sabendo que eu provavelmente ia ficar zangada. Mesmo sem nunca ter cuidado de um bebê antes. Foi corajosa, esperta e carinhosa. Você tem um coração enorme", explicou minha avó.

Fiz uma proposta. "Deveríamos levá-lo para casa para morar com a gente."

"Não, meu bem. Aquele bebê pertence a outra pessoa."

"Mas se a mãe não queria o bebê..."

"O bebê não é seu, querida. Mas amanhã vamos à loja de brinquedos escolher um só para você."

Mais tarde ainda — muito mais tarde, para dizer a verdade —, minha avó disse que foi ali que tudo começou. As pessoas costumam reduzir tudo a óvulos e espermatozoides, mas quase sempre começa muito antes disso. Jill acha que começou quando Dan salvou o diretório acadêmico. Katie acha que foi com os profiteroles. Mas minha avó insiste que foi vinte anos antes, no saguão do Waldorf Astoria. É difícil saber com certeza, mas parece um pouco cedo demais. Eu mesma acho que o momento derradeiro foi com Jill na parte de bolachas do supermercado. Todo o resto se seguiu dali. Família não é uma questão de sangue, mas de destino. Não dá para escolher.

2

Conheci Jill na parte de bolachas do supermercado na noite anterior ao início do ano letivo, a última noite antes de começarmos a pós-graduação e a dar aulas. Achei que seria bom ter algo para beliscar enquanto esperava o amanhecer em pânico. Jill enchia o carrinho de bolachas água e sal.

"Ei, você é aquela estrangeira", ela disse, reconhecendo-me da orientação.

"Sou de Vancouver", respondi.

"O Canadá é outro país", explicou Jill com razão. É verdade, pensei. Mas eu me sentia completamente em casa. Seattle é quase no Canadá.

"Quantas bolachas", eu disse. O papo não estava indo nada bem.

Ela não deu importância. "São baratas. E eu não gosto de supermercados."

"Então você pretende punir o mercado comprando todas as bolachas?"

"Estou comprando o máximo agora para não ter que voltar."

"Elas vão ficar velhas."

"Bolacha água e sal sempre tem gosto de velha, então tudo bem", ela explicou.

"E as vitaminas?", perguntei. Ela me olhou com cara de espanto. "Vitaminas, nutrientes... Comida saudável, sabe?"

"Quem é você para falar de comida saudável?", Jill perguntou, olhando para a minha cesta de compras. Macarrão, arroz de saquinho, bolachas. "Essas coisas aí não vão te encher de nutrientes." Era verdade de novo.

"Eu vou à feira amanhã", expliquei, embora não tivesse pensado nisso até aquele exato segundo. "Só vim aqui para comprar o básico."

"Eu não como legumes, mas você pode me pegar depois da aula", disse Jill, como se tivesse sido convidada. "Talvez eu consiga absorver algumas vitaminas andando com as suas compras."

"Meu nome é Janey", eu disse, esticando minha mão. Ainda estava meio atordoada com a cara de pau de Jill, mas feliz por quase ter uma amiga.

"Eu me lembro. Janey do Canadá."

Não foi assim de cara. Costumávamos sentar juntas nas aulas, mas só. Até que, uma tarde, ao sair da classe, perguntei a ela: "Você não vai para casa e janta bolacha, né?".

"Às vezes."
"Só bolacha?"
"Ou um sanduíche."
"Sanduíche de bolacha?"
"Às vezes. O que você costuma jantar?"
"Macarrão. Ou arroz. Mas com legumes."
"Você cozinha?"
"No micro-ondas. Mesmo assim... você deveria vir jantar um dia desses."
"Eu sei me cuidar", respondeu Jill.
"Parece que não", retruquei. Eu ainda não sabia como aquilo era verdade. Ela veio jantar. Descongelei brócolis no micro-ondas com molho de queijo e ervilha na manteiga, depois misturei tudo com macarrão. Penne com molho de manteiga e queijo com brócolis e ervilha. Devia ter algumas vitaminas ali, mas o aspecto era meio nojento.
"Isso é meio nojento", disse Jill.
"Melhor que jantar bolacha."
"Não tenho tanta certeza disso."

Como eu também não tinha muita certeza disso, decidi que íamos aprender a cozinhar. Diante dos fatos, Jill reconheceu que era uma boa ideia. Não podia ser assim tão difícil. Livros de cozinha são livros, e livros são nossa especialidade. Peguei vários deles e fomos ao Pike Place Market naquele domingo à tarde. Jill sugeriu comer primeiro.
"Viemos aqui para cozinhar", protestei.
"Viemos aqui para comprar."
"Então vamos às compras."
"Não se deve comprar comida de estômago vazio", ela explicou com sabedoria.
"Mas você só compra bolacha."
"Não quando estou com fome."
Ela me levou a uma lanchonete minúscula mais adiante na rua do mercado, com papel de parede surrado, chão grudento e duas mesinhas frágeis com cadeiras diferentes entre si. A moça no balcão mascava chiclete de uva com um cheiro forte e acariciava um pastor-alemão enorme e inacreditavelmente plácido (ou catatônico).
"Não quero comer aqui, não."
"A comida é ótima", assegurou Jill. "Minha mãe adora este lugar."
"É imundo."
"Você não gosta de cachorro?"

"Eu amo cachorro, mas não na minha comida."

"Ela está de luvas."

"E faz carinho no cachorro com as luvas."

"Nada aqui custa mais de cinco dólares", empolgou-se Jill.

"Prefiro pagar mais por um sanduíche sem pelo de cachorro", respondi.

Decidimos tomar café com leite em vez de comer. Depois, passamos pelas barracas de frutas e legumes, de peixe, de queijo, de doces e de castanhas. Pela loja de vinhos. Era um pouco estranho para nós, mas divertido. Era um pouco estranho para nós, mas as pessoas estavam dispostas a olhar nossa lista e dar sugestões. Já estava escuro quando voltamos para casa.

"Estou cansada demais para aprender a cozinhar", declarou Jill, desabando no chão com estardalhaço.

"Você tomou três cafés", eu disse. Mas Jill só conseguiu se deslocar até o sofá, onde ficou me ajudando pelo resto da noite, à sua maneira — provando quantidades copiosas de vinho e queijo e determinando quais ficavam melhor juntos. Enquanto isso, fiz o jantar mais árduo da história. Levei meia hora para picar três cenouras e um maço de brócolis. Pesquisei por uma hora na internet a melhor maneira de grelhar um filé de peixe. As batatas ficaram cozinhando por duas horas e meia, mas nem assim ficaram prontas, porque o forno estava a duzentos graus, já que eu estava assando biscoitos ao mesmo tempo (eles também ficaram meio crus, mas é melhor comer biscoitos crus a queimados). Já passava de meia-noite quando terminamos de jantar. Eu não conseguia pensar em fazer aquilo nem uma vez por mês, quanto mais todas as noites.

"Gosto mais de bolacha água e sal", declarou Jill.

"Você está bêbada demais para saber", respondi.

"É verdade", ela riu. "E os biscoitos estariam muito pior se eu tivesse ajudado."

Quando chegou o feriado de Ação de Graças, eu já sabia razoavelmente o que fazer com frutos do mar e legumes, mas animais com patas permaneciam um mistério para mim. Eu não conseguia aceitar a ideia de enfiar a mão por um buraco no peru (feito quando a cabeça é cortada), retirar as entranhas e rechear com farofa. Propus então que virássemos vegetarianas. Preparamos um banquete sem peru. Mas um banquete não é banquete se for pequeno. Preparei *latkes* (já era quase Chanucá), purê de maçã ("Por que comprar pronto quando você pode se torturar?", perguntou minha avó em um e-mail em que mandava a receita da mãe dela), refogado de vieiras ("Supervegetariano", disse Jill), beterrabas assadas e profiteroles com diferentes recheios de sobremesa. Acendemos velas e demos graças — por termos sobrevivido até o feriado, ao fim do primeiro semestre, ao fim do ano. Agradecemos pelos milagres passados — aprender a cozinhar, a lecionar, seguir com a pós-graduação, não ter que comer espinafre congelado com molho branco em cima de arroz de saquinho todas as noites. Agradecemos por nossa amizade.

Ninguém sobrevive à pós-graduação sem aliados. A pós é como a guerra, a diplomacia internacional ou os últimos anos da escola — um terreno perigoso contra o qual ficamos indefesos sem um mínimo de ajuda. Para isso, eu tinha Jill. E, também como na guerra, na diplomacia internacional e na escola, há inúmeros arqui-inimigos na pós. Todo mundo tem um. A nossa se chamava Katie Cooke. Ela estava sempre vestida de maneira exagerada, arrumada demais, fazia tricô durante as aulas, usava canetas coloridas e pendurava os óculos de leitura em alças que sempre — sempre — combinavam com as roupas. Katie se sentava no meio da primeira fileira quando as cadeiras estavam arrumadas em filas e ao lado do professor quando nos sentávamos em círculo. Ela erguia a mão para responder a toda e qualquer pergunta. Era fascinada pela era vitoriana *e* mórmon. Passamos noites e noites daquele semestre tomando cerveja e rindo dela. Ela era nossa válvula de escape.

Como ainda tínhamos um monte de sobras na segunda-feira após o feriado, levamos os profiteroles para a aula. Todo mundo ficou impressionadíssimo com o fato de que eu os havia preparado, até Katie. Depois da aula, ela nos cercou.

"Esses profiteroles são maravilhosos", disse entusiasmada. "Você deve ser uma ótima cozinheira."

"Ainda estou aprendendo", respondi, meio blasé. "Devagar."

"Estavam muito bons mesmo. E são saudáveis também. São tão pequenos que dá para comer um monte sem problemas."

"Eu não tinha pensado nisso", respondi, imaginando se além de maluca ela também era chata.

"Ninguém mais na pós cozinha", Katie acrescentou.

"Pois é."

De repente, ela agarrou meu braço. "Você tem que me ensinar", sussurrou.

"O quê?"

"Você tem que me ensinar, eu não sei cozinhar. E deveria saber, meu sobrenome é Cooke."

"Você não sabe cozinhar?!" Jill não acreditava. "Mas você parece uma rainha do lar. Tricota durante a aula. Usa terninho."

"É, só que não sei cozinhar." Estávamos em choque. Não só porque ela não sabia cozinhar, mas porque estava falando com a gente. Katie é uma pessoa surpreendente. Mas eu ainda não sabia disso.

Eu queria ter dito: "Também não sei cozinhar. Só estou começando", ou "Agora estou enrolada com os estudos, vamos deixar para depois?", ou ainda "Mas a gente não gosta de você". Em vez disso, entrei em pânico e disse: "Tenho praticado aos domingos. Jill ajuda provando e palpitando. Você pode se juntar a nós". Jill me encarou.

"Aos domingos fico na igreja até o meio-dia pelo menos", disse Katie.

"Tudo bem", respondi.

"Mas posso ir depois. Você compra alguma coisa?"

"Como assim?"

"Você compra alguma coisa? Não posso comprar nada aos domingos. Mas outras pessoas podem cozinhar pra mim. Desde que eu não pague."

"Valeu", disse Jill.

"Você pode chegar depois das compras, mas antes de cozinhar", sugeri.

"Estou tão animada", disse Katie, batendo palmas de felicidade. Não posso dizer que eu e Jill sentíamos o mesmo.

Naquele domingo, preparei pizzinhas e legumes ao forno. Jill ficou no sofá, bebeu vinho e atazanou Katie.

"Então, me conta... Era vitoriana? Parece meio babaca...", começou Jill.

"Não é tão bab... conservador assim", substituiu Kate. "Eu diria regulamentado, contido, ou mesmo nobre. E cheio de contradições."

"É por isso que você é mórmon?", insistiu Jill.

"Por causa das contradições?"

"É, também. E do conservadorismo."

"A família do meu pai é mórmon há cinco gerações. Se quiser, posso te explicar tudo a respeito", disse Katie.

"Não, obrigada. Isso de não poder tomar café já basta pra mim. O que tem de errado com o café, afinal?"

"Resumindo? Café vicia."

"Vinho também."

"Também não tomamos vinho", explicou Katie.

"Nem vinho?!" Jill estava horrorizada.

"Nem vinho."

"Mas a Bíblia tem vinho em tudo quanto é canto", protestou Jill. "Você já leu a Bíblia?"

"Resumindo?", repetiu Katie. "É uma leitura moderna. É importante que as pessoas consigam se controlar o tempo todo. É importante e difícil. E o vinho não ajuda em nada."

Jill revirou os olhos. "E por que você está tão desesperada para aprender a cozinhar?"

"Para casar", disse Katie.

"Você está noiva?"

"Não."

"Namora?"

"Não."

"Acha que acabou de conhecer o cara certo? Apaixonou-se por um amigo? É um casamento arranjado?"

"Estou esperando impacientemente", contou Katie. "E me preparando nesse meio-tempo."

"Até que eu gostei dela", confessei a Jill depois que Katie foi embora.

"Ela é tão esquisita", disse Jill. "Disse que queria aprender a cozinhar e depois nem prestou atenção."

"Nem você", eu disse.

"É, mas eu nunca quis aprender a cozinhar pra valer. Eu só queria que você aprendesse a cozinhar pra mim."

No domingo seguinte eu e Jill fomos comprar comida e Katie nos acompanhou, o que era permitido desde que ela não pagasse por nada. Ela estava se tornando uma arqui-inimiga cara. Depois fomos para casa e eu cozinhei enquanto Katie e Jill ficavam na sala conversando. Katie tinha resolvido que era mais divertido socializar que aprender a cozinhar. E ela não cedeu às provocações nada gentis de Jill. Veio e ficou. O que podíamos fazer? Tínhamos uma arqui-inimiga a menos. Ficamos sem rivais.

Mais tarde, muito mais tarde, ele também vai se perguntar, como minha avó, como foi que tudo começou. Ele, que nos conhecerá tão profundamente, imaginará como pessoas tão diferentes se encontraram. E por quê. Ele vai fazer essa pergunta. E eu vou pular a parte do Waldorf Astoria e contar essa história direto, pois é aqui que tudo realmente começou, em algum lugar entre os monstros e os profiteroles, com uma amizade. Vou contar a ele que, muito antes de óvulos e espermatozoides, havia uma resplandecente, linda, indescritível, cega e inabalável fé.

3

T. S. Eliot devia estar na pós-graduação quando chegou à conclusão de que abril é o mês mais cruel. Em abril, eu tinha duas monografias de vinte e cinco páginas para escrever, uns doze livros (do tipo chato, de crítica literária) para ler para cada uma delas e cinquenta relatórios de pesquisa para avaliar, com cerca de quarenta e cinco minutos cada, para os dois cursos de introdução à redação que eu lecionava. Isso porque, quase quatro anos depois da seção de bolachas e do início da pós, eu sabia o que estava fazendo, mas não sabia como fazê-lo de forma eficiente. Por um lado, eu dava aulas na Rainier University, uma instituição de ensino de primeira categoria, e lia e pensava sobre literatura para ganhar a vida, ainda que mal. Por outro, eu não era oficialmente professora universitária, apesar das horas e horas preparando aulas, fazendo reuniões com alunos e dando notas. Meus professores lecionam na mesma escola que eu, dão aulas (como eu) em dois cursos por semestre, são pagos, como eu, para dar aulas e ler livros e escrever sobre eles para ganhar a vida — só que há duas grandes diferenças aqui. A primeira é que eles recebem o suficiente para ser chamado de salário. Às vezes até saem para jantar fora em restaurantes chiques. A segunda é que, embora sejam professores, a prioridade deles é a pesquisa, não a sala de aula. Alguns nem gostam de lecionar. Alguns estão velhos demais para isso e se esqueceram de como fazer. Outros nem se importam mais. Eu, ao contrário, nunca fui a um restaurante chique, mas me importo, e muito.

Meus alunos percebem isso. Exceto pelas aulas de inglês, o primeiro ano deles se passa, em grande parte, em salas enormes com outras trezentas pessoas escutando um professor dar aulas enquanto tomam notas furiosamente. Quando esses alunos entram em crise, o que é comum porque eles têm dezoito anos, estão longe de casa pela primeira vez e dividem alojamentos com outros quinhentos adolescentes de dezoito anos longe de casa pela primeira vez, eles vêm falar comigo. Durante o horário de trabalho, costumo receber poucos trabalhos, mas tenho um fluxo constante de estudantes em crise.

Por exemplo, no dia a partir do qual vou realmente começar a contar essa história, Isabel Rallings estava chorando na minha sala. Em meio aos soluços, consegui entender que o namorado dela não telefonava mais (típico), não a visitava havia algumas semanas apesar de ter jurado que visitaria (típico), não soou muito empolgado no último telefonema (típico), e que ela achava que estava grávida (não tão típico, mas nada incomum; vejo em média dois casos de possível gravidez por semestre). Relativamente fácil, talvez não para a Isabel, mas para mim, sim. Tenho prática nisso. Conversamos sobre a importância de uma boa comunicação. Sobre como o ciclo menstrual às vezes fica irregular nessa época do semestre. Chegamos à conclusão de que, embora testes de gravidez custem uma fortuna para uma universitária (e, para ser sincera, para mim também), eram uma pechincha em troca de paz de espírito. Dei-lhe alguns lenços de papel, disse palavras de carinho e nos despedimos.

"O próximo", ela disse, sorrindo tristonha para James Rains, que estava sentado junto à parede do corredor esperando que Isabel acabasse. Ele entrou em minha sala com um ar pesaroso, meio com vergonha, meio rindo. James era o terceiro caso naquela semana. Eu já sabia o que ele ia dizer antes que começasse a falar. "Bom, você vai achar engraçado." Realmente, eu já estava me divertindo, embora duvide que fosse isso que ele queria dizer. Ele sorria, mas não levantava os olhos dos sapatos. "Saímos ontem à noite, mas eu voltei para casa mais cedo para começar a escrever. Meus colegas de quarto chegaram e estavam bêbados, e eu tinha acabado de terminar o trabalho, então um deles se sentou sem querer no meu computador e perdi tudo o que eu tinha escrito." Zombei um pouco dele para que percebesse que eu sabia que era tudo mentira, depois lhe dei mais um dia. Eu não ia mesmo conseguir corrigir tudo em uma só noite. Além do mais, fiquei com pena dele. Se fosse verdade, seria uma história muito triste. Imagine só ter aquela trabalheira toda — e, pior, deixar de sair — só para perder tudo depois. Se fosse mentira, teria pena da mesma maneira — porque ele não conseguiu inventar uma desculpa melhor e teve que se humilhar com aquela história.

No final do semestre, há uma torrente constante de caras como James Rains pedindo uma extensão do prazo. Quando vêm a mim, pelo menos, as mulheres têm histórias mais complexas, mais tristes (colegas doentes, irmãs deprimidas, relacionamentos problemáticos); os rapazes chegam com um monte de problemas técnicos (pen drives perdidos, laptops quebrados, cerveja no teclado e por aí vai — as combinações são infinitas). Não é que uma história seja mais provável que a outra — não há como saber. E não é que os homens não tenham crises emocionais também, mas é menos provável que eu dê atenção às deles. Essas desculpas irritam meus colegas, mas eu não ligo muito para elas. Alunos preguiçosos fazem com que eu me sinta eficiente.

O que, por sinal, não sou. No final do semestre, mal consigo dar conta de todas as avaliações que tenho que fazer, sem mencionar todos os livros que preciso ler. Quando tenho, como naquela tarde, umas poucas horas de tempo livre, eu deveria ir para casa ler. Deveria ter cancelado o atendimento aos alunos. Eu não poderia nem sair de casa — é, tenho muita coisa para ler. Mas não dá para fazer pós-graduação na base do esforço puro. Só é possível concluir o curso fazendo uns intervalos. Pelo menos é o que digo a mim mesma. Às quintas-feiras, depois das aulas, quando terminava de atender os alunos, encontrava minhas amigas para beber.

Beber não é a melhor definição do que fazíamos. Na maior parte do tempo, não tínhamos dinheiro para beber. E nunca tínhamos tempo para os efeitos da bebida. A última coisa de que eu precisava era chegar em casa em um horário ainda razoável e me dar ao luxo de adormecer. Eu nunca conseguiria recuperar aquele tempo. Jill gosta de tomar um café e uma cerveja, imaginando que o efeito de um anula o do outro. Katie só come petiscos. Mas em Seattle, a despeito de estranhos princípios religiosos, até mórmons vão a cafés. Como na Inglaterra, onde todo mundo tem seu pub, em Seattle todo mundo tem seu café. O nosso fica afastado do campus, reduzindo as chances de encontrar algum de nossos colegas; ou, pior, nossos alunos; ou, ainda pior, nossos professores. Quase todos os cafés são meio frios — em parte porque é difícil isolar tanto vento gelado, mas principalmente para que as pessoas consumam mais bebidas quentes. O Joe Bar, no entanto, é quente, escuro e aconchegante. Tem mesas do lado de fora para quando o sol finalmente chega. Em abril ainda não é primavera para valer em Seattle, mas a chuva tinha parado, e Katie e Jill estavam do lado de fora, ignorando o frio. Elas dividiam um sanduíche de ovo, e estavam divididas quanto aos ovos. Quando me sentei, Jill dizia: "É exatamente a mesma coisa que comer pintinhos mortos com pão de centeio".

"Não, não é", insistiu Katie. "Os ovos que a gente come não foram fertilizados."

"As galinhas fazem sexo, depois põem ovos."

"Não, não é assim."

"É claro que é."

"Não, elas são como os peixes. Ela põe o ovo e o galo vem e fertiliza. Ou, nesse caso, o fazendeiro pega o ovo antes que seja fertilizado. É por isso que não estamos comendo pintinhos mortos."

"E como ele faz isso?"

"Ele tira os ovos do galinheiro."

"Não, eu quis dizer o galo", explicou Jill. "Como é que ele fertiliza um ovo que já está fora da galinha? Ele tem uma furadeira na ponta do pênis?"

"Não sei", respondeu Katie. "Vai ver os ovos são moles quando saem, depois eles endurecem."

"Não, porque se eles saíssem moles, os ovos iam ficar cheios de feno e cocô de galinha grudados. O ovo serve exatamente para proteger o pintinho."

"Acho que você tem razão", admitiu Katie, que não conseguia argumentar contra uma lógica tão perfeita. Essa conversa é um bom exemplo de por que só como ovos quando eles não parecem mais ovos — mexidos, na massa da torta ou no bolo. Também mostra por que não fizemos pós em biologia.

"Como vocês chegaram à reprodução das galinhas?", perguntei, como se pudesse haver uma explicação realmente satisfatória.

"Katie acha romântico as galinhas ficarem juntas a vida toda", explicou Jill.

"São os gansos que fazem isso", respondi.

"Talvez os cisnes", disse Katie. "Ou as garças?"

"Por que estamos falando sobre animais que ficam juntos pela vida toda?" Tentei voltar ao assunto.

"Eu estava pensando na minha tese sobre *Grandes esperanças*", contou Katie, como se isso explicasse tudo.

"Como foi no trabalho?", perguntou Jill. "Não acredito que você ainda está fazendo isso. As aulas acabaram, está na hora de ler."

"Como é que eles podem inventar desculpas para atrasar os trabalhos se eu não estiver no escritório? Foi tudo bem. Um computador arruinado, um plano de estudos perdido, um rascunho para ler e uma possível gravidez."

"Duas", disse Jill, com a boca cheia de salada de ovo.

"Duas o quê?"

"Duas possíveis gestações."

"Não", respondi. "Só uma. Isabel."

"E eu", ela completou. E como a fitamos com cara de espanto, sem entender, ela acrescentou: "Acho que estou grávida".

Katie ficou branca. É claro que sempre soube que é isso que acontece quando as pessoas fazem sexo antes do casamento, mas parecia uma tragédia enorme. Nos segundos de silêncio que se seguiram ao anúncio pasmo de Jill, Katie já a imaginava perambulando pelas ruas geladas de Londres em 1850, com um bebê subnutrido envolvido em um xale sujo e rasgado, gritando enquanto ela procurava homens com quem se prostituir em troca de um pedaço de pão. As coisas são assim para os vitorianos. Como shakespeariana, recebi melhor a notícia, mas o que se passou pela minha cabeça foi uma montagem de aulas de educação sexual sobre como evitar essa situação.

"Por que você acha isso?", perguntei.

"Minha menstruação está atrasada", disse Jill.

"Estresse de abril?", sugeriu Katie esperançosa.

"Não fomos muito cuidadosos", admitiu Jill.

"Mesmo assim...", disse Katie.

"E vi o colo do meu útero. Está com uma cor estranha."

Revirei os olhos e suspirei. Jill provavelmente não precisava dessa demonstração de irritação, mas não consegui me conter. Ela podia não saber muito sobre a reprodução das galinhas, mas, no que dizia respeito à sua, dava detalhes nojentos. Ela acha que sabe quando está ovulando, por isso não usa preservativos quando acredita que não precisa. O que, obviamente, não funciona sempre.

Em conversas como essas, é difícil saber o que dizer primeiro. Katie foi direto ao ponto, sussurrando: "O que você vai fazer?", no mesmo instante em que tentei dizer algo mais prático: "Você já contou ao Dan?".

"Não sei", disse Jill, a menos perturbada de nós, sem sombra de dúvida. "E não, ainda não. Vocês são as primeiras a saber."

Era o fim do nosso happy hour de quinta-feira.

4

A caminho de casa, parei para comprar ervilhas, aspargos, cenouras e um teste de gravidez. Nessa época — abril —, minha maneira de lidar com as coisas é picar legumes bem picadinhos. A melhor parte de aprender a cozinhar não foi a melhoria substancial da qualidade das minhas refeições, mas a revelação inesperada de que cozinhar é gerenciar a insanidade. Em dias especialmente extenuantes, fecho meus olhos e repito pra mim mesma que, se eu resistir até a tarde, poderei ir para casa encontrar meus pimentões vermelhos e minha faca.

Mais tarde, esperando em sofás separados na sala, caladas, enquanto Jill com cara de nojo (apesar de examinar o próprio colo do útero regularmente, Jill é meio fresca com xixi, cocô, sangue e germes — algo que provavelmente terá de superar se quiser ter o bebê) mantinha à distância a haste de plástico na qual tinha acabado de fazer xixi, tive um estalo. Diz o bom senso que é melhor não ter um filho se você for pobre, não tiver um emprego estável, trabalhar demais, não tiver planos e for completamente solteira. Mas o bom senso também diz que você nunca vai ter um filho se esperar o momento certo — na verdade, você nunca vai fazer nada se esperar o momento certo; para mim, essa é a verdade mais fundamental — se dependesse de mim, nunca faria nada. Tomar decisões não é meu forte. Eu sentia um estranho ciúme não só porque gostaria que algo tão monumental acontecesse comigo — saber seria reconfortante, um alívio.

Esperamos.

"Rosa", disse Jill três minutos depois, mostrando a haste para nós. "Pink. Magenta. Fúcsia. Carmim."

"É, parece bem conclusivo", admitiu Katie.

Levantei, tirei o teste das mãos de Jill, fui até a cozinha, joguei-o na lixeira sem titubear, lavei as mãos, comecei a cortar os legumes e desatei a chorar. Nem Jill nem Katie pareceram comovidas. As duas permaneciam caladas e lívidas. Preparei o jantar enquanto elas se desesperavam, separadamente. Como meia hora depois, quando voltei à sala com a comida, nada tinha mudado, achei que era minha obrigação colocar as cartas na mesa. Sem saber o que dizer, comecei: "Quais são as opções?". Sou fanática por opções, adoro fazer listas, ruminar a respeito. Aliás, não adoro — sou viciada em opções, simplesmente não consigo me conter. Tenho que levar tudo em consideração. Mas a verdade é que, como qualquer mulher que tenha ficado — ou achado que estava — grávida desde o início dos tempos sabe que só existem três opções, e, a menos que você fique encantada com a primeira, elas são muito, muito difíceis de discutir.

"É por isso que o aborto ainda é legalizado", eu disse mesmo assim.

"Não, não é", rosnou Katie.

"Hum... É sim."

"Não, não é legalizado e não é esse o motivo."

"Eu sei o que você quer dizer, e é exatamente esse o motivo."

"Ela não tem justificativa para um aborto."

"Ela não precisa de justificativa."

"Ela não é pobre; tem educação; está em um relacionamento estável..."

"Peraí, eu sou pobre", interrompeu Jill.

"... ninguém a forçou a nada. Ela teve aulas de educação sexual na escola."

"É, mas parece que não prestei muita atenção nelas", disse Jill.

"Um aborto é algo trágico e não pode ser tratado de forma leviana."

"Você se candidatou ao Congresso, Katie? Quem é que está sendo leviana aqui?"

"Você duas não estão ajudando em nada", disse Jill.

"Não acredito que estamos tendo esta conversa", insistiu Katie.

"Não acredito que você tenha achado que não teríamos esta conversa."

"Não acredito que isso esteja sendo considerado."

"A única razão pela qual alguém deve ter um bebê é porque quer ser mãe. Caso contrário, é para isso que existe o aborto."

"É possível não transar."

"Acho que essa possibilidade deixou de existir há muito tempo", disse Jill.

"Claro, porque ficar sem sexo é algo totalmente viável."

"Pois você devia tentar, Janey." É, como se eu transasse toda hora. Quem me dera.

"Não é apropriado. Ela não tem doze anos."

"Doze anos?", exclamou Katie. "Esse é o limite? Doze anos?"

"Estamos mudando de assunto...", disse Jill.

"Quem fica grávida tem um bebê. É o que significa estar grávida. Se ela não queria ter um bebê, devia ter pensado nisso antes de ficar grávida", explicou Katie.

"E quem disse que não quero ter um bebê?", disse Jill.

Paramos e olhamos para ela. Acho que tínhamos esquecido de que estava ali.

"E você quer?", perguntamos ao mesmo tempo.

"Não sei", ela respondeu.

"Tá, mas você quer... interromper a gravidez?", perguntou Katie.

"Eu não sei."

"Você quer ser mãe?", tentei.

"Um dia, sim... acho."

"Agora?"

"Eu não sei."

"E o Dan?"

Ela não respondeu. Nem cogitamos a piada. "Não, ele provavelmente não quer ser mãe."

"Será que dá para não falar nisso agora?", pediu Jill. "Podemos ver um filme? Podemos não fazer absolutamente nada?"

Pensei rapidamente na minha montanha de trabalho e percebi que não era hora. Vimos alguma coisa boba na TV. Katie e Jill adormeceram, cada uma em seu sofá. Já passava de meia-noite quando cobri as duas e me arrastei até minha cama.

Não sei a que horas elas acordaram ou começaram a conversar, mas quando levantei na manhã seguinte Katie já estava na fase do "É da sua filha ou do seu filho que estamos falando". Soltei um suspiro bem alto. Não é que eu quisesse desesperadamente que Jill fizesse um aborto, nem que achasse que ela seria uma péssima mãe, nem que fosse a favor do aborto em qualquer caso. Mas ter um bebê só porque a religião de Katie é contra o sexo é um motivo idiota. E, como ninguém dizia isso, eu tinha de dizer. No cinema e na TV, o aborto não costuma ser uma opção, não por causa das implicações políticas, mas simplesmente porque, se houver um aborto, a história acaba, ou pelo menos aquela história. Um aborto é como um furo na trama. Na vida real, as pessoas têm que decidir.

"Só vai ser seu filho ou filha se você quiser que seja", interrompi, distribuindo tigelas de cereal. "Só se você permitir que ele cresça e se torne um bebê. Neste exato momento, ele ou ela não é um bebê, não é nada, não é nem um feto." Jill desatou a chorar, e não sei se foi de alívio — porque era isso que ela queria ouvir — ou de desgosto, pânico, raiva, tristeza, cansaço. Havia muitos motivos. Continuei falando, para o caso de ela estar chorando de alívio. "Se você não estiver pronta, se Dan não estiver pronto, você não deve seguir em frente. Há inúmeros motivos para parar isso aqui e agora."

"Por exemplo?"

"Você pode ficar ressentida. Dan pode ficar ressentido. Você pode não querer interromper sua vida agora para cuidar de outra pessoa. Isso é sério, Jill. Você não pode mudar de opinião depois. Se não puder tomar conta do..."

"E por que eu não poderia tomar conta dele ou dela?", Jill perguntou, olhando para mim com lágrimas e mágoa nos olhos.

"Só estou dizendo que é possível. Que, se for o caso, você sabe, não é justo. Com ninguém."

"Isso mudaria minha vida", disse Jill. Óbvio.

"Ter um bebê mudaria sua vida completamente", concordei.

"Não. Quis dizer que fazer um aborto mudaria minha vida."

"Por quê?"

"Porque eu nunca esqueceria."

"Há muitas coisas que não se esquece nunca."

"E se esta for minha última chance?"

"Última chance de quê?"

"De ficar grávida."

"E por que seria sua última chance de ficar grávida? Já está comprovado que você é fértil."

"Mas e se eu nunca ficar grávida de novo por um motivo qualquer?"

"Se você quiser, vai ficar."

"E se eu não quiser?"

"Então por que você quer agora?"

"Porque agora já aconteceu. Já está decidido." Lembrei-me da minha crise de ciúmes da tarde anterior, mas eu ainda não estava convencida. Indecisão não é motivo para se ter um bebê.

"Indecisão não é motivo para se ter um bebê", eu disse.

Ficamos comendo cereal sem dizer nada.

"Como seria se você tivesse o bebê?", arriscou Katie depois de uma pausa.

"Você está mudando de assunto", acusei.

"Até parece que é outro assunto", ela respondeu.

"Acho que eu pararia de estudar, arrumaria um emprego, arrumaria uma babá ou uma creche integral. Trabalharia. Criaria uma criança." Isso soou desesperado e infeliz, mas na verdade não era. Jill não era mais uma menina, não estava pensando em largar a escola, nem mesmo a faculdade. Estávamos falando de uma mulher que já possuía curso superior completo. Estávamos falando de uma ph.D. em literatura. Não era uma questão de aceitar um, dois ou três empregos de salário mínimo. Ela largaria os dez mil dólares por ano da bolsa de pós-graduação por um emprego de verdade, do tipo que as pessoas normais têm. Talvez até soasse terrível, mas para outra pessoas.

"E Dan?", perguntei.

"Não sei. Não sei o que ele vai querer fazer."

Com uma troca de olhares, Katie e eu decidimos deixar o assunto pra lá. Por mais que eu tentasse, era impossível adivinhar o que Dan ia querer fazer.

"Você poderia deixar outra pessoa cuidar do bebê, colocá-lo para adoção", sugeriu Katie. Que jeito esquisito de falar. Colocar para adoção — como colocar em um pedestal para leilão. Como se fosse um vaso.

"Que ideia mais idiota", disse Jill.

"Por quê?"

"Porque nesse caso seria melhor abortar. Por que eu daria meu filho para outra pessoa criar?"

"Se outra pessoa pode fazer isso melhor do que você..."

"Por que vocês duas acham que eu não posso criar um bebê?"

"Eu não acho que você não pode criar um bebê", afirmei. "Mas não sei se quer fazer isso. Se não quiser, não vai fazer isso muito bem. É importante, Jill. Você não errar. Só fica dizendo, 'Eu não sei, eu não sei', mas você tem que saber, ou vai ter que escolher outra coisa, o que talvez seja a coisa mais sensata a ser feita neste caso."

Ela pensou a respeito. Katie pensou a respeito. E eu pensei a respeito. Era como se estivéssemos brigando, embora não fosse uma briga de verdade. Jill comeu o cereal e largou a colher na tigela. "Tenho de falar com Dan", disse. "Não vou decidir nada até falar com ele. Não vou nem pensar nisso enquanto não falar com ele." Ela pegou suas coisas e saiu. Nem colocou a tigela na pia.

"O que você acha que ela vai fazer?", perguntou Katie.

"Acho que ela vai ter o bebê. O que você acha que ela vai fazer?"

"Acho que ela vai ter o bebê."

5

Daniel Davison era uma daquelas pessoas para quem tudo parece fácil. Atravessar o campus com ele sempre levava o dobro do tempo do que com qualquer outra pessoa, porque todo mundo parava para falar com ele, porque todo mundo era amigo dele. Os caras descolados, os atletas, os nerds, os poetas, o pessoal do teatro, da banda, os cientistas. Reitores, coordenadores e membros do conselho que só sabiam o nome de uns poucos alunos conheciam Dan. Todo mundo parava para falar com Dan, e ele sempre sabia algo sobre a pessoa. "Como é que você foi naquela prova? Você estudou tanto!", ou "Ouvi dizer que a sua festa foi o máximo, pena que não pude ir", ou ainda "Como é que foi com aquela garota semana passada?". Dan jogava vôlei, escrevia para o jornal literário e para o jornal estudantil. Participava de uma ou duas peças de teatro por semestre e era DJ na estação de rádio do campus da uma às duas da manhã toda segunda-feira. E sempre fazia parte de mais de uma banda.

Gente assim parece que vive a vida boa. Só que para Dan, e imagino que para outros como ele, isso significou que ele não tinha como absorver nada inesperado — tudo estava tão perfeitamente equilibrado, na hora exata, inter-relacionando. Qualquer coisinha a mais derrubaria tudo.

Eu sabia disso porque Dan tinha sido meu aluno no primeiro semestre em que lecionei, o primeiro dele na pós. Ele era um cara esperto e escrevia bem, era atencioso, divertido, o tipo de aluno que conquista o resto da sala para você, porque se ele gosta de você é porque você é especial. Dan só tirava nota alta. Em todos os deveres, todos os ensaios. Mesmo assim, toda semana ele vinha ao meu escritório. Para discutir meus comentários, ler seus rascunhos. Para aprender mais sobre o uso do ponto e vírgula, da voz passiva. Eu não entendia nada. Na metade do semestre percebi que na maior parte das vezes ele já estava no meu escritório antes mesmo de eu chegar, e que na verdade o que ele queria era encontrar minha companheira de escritório, não ouvir minhas explicações ou fazer perguntas. Jill o ignorou durante todo o semestre. "Que cara mais bobo. Até parece que vai rolar alguma coisa."

Três anos depois, o decano conseguiu convencer Jill a se tornar conselheira do corpo docente no diretório acadêmico. Ele não ofereceu muito dinheiro, apenas o suficiente para tornar a proposta irrecusável.

"Não vai valer a pena", avisei.

"Não pode ser tanto trabalho assim", ela disse. "Além do que, não é meu dinheiro que está sendo distribuído, o que tenho a perder?"

É claro que eu estava certa e ela estava errada. Jill teve que trabalhar muito, fazer um monte de orçamentos e planilhas e cálculos, o tipo de coisa que não costuma ser o forte dos pós-graduandos em língua inglesa. O trabalho envolvia ir a inúmeras apresentações de grupos de estudantes pedindo mais dinheiro. "É estranho", ela se admirava. "Parece que eles acham que eu realmente me importo." Na maior parte do tempo, contudo, seu trabalho consistia em fazer a mediação entre os representantes da reitoria e das fraternidades. "Os representantes da reitoria acham que nada no mundo é mais importante que o diretório acadêmico", ela explicou. "E os representantes das fraternidades querem gastar todo o dinheiro em cerveja. Essa é a coisa mais estúpida que já fiz na minha vida." As reuniões eram basicamente discussões.

Como era seu hábito com esse tipo de coisa, Jill tentou não se importar, até que começou a receber mensagens ligeiramente ameaçadoras do representante estudantil. "Seu sucesso é fundamental. Sua carreira na pós-graduação depende disso", dizia uma delas. "Uma responsabilidade e um dever sagrados lhe foram concedidos."

"Ninguém tinha mencionado nada de sagrado!", protestou Jill. Desesperada, ela decidiu que eles precisavam de gente nova, gente que não fosse diretores arrogantes ou estudantes atrás de dinheiro. Ela estava basicamente implorando por ajuda.

Quando Daniel Davison entrou com calma no meio da última reunião do diretório antes do fim do semestre, ela teve que admitir que ficou muito feliz em vê-lo. Ele já não era um calouro. Sua aparência era exatamente a mesma de três anos antes, quando ficava no nosso escritório, mas, de alguma maneira que Jill não conseguia explicar, ele havia mudado. Quando ela sugeriu que começassem do zero e se apresentassem, a maioria das pessoas disse algo empolado como "Participar de uma democracia é uma honra e um dever", ou "Estou aqui representando a fraternidade [insira três letras gregas] porque [peguei o palitinho mais curto; dormi na última reunião; perdi no jogo de cartas; fumei um]", enquanto Daniel disse simplesmente: "Oi, meu nome é Daniel e estou aqui para ajudar".

Com ele, tudo acontecia — sorrisos, ideias, amizades. Ele era tranquilo e parecia gostar tanto de todos que eles passaram a gostar uns dos outros também. E como Dan obviamente adorava a conselheira, havia um movimento bipartidário rumo à cooperação. Jill, por sua vez, imaginava se ele estava lá pelo diretório ou por ela, mas, como ambos precisavam de ajuda, ela resolveu se sentir grata e não procurar mais a resposta. A pergunta que se fazia era se Dan permaneceria assim ou só estava querendo impressionar e logo desistiria. Mas ele tinha vindo para ficar. Comparecia religiosamente às reuniões, fazia o papel de mediador, ajudava a planejar atividades e se tornou ainda mais popular entre os grupos de estudantes que pediam dinheiro. Surpreendentemente, ele conseguia entender a matemática do orçamento. Logo, logo, o diretório funcionava às mil maravilhas e a paz reinava. Tudo voltou ao normal. Um problema a menos.

"Merda", disse Jill. "Acho que me apaixonei por um estudante."

"Que bom", disse Katie, disposta a deixar o palavrão para lá em respeito ao sentimento.

"Ele só tem vinte anos." Em algum momento Dan havia pulado uma série.

"E daí?" Como na igreja qualquer solteiro vale, muitos dos homens com quem Katie saía eram dessa idade.

"Eu tenho vinte e sete", respondeu Jill.

"E daí?!"

"Eu tenho vinte e sete anos. Estou cursando uma pós, não gosto de sair toda noite, não gosto de ficar bêbada quatro noites por semana, não gosto de passar o dia tocando com a minha banda e me drogando."

"E Dan gosta?", perguntei.

"Não podemos nem sair para tomar uma cerveja", ela explicou me ignorando. "Ele nem tem idade para comprar bebida alcoólica."

"Tem, sim, se estiver com você", sugeri. Ela me olhou enfezada. "Você só está com vergonha, Jill. Está preocupada com o que as pessoas vão dizer se começar a namorar um aluno. Não há nenhum motivo real para não fazer isso."

"Quando você tiver setenta e nove e ele tiver setenta e dois, não vai fazer muita diferença", riu Katie. "Seus filhos vão achar engraçado."

Jill revirou os olhos. "Vocês são duas idiotas."

Ela esperou a volta às aulas e o chamou para sair na primeira semana do semestre. Nada mais justo do que Jill tomar a iniciativa, já que Dan tinha deixado claro o que sentia por ela desde o início e salvara o diretório (e Jill) por um milagre. Dan ficou muito contente, genuinamente feliz por ela tê-lo chamado para sair, ter lhe dado a chance de provar que estava à altura dela e pelo simples fato de estar com ela. Só de olhar para ele naquelas primeiras semanas dava para ver sua alegria extravasando. Caía bem nele. E, embora no início as pessoas tenham comentado, isso não durou muito. A maioria estava mesmo era com ciúme.

Praticamente um semestre depois, os dois estavam muito felizes. Nós gostávamos de Dan. Jill já começava a pensar no ano seguinte, algo que nunca se deve fazer quando se está saindo com alguém prestes a se formar na faculdade. Ela sabia disso, mas não conseguia se conter. Eles eram jovens, estavam apaixonados e não era mais esquisito. Mas nenhuma de nós fazia ideia de como Daniel Davison reagiria à notícia. Ele era um ótimo sujeito, é verdade, um cara legal, inteligente e apaixonado, não tínhamos dúvida, mas isso não tinha nada a ver com ser um cara recém-formado que vai criar um bebê com alguém que namora há três meses e meio.

6

Na noite do último sábado de abril, ninguém estava trabalhando. Jill convidou Dan para ir à sua casa — para jantar e para lhe dar a notícia. Katie tinha um encontro. Eu ia pintar meu banheiro de lilás. Tínhamos, entre nós todas, o equivalente a um livro para escrever e um para avaliar antes do fim de semana seguinte, mas havia, acho, coisas mais urgentes das quais cuidar. Jill ia ter um bebê, ou pelo menos tudo indicava que sim. Katie estava procurando um marido. Eu tinha decidido pintar o banheiro imediatamente, já que as coisas estavam ficando cada vez mais loucas. Era a calma antes da tempestade, como quando a gente se senta na varanda e vê a tempestade se aproximar, molhando tudo o que encontra pela frente, incapaz de juntar forças ou vontade e ir para dentro. Estava chegando, mas não havia nada que eu pudesse fazer.

Há quem diga que o mais importante se aprende fora da sala de aula (eu era monitora na graduação). O que aprendi sobre narrativa pessoal naqueles últimos dias foi: se ela é monótona e comum, parece sua; mas no momento em que acontece alguma coisa, no momento em que começa a lembrar um livro ou um filme, não parece mais. De uma hora para outra, somente as opções épicas da literatura estão disponíveis, em vez das limitadas e monótonas de sempre. Em qualquer noite de sábado, Jill poderia escolher entre sair, pegar um filme, corrigir provas, ler, ir à biblioteca e inúmeras opções chatas e monótonas, mas naquela ela só tinha umas poucas e drásticas opções — tornar-se mãe ou abortar; fazer de Daniel um pai ou perdê-lo por medo e falta de planejamento.

Para Katie, a vida era sempre assim. Ela achava que o autor de sua narrativa pessoal era Deus, e os altos e baixos da vida eram parte do Grande Plano. O encontro daquela noite, com um amigo de um amigo, um cara que ela não conhecia, seria, então, com a) o amor da vida dela ou b) alguém que fora enviado para ajudá-la em sua busca pelo amor eterno. O que, convenhamos, é muita pressão para um primeiro encontro às escuras. Estávamos ao telefone e tínhamos acabado de decidir o que ela deveria vestir — saia jeans, camiseta branca, cardigã (bonitinho, informal, mas não informal demais, em camadas para estar pronta para diversas temperaturas) — e agora conversávamos sobre o que ela sabia dele.

“Dionne acha que ele é bonitinho, mas Jenny diz que é meio esquisito. Bom, o gosto dela para homens é meio estranho.”

“O que ele faz?”, perguntei, esperançosa de que já tivesse terminado a faculdade. Não estávamos dando muita sorte com graduandos ultimamente.

“Está no primeiro ano de odontologia. Tem vinte e quatro anos. Ah, e ele também...”, Katie acrescentou meio relutante, “torce pelos Yankees.” Não namorar ninguém que seja fã dos Yankees é minha regra número dois. Katie sabe disso, mas ignora. Quando descobre que o cara não serve para ela, acaba admitindo que sair com torcedores dos Yankees é uma péssima ideia. É uma regra que não falha.

O nome dele era Chris, o segundo Chris com quem Katie saía naquele mês, o que tornaria difícil diferenciar os dois (independentemente do resultado do encontro, os dois Chris seriam assunto para mais seis semanas pelo menos). Ele frequentava a igreja de outra paróquia. Tinha saído com Annabelle, Alison, Kelly e Dionne, que arrumara o encontro dos dois (minha regra número um — não sair com ex-namorados de amigas — não se aplica ao mundo de Katie: pode ser que um homem não esteja no seu destino porque está no destino de outra).

“Ah, sei lá, vamos ver no que dá. Annabelle não gostou dele, mas ainda estava pensando no Josh, e eles voltaram um dia depois de ela ter saído com o Chris, então acho que não quer dizer nada. Dionne diz que ele é muito legal.” Dava para perceber que ela não estava muito animada nem tinha muitas expectativas. Para Katie, como para a maioria de nós, acho, namorar parece mais trabalho do que diversão. Ela gosta de comprar roupas para os encontros, de fazer comentários depois, de falar sobre e com o cara ao telefone — é só do encontro em si que não gosta muito. Ter Katie como amiga é como voltar à escola.

“O que você vai fazer hoje à noite?”, ela perguntou.

“Vou pintar o banheiro.”

“Ah, finalmente.” Desde janeiro eu não parava de falar que queria pintar o banheiro de lilás. “Quer que eu passe aí quando voltar?”

“Venha, vou estar acordada.”

“Quando você vai escrever?”

“Vou começar amanhã.”

“Eu também. Depois da igreja. Argh.”

“Argh”, concordei. Para mim, no entanto, o problema todo é a ansiedade. Fico apavorada até começar, mas depois sei que vai ser bom. Katie gosta de pesquisar, mas o processo de escrever a leva à loucura.

“Acho melhor eu ir. Boa sorte com a pintura. E deseje boa sorte pra mim.”

“Boa sorte”, eu disse. “Espero que ele não torça mesmo pelos Yankees.”

"Obrigada. A gente se vê mais tarde."

"Tchau."

"Tchau." Eu tinha manchado o telefone de lilás. E o tapete. Estava pensando seriamente em usar removedor de esmalte nos dois quando o telefone tocou de novo. Era Jill. É claro.

"Estou fritando peixe", ela disse sem preâmbulos. "Quanto tempo?"

"Que tipo de peixe?"

"Linguado."

"Você está fritando no quê?"

"Essa era a minha próxima pergunta."

"Uns dois minutos de um lado, depois mais uns cinco ou dez do outro, com a tampa. Até a parte mais grossa do meio parecer cozida."

"E frito no quê?"

"Manteiga? Limão? Vinho branco...?" Quando percebi, já tinha falado em vinho sem me tocar que não seria uma boa ideia para o possível bebê. Na verdade, o álcool evapora, mas seria o bastante...? Eu não fazia ideia. "Vamos ver, que tal manteiga, suco de limão e alho?"

"Certo. E as batatas?"

"De que tipo?"

"Aquelas pequenininhas."

"Você pode assar."

"Como?" Era mais uma ordem do que uma sugestão. Jill parecia estar taquigrafando.

"Corte em pedaços grandes, misture com sal, pimenta e um pouco de azeite. Coloque no forno a uns duzentos graus, mexa. Até ficarem prontas."

"Ótimo. Também comprei salada e pão. E uma torta de queijo."

"Que chique. Olha, pode me engravidar a qualquer hora, viu."

"Me diz que vai ficar tudo bem", pediu Jill.

"Vai ficar tudo bem", respondi. "Ele é um cara legal. O bebê vai ser bem alimentado. Tudo vai ficar bem."

Serenidade. A calma antes da tempestade. Ignorância do que está por vir. O tipo de tranquilidade que você só tem quando percebe que não está em pânico — o que nunca acontece a não ser que você tenha acabado de entrar em pânico ou esteja prestes a entrar. Típico de quando se está no lucro. Ninguém sabe o que vai acontecer, mas raramente ficamos mais conscientes disso porque em geral ainda não importa. Naquela noite, o futuro ficara estranhamente próximo. Sentei no vaso sanitário fechado, tentando me acostumar ao lilás das paredes, esperando pacientemente que tudo na minha vida mudasse.

Katie chegou às dez e meia, trazendo o que ela chamava de pipoca, mas que na verdade era pipoca misturada com um salgadinho oriental asqueroso que se compra a granel no supermercado. É o resultado de ter crescido no Havaí. Ela adora aquilo. Eu como só a pipoca.

"E aí, como foi?"

"Humm...", ela disse, muito evasiva, o que na língua de Katie queria dizer que não tinha sido muito legal, mas ela não estava a fim de admitir caso estivesse enganada e acabasse se apaixonando por ele mais tarde. Katie me fez uma descrição detalhada dele. Bonzinho, bonitinho, esperto. Ele falava muito em dentes e bocas, o que era compreensível, mas ainda assim um tanto preocupante. Fora missionário no Canadá (uma missão muito molenga, na minha opinião, mas como evidentemente Deus quis assim, quem sou eu para falar), formara-se na Rutgers e passara a infância no noroeste de New Jersey.

"Isso não anula o fato de ele torcer pelos Yankees? Ele é de lá, e todo mundo torce pelo time local."

"Que torcesse pelo Mets, então. Que mais?"

"Ele deu aula de química para o segundo grau por um ano antes de começar a faculdade de odontologia, mas odiou."

"Nem todo mundo nasceu para dar aula", respondi, embora veja com suspeita as pessoas que não gostam de dar aula. Por outro lado, não dou aulas de química para o segundo grau e preferiria morrer a fazer isso, portanto não julgo.

"Os autores favoritos dele são os jornalistas da *Sports Illustrated*." Ela tentou, mas não conseguiu manter a cara séria. "Nunca ouviu falar em George Eliot nem sabia que Charlotte Brontë tinha irmãs." Katie é obcecada pelas irmãs Brontë, mas sabemos que somos todas esnobes com literatura.

"Eu não me lembro do último livro que li na sala de espera do dentista."

"É, mas quando eu contei que uma amiga minha está grávida e não é casada, ele quis saber por que eu continuava a falar com ela. Respondi que éramos amigas antes de ela ficar grávida, e ele perguntou por que eu não tinha feito nada para impedi-la, e eu disse que a vida sexual das minhas amigas não é da minha conta, e ele disse que é, e ficou muito bravo."

Eu não disse nada. Aquilo não era negociável, ambas sabíamos disso. Mas tenho que admitir que era da nossa conta, sim.

Enquanto isso, na casa de Jill, ninguém estava comendo nada. Aquele jantar maravilhoso esfriava nos pratos. Quando Dan chegou, ela abriu a porta e não conseguiu se conter: contou tudo imediatamente. Jill se sentia fisicamente mal por causa disso, e eles conversaram pelo que pareciam dias.

Depois ela o botou para fora, colocou tudo em potes e foi para a minha casa. Não havia motivo para deixar aquela comida toda estragar. Não que estivéssemos muito interessadas em comer. Já era tarde, e estávamos havia duas horas comendo pipoca com aquele salgadinho nojento.

"Ele disse não", Jill contou, o que não explicava quase nada.

"O que você quer dizer?", Katie logo se posicionou, abraçando-a com toda a delicadeza.

"Ele disse não. Ele disse que... não." Ela parecia atordoada. Estivera chorando. Eu não conseguia imaginar o que ela teria perguntado ao Daniel que exigiria apenas "sim" ou "não" como resposta.

"Ele não quer ser pai agora. Não quer um bebê. Foi lá em casa e eu contei que estava grávida. Ele pareceu... surpreso, mas não infeliz, nem bravo. Ele só dizia 'Nossa!' o tempo todo. Perguntou quando eu descobri, quando o bebê nasceria — ficou usando o futuro do pretérito desde o início. Ele não perguntou se eu tinha certeza, o que é bom porque é uma pergunta idiota, um lugar-comum. Não perguntou se eu tinha certeza de que era dele, o que é bom porque é uma pergunta pior ainda. Ele disse: 'O que você está pensando em fazer?'. Ele foi legal, mas não falava muito, então eu finalmente disse: 'Daniel, acho que não quero fazer um aborto, acho que quero ter o bebê'. E ele respondeu: 'Tudo bem, mas eu quero o aborto'." Ela nos encarou para ter certeza de que nossas expressões refletiam a mesma incredulidade que a dela. Sim.

"Mas ele não pode abortar", Katie começou dizendo o óbvio. "Não é ele que está grávido."

"Mas ele não quer ser pai", explicou Jill. "Não quer ter esse bebê. Quer que a gente faça um aborto."

"E o que você respondeu?"

"Eu fiquei muito chateada e magoada, muito triste porque ele não quer fazer parte da vida do bebê e está disposto a abrir mão de mim, mas pelo menos eu estava preparada para essa resposta. Eu tinha um discurso. Esqueci quase tudo quando chegou a hora, mas foi mais ou menos 'Certo, então por que você não pensa um pouco e me diz como quer participar, ou se não quer, ou se quer só um pouco...'. Mas ele só balançava a cabeça como se eu não estivesse entendendo, e disse: 'Não, não é que eu queira que você tenha esse filho sem a minha ajuda. Eu não quero que você tenha esse filho. Quero um aborto'."

"Não cabe a ele decidir", sussurrou Katie.

"Foi o que eu disse."

"E ele?"

"Ele disse 'Por que não? Só porque não é o meu corpo? É o meu bebê'."

7

No domingo, cada uma foi para o seu apartamento, seu computador e sua pilha de livros escrever. É estranho ser capaz de fazer isso — desligar a parte do cérebro que está em um torvelinho emocional e ligar a parte que reflete sobre o papel do leitor no *Inferno* de Dante e deixar que ela assuma o controle por um tempo. É bom ter dias em que você acorda, escreve e dezessete horas depois vai para a cama, e nesse meio-tempo você perambula pela casa algumas vezes, come restos de comida em cinco minutos olhando para o computador, engole água o suficiente para ficar de pé e só escreve, escreve, escreve. No meio da semana, contudo, eu já precisava de ar fresco e de contato humano, precisava saber o que outras pessoas achavam importante no mundo (o que provavelmente não era o papel do leitor no *Inferno* de Dante). Na quarta-feira resolvi corrigir provas tomando café no Joe Bar. E foi lá que encontrei Daniel.

Daniel estava com um aspecto pior do que quem passa três dias empoleirado escrevendo. Ele parecia não dormir nem comer desde sábado. Sentado do lado de fora, enrolado em roupas demais para o sol e o calor de maio, encolhido dentro de um moletom com capuz puído que um dia fora preto, com o olhar perdido em um caderno aberto — e em branco. Ele estava horrível. Mesmo pela janela, naquele sol resplandecente, parecia exaurido e muito triste.

"Oi", eu disse com delicadeza, dando-lhe um café e sentando ao lado dele.

Daniel olhou para mim com um sorriso aliviado, imagino porque eu ainda estava falando com ele, mas também surpreso porque o resto do mundo ainda existia.

"Como estão as coisas?", perguntei.

"Acho que você faz uma ideia", ele balbuciou.

"É, eu sei. Como é que você está segurando a barra?"

"Nada bem, para dizer a verdade. Nossa conversa não foi nada legal."

"E você falou com ela depois disso?"

"Como é que você não sabe?"

"Passamos os últimos dias só escrevendo."

"Não, eu não falei com ela depois", ele contou. "Não sei quem deve tomar a iniciativa."

"Deixa eu pensar... você?", eu disse. Como se houvesse dúvida. É claro que ele tinha que telefonar.

"Para quê? Para pedir desculpas?"

"Para conversar mais?"

"Eu disse que ia pensar e telefonava quando tivesse chegado a alguma conclusão. Ela disse que ia fazer o mesmo. Eu não cheguei a nenhuma conclusão, então não faz sentido ligar."

"Você está bravo com ela?" Eu estava ficando brava com ele.

"Não", ele respondeu, mas sem muita certeza. Depois explicou exasperado, desesperado, quase lamuriento: "Eu não quero ter um bebê, Janey".

"Eu sei", respondi. "Mas tudo indica que você não vai ter muita escolha, portanto não é mais uma decisão que tem que ser tomada."

"O aborto é legalizado. É seguro, é simples, todo mundo sabe. Não vamos matar um bebê. Você não acha isso. Jill não acha isso. Ela é a favor de a mulher decidir."

"É, e parece que ela decidiu ter o bebê", interrompi.

"Mas por que só ela pode escolher?", ele insistiu. Estava na cara que Daniel passara os últimos três dias tendo essa conversa consigo mesmo, concluindo com toda a certeza que estava certo. Olhei para ele e não consegui dizer nada porque estava certa de que ele tinha a resposta. "Eu sei, claro, é o corpo dela", ele continuou, olhando pra mim, "e por isso não posso forçá-la a ter o bebê. Por isso não é justo que o governo decida por ela, se foi ela que ficou grávida. Mas não é por isso que Jill resolveu ter o bebê. Estamos falando de outra coisa aqui. Se eu quisesse ser pai e ela quisesse abortar, não haveria discussão. O corpo é dela, a decisão é dela. Agora, o que estou dizendo é que não quero ser pai agora. Daqui a uma semana me formo na faculdade, Janey. Não tenho emprego, não sei o quero fazer com a minha vida. O que sei é que quero passar o verão em San Francisco com a minha banda. E eu sei que ter um bebê não seria mágico ou maravilhoso. Eu ia me sentir punido. Ia parecer que eu teria de abrir mão de tudo. Destruiria o futuro que planejo agora, de daqui a dez anos ter uma carreira, ser bem-sucedido, ter uma mulher e filhos planejados, escolhidos. Isso apagaria esse futuro. Eu ficaria ressentido, com raiva, com medo, eu ia me sentir forçado a viver de uma maneira. Não é isso que eu quero agora. Eu deveria ter opção. A culpa não é minha." Ele foi falando cada vez mais alto e com mais confiança. Daniel não queria o bebê. Tinha vinte anos, estava namorando Jill desde janeiro, e eu entendi perfeitamente. Como poderia não entender?

"Tudo bem, tudo bem", respondi baixinho. "Você não quer ter um bebê. Os dois vão ficar bem..." Enquanto as palavras saíam da minha boca, eu pensava se isso seria a coisa certa a dizer. Daniel fez que não com a cabeça.

"Não, você não está entendendo", ele disse, perdendo a paciência. "Eu não quero abandonar o bebê. Não quero abandonar Jill. Não quero nem terminar o namoro. E não quero passar a vida toda sabendo que abandonei minha família e que eles estão por aí — que essa criança está por aí — sem mim. Não quero que seja assim, eu quero desfazer o que aconteceu. Quero que tudo desapareça."

"Acho que isso não é possível", eu disse.

"Verdade", ele balbuciou sarcasticamente. "Quem dera existisse uma maneira legal e segura de dar um ponto final a esta situação antes que nasça uma criança indesejada!"

"Mas não é uma criança indesejada", comentei com cuidado. "Jill quer ter o bebê."

"Mas eu não", ele disse. "Nós não estávamos tentando engravidar. Se tivéssemos falado a respeito, teríamos chegado à conclusão de que agora não é o momento e que deveríamos esperar. E o que me deixa louco é que poderíamos fazer exatamente isso. Podemos esperar, podemos dar uma chance ao namoro e ter filhos quando for a hora certa, quando decidirmos. Não seria difícil. Mas ela não quer. E eu viro o vilão por tentar convencê-la do contrário. É um erro."

"Só que erros acontecem", expliquei. "E é preciso assumir a responsabilidade."

"Eu estou assumindo a responsabilidade." Ele já estava quase gritando. "Posso pagar pelo aborto. Posso ir com ela, segurar a mão dela, estar lá enquanto se recupera, estar lá quando ela estiver triste. Eu também ficaria triste. Ficaríamos tristes juntos. Também não é fácil pra mim. Mas podemos superar juntos. E *isso* é assumir a responsabilidade, não fazer o que ela quer simplesmente porque quer."

"Acho que ela quer o bebê", tentei explicar delicadamente.

"Não é um bebê!" Ele olhou para mim incrédulo, parecendo meio desvairado. "Sabe como eu sei? Você foi minha professora de introdução à redação, e ela é minha namorada. E fiz várias matérias de biologia."

"Você diz que não, ela diz que sim. E a opinião dela prevalece sobre a sua." Dei de ombros, impotente, e permaneci calada por algum tempo, sentada ao lado dele, esperançosa de que fosse ajudar de alguma maneira. "Realmente sinto muito", completei meio sem jeito. Eu estava mesmo chateada e dividida, indecisa. Os argumentos de Dan eram convincentes, principalmente porque ele *estava* sendo responsável. Ele estava sendo honesto. O que Dan dizia fazia sentido, mas eu ainda não estava convencida de que ele tinha razão.

"Vou falar com ela", sugeri. "Não acho que Jill entenda o seu lado. Enquanto isso, tente pensar no que vai fazer se ela decidir ter o bebê. Porque acho que é isso que ela vai fazer. E a decisão vai ser mesmo dela." Coloquei minha mão na cabeça abaixada dele antes de ir embora. Dan não disse nada, não olhou para mim nem se mexeu. Tudo pareceu suspenso por um momento. Enfim ele se virou e sorriu. "Obrigado, Janey. Eu precisava desabafar. Foi bom conversar, eu vou ficar bem." Mas eu via em seus olhos que ele não sabia como ia ficar bem. Nem eu.

8

Jason estava sentado nos degraus da entrada lendo um romance daqueles bem água com açúcar quando saí, logo depois de entregar minha dissertação.

"Acabou?", ele sorriu, entregando-me um dos cafés gelados que estavam a seu lado. Ele estava me esperando, claro.

"Dá para notar?"

"Você está com uma cara de pós-coito."

"Você também."

"Sim. Dá para notar?"

"Você não estaria sorrindo se não tivesse acabado também." Fechar um semestre é quase tão bom quanto se apaixonar. O ciúme envolvido é ilimitado, contudo, e por isso não falei com Katie ou Jill até que elas tivessem terminado também. A falta de horas de sono e o tédio de duas semanas direto lendo, escrevendo, dando notas e, neste semestre, entrando em pânico, pareciam distantes agora. Tínhamos um verão inteiro à nossa frente. Não importava que eu tivesse dormido apenas quatro das últimas quarenta e oito horas, que eu começasse a lecionar no curso de verão dali a duas semanas e que nada havia sido resolvido. Finalmente era maio. Estava quente e ensolarado, e eu podia fazer o que quisesse o dia todo, sem me sentir culpada. Amanhã e depois de manhã e depois de depois de amanhã não importavam. Eu sobrevivera a mais um mês de abril, e isso era motivo de júbilo.

"Achei que você fosse parar de tomar café quando fechasse o semestre", eu disse.

"Abril", ele respondeu, como se explicasse tudo. "Além do mais, não estou grávido."

"Hã-hã."

"Hã-hã? O que você quer dizer?"

"Nada. Eu deveria ficar surpresa com o fato de você não estar grávido?"

"Ah, Janey, dá um tempo, vai. Minha vida é entediante, você tem que me ajudar."

Fiz uma cara feia para ele. Jason e o namorado, Lucas, estavam juntos havia sete anos — juntos e entediados como se fossem casados. Eles viviam em Olympia, cerca de uma hora ao sul de Seattle, o que significava que Jason dormia no meu sofá quando tinha de ficar na faculdade até tarde ou chegar muito cedo, ou quando estava bêbado ou cansado demais para dirigir. Lucas era chefe de cozinha de um restaurante em Olympia chamado Ever After. Muito popular. Ele trabalhava praticamente todos os dias. Recebia um salário de verdade. E lia livros por prazer. Era nosso herói. Sua vida era quase tão diferente das nossas como se fosse jogador profissional de beisebol. "Sua vida é chata", admiti enfim. "Como você soube?"

"Ah, Janey, *todo mundo* sabe", ele revirou os olhos. Fiquei chocada. Não fazia ideia de como alguém poderia saber. "O que ela vai fazer? Vai ficar com o bebê?" Achei impressionante que alguém pudesse fazer uma pergunta tão íntima e pessoal sem mais nem menos. E o modo de falar — "ficar com o bebê". Qual seria o oposto disso?

"Acho que ela vai ter o bebê", eu disse, sentindo-me um tanto culpada por me empolgar com aquele drama conspiratório. Ele engasgou, riu, jogou conversa fora. A notícia que tinha devastado Daniel, a pior notícia da vida dele, era motivo de animação para Jason, assim como para qualquer outro que soubesse. Era uma ótima fofoca. O interesse seria sempre renovado, já que aquilo não acabaria — ela ficaria cada vez mais grávida, depois já seria possível falar do bebê. Era um escândalo. Todas tínhamos avaliado pesquisas sobre a tragédia da mãe solteira. Era a mesma coisa, sem a mágoa. A mesma trama, sem a tragédia.

"O que Dan disse?", perguntou Jason. Será que contar seria uma traição? Eu não queria fazer fofoca — não só porque não era certo, mas também porque parecia se tratar da minha vida —, mas ao mesmo tempo queria. Duas semanas de crítica literária criaram um apetite pela vida real. E nada era mais real do que isso.

"Ele não quer ser pai."

"Que pena?", perguntou Jason. Era uma pergunta. Será que era mesmo uma pena?

"Não sei", respondi. "Acho que ela se vira sem ele."

"Ele vai deixá-la?"

Fiz que não. "Dan não vai terminar com ela, mas não quer o bebê. Não sei o que eles vão fazer."

"Que babaca. É tarde demais para resolver isso."

"Eu não sei. Você acha que ele deve virar pai mesmo que não esteja pronto só porque Jill está?"

"Se ele não estava pronto, não deveria ter feito sexo", respondeu Jason.

"Ah, que bobagem. E o que deu em você agora, virou conservador? E é fácil para você dizer isso, já que pode transar o quanto quiser sem perigo de gravidez."

"Ah, meu Deus! Nem te contei! Ed, um amigo de Lucas, ligou pra casa ontem à noite para contar que o ex-namorado dele, Martin, engravidou uma mulher e vai se casar. Bichas burras. Nem sabem como usar anticoncepcionais..." E foi isso. Jason passou de uma fofoca a outra sem interrupção, cada uma mais excitante e ridícula que a outra. Ele era muito meu amigo, mas a crise pela qual Jill passava estava tão distante dele quanto a da pobre noiva que engravidou do ex-namorado do amigo do namorado dele. Mas eu não me sentia assim distante.

9

Fontes secundárias nunca são inteiramente confiáveis. Fontes primárias grávidas, apaixonadas e à beira de um ataque de nervos não são muito melhores. Falta detalhamento. O que sei é que Daniel foi à casa de Jill quase todas as noites depois que o encontrei no café, e que os dois conversaram e conversaram até não aguentar mais, até não quererem mais olhar na cara um do outro. Também ficaram calados por muito tempo, só de mãos dadas, e transaram aos montes, já que, àquela altura do campeonato, não fazia mais diferença. Sei que Jill não ignorou o que Dan sentia, que ouviu o que ele tinha a dizer e pensou a respeito, que Dan não falou e foi embora, mas também ouviu o lado dela e até tentou mudar o que sentia, que eles continuavam a se amar, que Dan tentou muito amadurecer instantaneamente naquelas duas semanas depois da formatura. Sei que houve negociações. Lágrimas escorreram de ambos os lados. Havia mágoa, muita mágoa, mas não de propósito, e mesmo não podendo reproduzir aquelas conversas fielmente sei que foram muito sinceras.

No final das contas, nada disso fez diferença. Um acontecimento mudou tudo, e se não fosse por isso teria sido diferente. Acho que Jill e Daniel teriam ficado conversando naquele sofá por nove meses até que a bolsa estourasse no meio de uma frase e eles não tivessem mais escolha. Para ser sincera, acho que Daniel teria se saído muito bem como pai assim de repente. Mas houve um catalisador, um evento que alterou tudo, e não apenas para nós. Um evento assim é bom quando você conta uma história, mas é péssimo quando precisa tomar uma decisão, e é apavorante pensar que, se não fosse por aquele instante, todas as nossas vidas teriam sido diferentes. Talvez eu esteja sendo revisionista. Vai ver que estou criando um mito de origem. Mas nada me convence de que não foi a namorada do ex-namorado do amigo do namorado de Jason que mudou tudo.

Estávamos sentados à mesa da minha casa — Katie, Jill, Daniel e eu, cerca de três semanas depois da formatura, Jill com menos de dois meses de gravidez. Estávamos satisfeitos, tínhamos comido e conversado. Falado quase nada sobre bebês e muito sobre nada em especial. Encontramos um cantinho no meio de toda a confusão onde as coisas não pareciam mais tão urgentes. Eles tinham uma decisão a tomar, mas não precisava ser naquele exato momento. Tínhamos chegado a um ponto em que podíamos falar de outras coisas e fazer brincadeiras, quase como costumava ser (a barriga de Jill ainda não estava aparecendo, e ela não ficava enjoada). Quase conseguíamos esquecer tudo por horas inteiras. As coisas pareciam bem. Foi então que Jason e Lucas bateram na porta com notícias e, graças a Deus, bolo.

O mais estranho é que a notícia não parecera tão avassaladora para eles, de modo que depois nem conseguiam reconstituir os eventos que haviam iniciado, e não acreditavam que aquela pequena fofoca tivesse mudado tudo. Eles nem começaram por ela.

"Trouxemos bolo", anunciou Jason, marchando direto para a cozinha, tirando pratos e garfos e colocando água para o chá.

"Sobras de ontem à noite lá do restaurante. Um bolo inteiro. Nunca acontece", acrescentou Lucas. "Eu devia fazer macarrão mais vezes. Todo mundo fica cheio demais para comer sobremesa."

"Não é muito bom para as vendas", disse Daniel.

"Não", refletiu Lucas. "Mas é bom para vocês. Sobremesa de graça."

"Não acredito que vamos comer mais", disse Katie. Eu tinha feito pizza. E salada. E legumes grelhados. E pão de alho. Tínhamos começado com homus e bolachas, mas o bolo de Lucas era bom demais para se recusar.

"Estava cheio hoje?", perguntei.

"Mais ou menos. Abriu um restaurante novo, Grill Art, e tem muita gente indo lá."

"Almoçamos lá ontem", disse Jason em tom conspiratório. "Um horror."

"Não foi assim tão horrível", discordou Lucas, generoso. "O lugar acabou de abrir, talvez no jantar seja melhor."

"Muito molho em tudo. Tudo meio frio. Muito sal. Sem gosto. Aquele sujeito bem que queria cozinhar como você."

"Ah, querido", disse Lucas se inclinando e beijando Jason na boca, "todo mundo quer cozinhar como eu."

"O que vocês vão fazer este fim de semana?", perguntou Jill.

"Nada de especial", respondeu Jason. "Vamos ao jogo amanhã à tarde."

"Precisamos dar um jeito no jardim."

"Preciso preparar meu curso de verão."

"E realmente deveríamos visitar Elise", disse Lucas.

"Mas a gente nem conhece Elise", protestou Jason.

"Quem é ela?", perguntei.

"Eu te contei", explicou Jason. "É a noiva grávida do ex-namorado de Ed."

"Era", disse Lucas.

"Ela morreu?", balbuciei.

"Não, eu quis dizer que ela estava grávida. Não está mais."

"E não está mais noiva", acrescentou Lucas secamente. Do outro lado da mesa, Jill e Dan se calaram, embora não estivessem dizendo nada mesmo.

"O que aconteceu?"

"Ela sofreu um acidente de carro. O pneu do carro da frente estourou, e ela tentou desviar. Todo mundo tentou desviar. Bateram na lateral e atrás do carro dela", contou Lucas.

"Ela está bem", prosseguiu Jason. "Quebrou um braço e bateu a cabeça forte, por isso querem que fique em observação no hospital por alguns dias. Mas perdeu o bebê."

"E Martin desfez o noivado. Não havia motivo para continuar. Ele disse que a amava, mas não daquela maneira, que estava confuso, que sentia muito, essas coisas. Tenho tanta pena dela", acrescentou Lucas, "mas está na cara que o sujeito é gay. Ninguém deixa de ser gay."

"Na verdade, foi muito melhor ela ter descoberto isso agora do que depois. Antes de casar, antes de ter filhos. Na verdade, é uma bênção", concluiu Jason.

"Só que ela está tão apaixonada, coitadinha. Sofreu um acidente, teve o carro destruído, acordou no hospital com um braço quebrado, uma concussão e sem bebê, e então Martin terminou tudo. É por isso que temos que visitá-la esse fim de semana, a gente sempre anima as pessoas." A conversa já não incluía todos, apenas Jason e Lucas, que haviam se retraído em um diálogo privado, tão à vontade que nem perceberam que Daniel estava verde e pálido ou que o rosto de Jill estava coberto com uma camada brilhante de suor. Ela sacudia a cabeça de um lado para o outro, com a boca aberta, sem conseguir dizer nada.

"Oh-oh", disse Lucas, erguendo o olhar.

"Ela perdeu o bebê?", perguntou Jill num sussurro, quase sem pronunciar as palavras.

"Ah, meu bem", Jason tinha voltado para nós. "Eu sinto muito. Ela perdeu o bebê, sim, mas não tem problema, a gravidez estava muito no início. O médico disse que estava tudo bem e explicou ao Martin que eles podiam voltar a tentar imediatamente", acrescentou com um sorriso meio capenga, já que estava claro que Martin não estava interessado nisso.

Uma pausa.

"Está tudo bem com você", adiantou-se Katie. "Não foi com você, você está bem."

Jill apertava a barriga, com cara de louca.

"Ela também está bem", continuei. "Ela vai ficar bem em um ou dois dias."

Jill não respondia, e nenhum de nós sabia o que exatamente a perturbava — o acidente, o aborto espontâneo, o noivado desfeito, o fato de que tanta coisa havia desaparecido assim de repente.

Daniel, recobrando a cor aos poucos, umedeceu os lábios e tentou reconfortá-la. "É melhor para todo mundo", ele disse devagar no que parecia um sussurro arfante. "Ela vai encontrar outra pessoa, alguém que realmente a queira e realmente queira um bebê em vez de amarrar esse pobre sujeito num casamento com ela."

Tenho certeza de que ele não pensou antes de falar isso. O que ele disse era verdade. Mas também era muito inapropriado vindo dos lábios dele.

Jill se levantou, foi para o banheiro lilás e vomitou com estardalhaço. Foram seis semanas de enjoos reprimidos, seis semanas de rejeição e fuga, de medo, pânico e isolamento, de discussões intermináveis apesar da falta de opções de verdade. Foi a percepção, enfim, do que tudo aquilo significava, de como tudo aquilo ia mudar a vida dela de formas que não podia ver como boas ou promissoras, foi a percepção, finalmente, de que ia ter um bebê, e provavelmente sozinha.

Permanecemos sentados, em silêncio. Não dá para comer bolo com alguém vomitando no banheiro de um apartamento de um quarto. Não se come bolo enquanto um amigo se esvai. E aquele vômito e tudo o que ele significava estavam por vir havia seis longas semanas. Troquei olhares culpados com Katie. Tínhamos passado aquele tempo evitando decisões, responsabilidade e realidade, e ajudamos Jill e Daniel a fazer o mesmo, quando era a última coisa que deveríamos ter feito. Éramos cúmplices, e eu me senti tão (ou quase tão) nauseada quanto Jill.

Daniel se afastou da mesa, respirou fundo de maneira quase cômica — como se estivesse vazio por dentro e quisesse inflar — e foi até o banheiro. Ele fechou a porta, talvez em uma inútil tentativa de ter alguma privacidade, mas o apartamento era muito pequeno e vagabundo, com paredes finas. Ninguém quer escutar outra pessoa vomitando no banheiro, mas isso é impossível, então tentamos não ouvir a conversa de Daniel e Jill, mas é claro que não foi possível também. Devíamos ter levantado e ido embora, mas parecia que um gás paralisante saía do bolo.

"Amor, me desculpe", ele disse. "Eu não estava falando da gente. Estava me referindo a eles, não estava raciocinando direito."

Pausa.

"Você está bem?"

"Eu preciso ter esse bebê", ela disse, com a voz trêmula.

"Tudo bem", ele disse.

"Daniel, e se eu perder o bebê?"

"Eu não sei."

"Eu tenho que protegê-lo", ela disse. "Por toda a minha vida."

"Tudo bem."

Eu queria levantar, sair, mas não conseguíamos nos mover. Não conseguíamos nem levantar os olhos dos nossos pratos. Estávamos presos naquele drama e envolvidos nele.

"Não acredito que quase perdi este bebê", murmurou Jill. Daniel, calado e resignado, apenas ouvindo, parecia tentar entender quanto daquilo era uma reação irracional e quanto era certeza, e estava chegando a suas próprias conclusões.

"Jill, não posso fazer isso." Ele estava chorando. "Não posso, não consigo. Eu seria como o Martin, ficaria ressentido. Não quero fazer parte disso."

"Eu não quero você assim. *Nós* não queremos." Ela também estava chorando.

"Não posso mudar sua opinião. Não quero mudar sua opinião. Mas não consigo fazer isso." A voz dele soava abafada. Ela o estava abraçando. O rosto dele devia estar enterrado nos cabelos ou na barriga dela. Eles acabaram ficando tão histéricos e emotivos — e íntimos — que estávamos constrangidos demais para nos mexer.

"Que tal ir tomar uma cerveja?", propôs Lucas.

"Ótima ideia", disse Katie, de forma completamente inesperada. Quando deixamos o apartamento, era como se estivéssemos abandonando um incêndio que começara lentamente e acabaria explodindo.

Mas já era tarde. Estávamos todos exaustos. Não queríamos uma cerveja, não queríamos nada. Jason e Lucas, de cabeça baixa e se sentindo péssimos, entraram no carro e foram para casa. Katie e eu fomos para o apartamento dela, ligamos a televisão e caímos no sono quase de imediato. Estávamos sobrecarregadas. Acordamos às seis, voltamos para o meu apartamento e encontramos Jill dormindo na minha cama. Sozinha. Subimos na cama também.

"Oi", ela disse sonolenta.

"Oi", respondi.

"Oi", disse Katie.

"Ele foi embora", disse Jill.

"Para onde?", perguntei.

"Não sei bem", ela respondeu, meio tonta, como se estivesse respondendo a um problema lógico. "Ele tinha dito que queria passar o verão na Califórnia. Talvez tenha ido para lá."

"Como é que ficaram as coisas?", perguntou Katie.

"Ele não quer ser pai. Eu não quero fazer um aborto. Nenhum de nós queria que ele fosse embora, mas, considerando as opções, era a melhor, então pelo menos concordamos nisso."

"Você está bem?", perguntou Katie delicadamente.
"Não."
"Podemos fazer alguma coisa?", perguntei.
"Vocês me ajudam a criar um bebê?"
"Lógico", respondi.
"Claro que sim", disse Katie.
"Obrigada", disse Jill, e voltamos todas a dormir.

10

O primeiro problema era que Jill, sem o devido aconselhamento, continuava a comer basicamente bolacha água e sal. Não é que ela não gostasse de nada. Ela comia bem quando tínhamos dinheiro para sair, e comia qualquer coisa que eu cozinhasse para ela. Às vezes, complementava as bolachas com M&Ms e, mais raramente ainda, complementava os M&Ms com uma maçã ou suco de laranja. A maior parte do tempo, no entanto, ela se alimentava de bolacha e água. Seria ótimo se ela fosse prisioneira em um romance do século XIX, mas é péssimo para quem vai ter um bebê. O primeiro problema a ser resolvido, portanto, antes mesmo de reparar aquele coração partido, era fazer com que Jill comesse.

O segundo problema, claro, era o coração partido. Mas todos sabemos que isso é um pouco mais complicado.

O terceiro problema era financeiro. Para quem não está familiarizado com o tema, bolsas de pós-graduação podem parecer uma boa. As mensalidades do curso são pagas e você recebe uma ajuda de custo. Em troca, dá aulas de introdução à redação, ganhando a vida, adquirindo experiência e formando um currículo. Infelizmente, a bolsa não dá conta de todas as despesas. Mas nós nos virávamos de uma maneira ou de outra. Katie estava sempre devendo no cartão de crédito (que não cobram juros baixos e fixos até que você arrume um emprego, como os empréstimos estudantis). Meus pais me deram móveis antigos e pagam o seguro do meu carro. Minha avó me levava para fazer compras quando eu precisava de roupas novas. Jason foi sensato o bastante para se apaixonar por um cara com um emprego de verdade. E Jill comia bolacha água e sal. As bolachas talvez funcionassem para uma pessoa, mas não para duas, especialmente quando uma delas também ia precisar de fraldas, roupas, brinquedos, cadeirinha para o carro, cobertores, cadeirão e cuidados médicos frequentes.

O quarto problema era quem cuidaria do bebê. A pós-graduação exige dedicação integral. São apenas doze a quinze horas por semana em sala de aula, seja aprendendo, ensinando ou ambos. Mas são um trilhão de horas corrigindo trabalhos. E mais dois trilhões de horas lendo. Isso dá três trilhões de horas, mais as doze horas que você leva para comer, dormir um pouco e fazer alguma coisa social só para não ficar maluca. Você pode corrigir trabalhos mais rápido. Pode tentar ler mais rápido, só passar os olhos, pular alguns livros, mas não sobra muito tempo para tomar conta de um bebê.

Cogitamos soluções sensatas e soluções ridículas. Pensamos que Jill poderia largar a pós e arrumar um emprego de verdade (o que só resolveria o problema três). Pensamos que ela poderia se tornar degustadora profissional de alimentos (o que resolveria os problemas um e três). Sugerimos um programa de reality show em que times de grávidas fazem gincanas em restaurantes pelo país à procura de refeições que não as façam vomitar (as imagens seriam impressionantes, com brigas homéricas e inevitáveis, um serviço de interesse público inestimável). Mas eu sempre acabava batendo na mesma tecla. Por mais que tentasse, não conseguia ver solução. Quando tive certeza, telefonei para ela imediatamente. Não importava que eram três horas da manhã. Eu não conseguia dormir de tanto pensar naquilo, então por que ela haveria de dormir?

"Vamos morar juntas", eu disse do nada assim que ela atendeu o telefone e murmurou algo que parecia um alô.

Silêncio. E então: "Quem é que está falando?".

"Jill, você sabe que sou eu. Acorda. Vamos morar juntas. Nós três. Organizamos nossos horários de modo que sempre tenha alguém em casa com o bebê (problema quatro). A gente divide as despesas (problema três). Eu cozinho (alimentar Jill e o feto à força — problema um e talvez dois resolvidos, dependendo da qualidade da comida). Pensei muito a respeito. É a melhor solução."

Silêncio. "Quem é que está falando?!"

"Jill! Estou falando sério. Não é um ótimo plano?"

"E como é que cozinhar vai ajudar?"

"Você precisa alimentar esse bebê com outra coisa além de bolacha."

"Eu não como só bolacha."

"Come, sim."

"Não como, não."

"Come, sim."

"Podemos ter essa conversa amanhã?", ela perguntou, mas eu podia jurar que ela estava de pé, tinha esfregado os olhos e clareado a mente. Finalmente Jill disse: "Você acha que vai ser um bom pai?".

Sorri. "Vou ser um ótimo pai."

11

Embora no meio da noite tudo tivesse ficado muito claro, as coisas não permaneceram assim. Conversamos, e muito. Jill não estava inteiramente à vontade em pedir um favor tão grande. Katie não tinha muita certeza de que morar com uma mulher desgraçada e ajudá-la a criar seu filho ilegítimo estava de acordo com a doutrina da Igreja. Estávamos preocupadas com nosso trabalho. Era difícil imaginar ter ainda menos tempo para fazer tudo, e era mais difícil imaginar ler e escrever com um bebê chorando o tempo todo. Também sofríamos de alguma hesitação, confesso, quanto a viver juntas — especialmente eu. Achei que éramos velhas demais para ter que dividir uma casa e que acabaríamos nos odiando. Eu não conseguia acreditar que toda aquela espera e dor de cabeça para finalmente pintar meu banheiro de lilás tinha sido em vão.

Pelo menos na teoria, tudo parecia possível. Organizaríamos nossas aulas em horários diferentes. Só daríamos aula na mesma hora nas noites em que Jason fosse dormir em casa e pudesse ficar com o bebê por algumas horas. Eu cozinharia. Eu me convenci de que dava na mesma cozinhar para três pessoas, ainda que sobrasse menos comida para depois, porque haveria alguém para fazer as compras no supermercado antes e para lavar os pratos depois. Dividiríamos as despesas da casa. Era tudo muito fácil. Não tinha como dar errado.

É claro que, se isso tudo fosse verdade, não haveria história. Como todo mundo sabe, dizer que nada vai dar errado vem imediatamente antes de tudo dar errado.

Adotamos uma cadela no canil municipal, Tio Claude, para praticar a maternidade, ter uma dose extra de amor e agradar a nós mesmas — já que eu não ia mais ter meu apartamentinho só para mim e teria que dividir uma casa enorme com um monte de gente, por que não arrumar um cachorro? Tio Claude era um anjinho, uma *border collie* mestiça, verdadeiro gênio (mais esperta que muitos dos meus alunos), perseguidora de bolas implacável, se não compulsiva, e uma bola de pelos ambulante (o que não percebemos até ser tarde demais), e merecia um quintal maior. Por isso encontramos uma casa bem grande, com um terreno enorme. Quatro quartos para que todo mundo — inclusive o bebê — tivesse o seu. Três banheiros, então nenhuma divisão nesse quesito também. Uma cozinha enorme, uma varanda agradável e muita luz. Embora eu fosse adorar mais alguns meses de liberdade, achamos que era melhor começar a mudança o mais rápido possível, antes que Jill ficasse muito grávida. Mesmo em uma cidade liberal como Seattle, algumas pessoas relutariam em alugar uma casa para uma família como a nossa. Três moças dividindo um lugar não tem nada de mais, mas basta colocar uma barriga redonda em uma delas e pronto, podemos virar um culto, uma causa ou, no mínimo, sinal de problemas.

Além do mais era verão, então tínhamos tempo. E era divertido. Fizemos uma seleção dos nossos próprios móveis, demos as piores peças e nos sentimos como se tivéssemos ganhado dois terços de uma casa com coisas novas. Compramos tapetes de banheiro e almofadas. Compramos velas, abajures e uma manta. É impressionante como mesmo com tão pouco dinheiro é possível comprar a sensação de pertencimento, estabilidade, compromisso. Viver sozinho, percebi então, sempre parece algo provisório, então não há nada de mais em uma sacola de plástico pendurada na maçaneta. Agora estávamos fazendo nosso ninho. Juntas, achamos que merecíamos uma lata de lixo de verdade. Juntas, estávamos montando uma casa — para o bebê, mas também para nós. Não é que eu não achasse que não merecia isso quando vivia sozinha. Tinha pintado meu banheiro, afinal de contas. É só que a maior parte não parecia valer a pena. Para que eu realmente precisava de uma lata de lixo? Sempre me perturbou o fato de que as pessoas vivem em relativa imundície por anos, mas basta ficarem noivos que precisam de toalhas e lençóis que combinem e panelas caras (mesmo quem não cozinha). Apenas quando fui morar com Jill e Katie percebi que não é que os recém-casados se sintam mais dignos ou merecedores, mas é a primeira vez que todo o esforço parece valer a pena. Aprendi muitas coisas naqueles meses, mas a primeira e mais duradoura foi o peso — de uma família, de ser parte de uma unidade — que simplesmente não se tem sozinho. Era a amizade. E, embora eu não percebesse na época, a maternidade.

Era uma doença também. Literalmente. Quando eu estava no primário, em uma visita da escola ao zoológico, iniciei uma reação em cadeia no ônibus que fez com que minha professora, uma mulher de talento inegável em sala de aula, largasse o emprego, diante da realidade das crianças de sete anos. Robbie Stafford, sentado do outro lado do ônibus e três fileiras atrás de mim, abaixou a cabeça tranquilamente no corredor e vomitou o café da manhã. "Eecccaaaaaa", disse Lizzie Donavan, que estava ao lado dele. "Épico", disse Mark Manther, cujas botas ficaram só um pouco sujas e cujo irmão mais velho fornecia uma fonte constante de gírias que na maior parte das vezes éramos muito novos para entender. "Que nojo", disse Monica Sorrenson, atrás de mim. "Bleeergh", eu disse, virando-me para o corredor e botando o meu café da manhã para fora.

Uma criança vomitando pode ser nojento ou engraçado, dependendo da sua perspectiva. Duas crianças vomitando, contudo, não era boa coisa na nossa mente coletiva de sete anos. Talvez tivéssemos sido envenenados. Talvez o ônibus estivesse soltando gases perigosos porque na verdade não era um ônibus, era um esconderijo de crianças sequestradas, e não estávamos indo ao zoológico. Vai ver era só o cheiro. Mas Eric Hynes, atrás de mim, Susan Jenson, Kelly Levine e Harold Potter (imagino onde esse menino está e como a vida dele é hoje, com esse nome) viraram para o corredor e vomitaram. Talvez outros tenham vomitado depois também. Lá pelas tantas eu estava me sentindo muito mal e tinha perdido a conta. Vômito em cadeia no primário, descontrolado. Era de fazer qualquer um desistir de lecionar. Nos meus piores dias em sala de aula, dou graças a Deus por não ser a srta. Avramson.

O que eu quero dizer com tudo isso é que vomito quando vejo outras pessoas vomitarem. Não tanto pelo cheiro, se bem que ele não ajuda em nada, mais pelo som — os espasmos, a tosse violenta logo antes de acontecer, o material digerido de encontro ao vaso sanitário/calçada/chão do ônibus. Os enjoos matinais de Jill, uma vez iniciados pelo aborto espontâneo de Elise, nunca mais foram embora, nem se restringiram às manhãs. Ela vomitava quase todo dia até o sétimo mês. E eu também. Era impossível evitar. Vômito é algo perturbador. Faz qualquer um vomitar. E não me importo se isso parece ridículo.

Tanto vômito, tanta ruminação, tanta coisa para empacotar e desempacotar, tantas companheiras de casa como eu não via desde os tempos de faculdade. Aquilo tudo estava me sufocando, era demais. E só havia uma solução. A primeira coisa que todas as responsabilidades e maquinações da maternidade me fizeram perceber foi o quanto eu ainda precisava da minha própria mãe. Na sexta-feira depois da mudança, entrei no carro e atravessei a fronteira rumo ao Norte para ver minha família.

Quando cheguei, meus pais estavam na varanda com a minha avó, que fingia inspecionar alguns vasos de flores, mas estava mesmo era fumando um cigarro. Todos sorriram ao me ver, e seus rostos se iluminaram quando Tio Claude saiu pulando de trás das minhas pernas.

"Oi, fofinho", disse minha avó, abaixando-se. "Quem é este aqui?"

"Tio Claude, sua bisneta-cão."

"Você arrumou um cachorro", comemorou minha avó, fazendo festinha na barriga dela com a mão livre.

"Ele é adorável", disse minha mãe, tentando se aproximar dela também.

"Ela", corrigi, apontando para o óbvio.

"Mas Tio Claude é nome de homem", disse meu pai com muita razão.

"Mesmo assim."

"Ah, fofura, quer dizer que você é uma menina? Muito prazer em conhecê-la", arrulhou minha avó.

"O que deu em você?", perguntou meu pai.

"Bom, agora a gente tem uma casa com um quintal grande, então..."

"Toda pessoa que pode ter um cachorro deve ter um. Quem pode ter um cachorro e não tem deve ter algum problema", disse minha avó. Essa era mais uma das inúmeras regras dela (como a de não sair com torcedores dos Yankees — que, aliás, é originalmente dela, não minha).

"Quintal grande", expliquei. "E eu mereço."

"E como vão as coisas na casa nova?", perguntou minha mãe, ainda sem desviar o olhar da cadela. "Como é que está sendo dividir uma casa novamente?"

"Está tudo bem", expliquei pouco convicta. "É um pouco confuso, eu não estava mais acostumada com tanta gente. As pessoas não vão mais embora depois do jantar."

"Você sabe que adoro Jill e Katie", disse minha avó, "mas não sei se gostaria de viver com elas. Ou de criar os filhos delas."

"Bebês dão muito trabalho", acrescentou minha mãe, e não sei se ela quis dizer "que bom que você está ajudando" ou "não entendo por que diabos você se meteu nisso". Ela deixou a cadela de lado e veio me abraçar. Eu estava pensando esse tempo todo em Jill e o bebê, mas minha família estava muito mais interessada em mim. E esse era o motivo de eu ter ido para lá, claro. Ser a coisa mais importante para alguém.

"Você é uma menina maravilhosa", disse minha mãe.

"Vamos fazer umas compras", afirmou minha avó.

Na loja de artigos para bebês, minha avó jogou toalhas, lençóis, mantas, coisinhas com capuz, com pezinhos e pequenininhas em geral em tons pastéis dentro do carrinho como se não houvesse amanhã. Minha mãe, por outro lado, claramente favorecia o pedagógico em vez do prático, e escolheu brinquedos com espelhos, sininhos, bolinhas, barulhinhos, brinquedos para estimular a visão, a audição, o tato, brinquedos para acariciar e amar. Conforme esperado, minha contribuição foram os livros. Coleções de histórias de ninar para ler em voz alta, livros de pelúcia com dez palavras no máximo que, obviamente, se destinavam a ser abraçados ou abocanhados (eu adoro imaginar que antes de "digerir" literatura é preciso primeiro mastigá-la).

Senti uma onda de nostalgia na seção de livros, cercada por minhas obras de formação, capas que fazia anos que não via, cujo interior eu sabia de cor. Antes mesmo de saber o que elas significavam, as palavras me inspiraram o amor por mais palavras, pela leitura e por contar histórias, que ainda não se fora, e acolhi mais uma vez aqueles personagens que eram mais como velhos amigos. Na seção de livros, fui deliciosamente iludida a imaginar centenas de noites acordada até as três da manhã, centenas de fraldas sujas, centenas de vezes em que preferiríamos ter ido ao cinema. E tudo valeria a pena pela chance de ler aqueles livros para nosso pequeno ou nossa pequena.

Tudo estava um pouco menos assustador agora. Se meus pais e minha avó tivessem ficado horrorizados ou sido desencorajadores, eu teria entrado em pânico. Teria trazido à tona aquilo que eu mal permitira considerar nos meus piores momentos — que não daria certo, que ser mãe solteira não combina com uma vida equilibrada e saudável, que fazer uma pós era um luxo, que eu estava me ligando emocionalmente a um bebê que nunca seria meu, a uma família que nunca seria uma família de verdade. Mas, mesmo que todos os medos acabassem por se realizar, de uma forma ou de outra, não justificavam que eu não fizesse isso.

Passei alguns dias em casa e voltei para as aulas com o carro lotado de coisas para o bebê. Foram elas, e não o vômito, o pânico crescente, Jill aumentando a cada dia, que fizeram aquilo tudo real. Katie e Jill a princípio ficaram malucas com todos aqueles brinquedos — como se fossem para elas — e saíram pendurando cortinas de ursinho, instalando pequenas prateleiras e iniciando acalorados debates sobre a melhor posição do berço/trocador/balanço em relação à janela/porta/móbile de patinhos. Não tardou muito e ficamos todas quietas, caladas — não tristes ou algo parecido, apenas pensativas, montando aqueles móveis pequeninos, pendurando cabides de plástico com roupinhas diminutas por ordem de tamanho (meu pai argumentou que não teríamos mais vontade de ir às compras quando o bebê tivesse três/seis/nove meses do que na primeira semana, embora Katie duvidasse que algum dia não tivesse vontade ou disposição de ir às compras). Faltavam meses para o bebê nascer e, assim que terminamos de arrumar o quarto, ele se tornou informalmente território proibido. Não queríamos ler, estudar ou corrigir textos lá, estragando aquela grande novidade, aquela energia feliz. Mesmo assim, às vezes eu me levantava no meio da noite para fazer xixi e via Jill dormindo no chão do quarto ou aninhada junto à parede olhando as estrelas através da janela.

Uma semana depois de voltar com todas aquelas coisas de bebê, chegou uma caixa enorme pelo correio. Dentro, havia duas camisetas, uma caneca com os dizeres "Neta número um", um pacote do meu alcaçuz favorito, duas caixas de pretzels com chocolate e três ossos para cachorro. O cartão dizia: "Para o *meu* bebê (e o filhotinho dela) — desculpe-nos por nos esquecer de você em meio àquela confusão toda. Você continua sendo meu bebê favorito, sempre. Eu te amo. Adivinha quem...". Minha avó sempre assinava tudo com "Adivinha quem", então era fácil adivinhar.

As pessoas sempre gostam de dizer que nada é mais importante do que a família e amigos de verdade são como uma família. "Ela é como uma irmã para mim", dizemos de um amigo íntimo, como se família fosse feita não de sangue ou leis, mas apenas de amor. Só que as famílias de verdade são muito menos sentimentais do que isso. Família são aquelas pessoas das quais você não tem como escapar. A família de Jason, por exemplo, rejeitou-o quando ele contou que era gay. O pai disse que ele acabaria pegando aids, e que seria merecido. A mãe disse que tinha vontade de vomitar. A irmã disse que rezaria por ele, mas que não queria vê-lo nunca mais. Depois de anos de cartas, lágrimas e conversas constrangedoras, eles chegaram a uma triste trégua. Jason é bem-vindo nos feriados e algumas vezes por ano, desde que nunca diga nada que indique que é gay. Eles nunca conheceram Lucas. Nunca viram uma foto dele. Mas quando pergunto a Jason por que se importa, ele replica: "Não seja bobinha, Janey. Eles são minha família". Parece que a família, esse detalhe técnico, alivia todos os males, independentemente de sua importância.

Enquanto isso, eu sabia que minha família — minha avó, minha mãe e meu pai — sempre me amaria acima de tudo e de todos. Os amigos, mesmo os melhores, às vezes não o fariam, e não somente porque amigos brigam e saem da sua vida, mas também porque eles têm suas próprias prioridades. É verdade que podem colocá-lo acima de tudo, mas eles também têm família e necessidades. Com amigos, não há aquela irredutibilidade que há com a família. E a grande pergunta era se esse bebê seria "família" ou "amigo", e em qual categoria Jill e Katie realmente se encaixavam. Eu sabia que por mais difícil que fosse, por piores que fossem os desastres a caminho, se eu acabasse perdendo minhas melhores amigas, uma criança que era como se fosse minha, todo o meu dinheiro, minha sanidade e o que era mais importante para mim, não importa o que acontecesse, minha avó sempre me amaria acima de tudo e de todos. E eu torcia para que aquilo bastasse.

Aqueles nove meses (seis, a partir de quando nos mudamos) foram eletrizantes. Quando as aulas recomeçaram, éramos alvo das atenções. Toda vez que eu saía de casa com Jill, eu achava que estavam olhando para nós. Tinha certeza de que meus alunos fofocavam sobre a minha situação, embora não tivesse mencionado nada a eles. Eu me senti quase uma celebridade no meu departamento, sendo o foco dos cochichos de todos. E, o que era ainda mais estranho, parecia me preparar para dar à luz conforme as semanas passavam. Eu me sentia grávida. Eu me pegava acariciando minha barriga relativamente reta enquanto lia um livro, assistia a uma aula, esperava a água ferver ou a frigideira esquentar. Tentei conversar sobre isso com Katie, mas estava claro que ela não sentia o mesmo. Eu não queria roubar a atenção de Jill, mas aquilo tudo estava subindo à minha cabeça. Eu nunca estivera tão próxima de um escândalo. Era a primeira vez que mudava minha vida drasticamente por causa de outra pessoa. Era meu primeiro bebê, e talvez fosse o último.

É claro que eu não estava grávida de verdade. E as pessoas nem reparavam na gente. Não saímos juntas tanto assim, e quando isso acontecia todo mundo achava que eu era simplesmente amiga de Jill, o que era verdade. Fomos motivo de fofoca no departamento por uma semana e meia, até surgirem outros dramas mais interessantes. Meus alunos nem imaginavam que eu tinha uma vida além das paredes da sala de aula. E, embora eu mal conseguisse dormir ou respirar de tanto pensar no que estávamos fazendo e em como iríamos nos sair, essa era a fase da calmaria, a espera. Esperar para descobrir se Jill estava mesmo grávida, esperar para saber o que Daniel ia dizer, esperar por um plano — não tinha nada a ver com isso. Todo dia, praticamente, Jill ficava maior, mais arredondada, menos sutilmente grávida. A cada dia ela dizia "Sinta como está duro aqui", ou "Os pés dele estão na minha bexiga", ou "Meus sapatos não cabem mais". A cada manhã eu estava mais perto de nunca dormir de novo, a cada manhã sentia a perda crescente de liberdade e de sanidade. Quase segundo a segundo nos sentíamos próximas de uma responsabilidade que nunca acabaria e era muito maior do que aquilo com que podíamos lidar. Nem todas as manhãs eram assim tão opressivas. Em outras, eu ficava exultante com o que estava por vir. Eu tinha aquele ar saudável de grávida.

Os meses se passaram num grande torvelinho. Dávamos aulas, assistíamos a aulas, escrevíamos e líamos. Para praticar, víamos *Vila Sésamo* e *Caillou*. Na verdade, chegamos a apelidar o bebê de Caillou, já que o nome e o personagem do desenho são um tanto ambíguos quanto ao sexo. Jill dizia "Caillou não está parando quieto esta noite", ou "Caillou não me deixou dormir na noite passada", ou, se comesse algo ruim: "Caillou não gostou daquele salmão", "Adoro salada, mas Caillou, não". Em termos de nomes, realmente consideramos Anna Dana Megan Greta Rosalind Morgan Cora Hope Lanae. Se fosse um menino, pensamos em Will Pierre Oliver Dashiell Casper Nat Alexander. Os Yankees venceram o campeonato, como de praxe. Katie saiu com dois caras chamados Adam, além de um David, um Don e um Jeffrey. Nenhum deles era o certo. Compramos uma cadeirinha para o carro. Preparei refeições gigantescas e saudáveis para todo mundo, decidida a estufar Jill com proteínas, vitaminas e bons hábitos alimentares. Daniel não telefonou. Uma semana antes do dia de Ação de Graças, nós nos recolhemos para estudar para as provas orais, testes terríveis em que temos que escolher cem autores de quatro períodos literários e ler tudo o que escreveram. Passamos cinco semanas praticamente só estudando. Tomávamos banho a cada três dias. Naquelas cinco semanas, quando não estávamos em sala de aula, passávamos o tempo todo de calça de moletom, lendo enquanto cozinhávamos, lendo enquanto passeávamos com a cadela, lendo em voz alta no café da manhã enquanto as outras duas descansavam os olhos. O conhecimento era inútil e fadado a efêmero. O processo era ainda pior. Jill lia deitada no sofá, com os pés sobre o braço dele, já que ficava desconfortável em qualquer posição vertical. As provas orais consistiam em noventa minutos diante de um painel de quatro pessoas logo que as aulas do semestre acabassem. No dia 21 de dezembro, meu exame era às nove da manhã. O de Katie era ao meio-dia. Às três da tarde, foi a vez de Jill. Ela terminou às quatro e meia. Às quatro e trinta e um, entrou em trabalho de parto.

12

Eu estava em casa preparando o jantar. Todas as janelas estavam abertas para arejar, embora estivesse frio e chovesse. Não sei se estava realmente abafado e fedido — era bem possível, levando em consideração nosso hábito de tomar banho a cada três dias, a pilha de roupas sujas acumulada em quase todas as cadeiras da casa, os pratos sujos de molho na pia, as lixeiras abarrotadas —, mas talvez fosse só pelo estresse, pela ansiedade e pelo sofrimento de ter que estudar para os exames. O som e o aquecimento estavam no máximo, o forno estava cheio e as bocas do fogão ferviam de alívio, borbulhando frente à liberdade da palavra impressa. Tínhamos cancelado a assinatura do jornal nas semanas anteriores para não ficar tentadas a ler outra coisa que não o material das provas, mas agora eu não queria recomeçar, enjoada com a ideia de ler qualquer coisa que fosse (precisamente o que o programa de pós-graduação em literatura pretendia inspirar).

Eu tinha telefonado para os meus pais para contar que havia passado. Falei com minha avó. Falei com Nico, meu namorado da faculdade. Jill foi contra. "É como se você ainda estivesse com ele em um universo paralelo", ela disse. Mas era assim mesmo que nos sentíamos um com o outro. Ele não parecia um ex-namorado, uma pessoa com quem não se tem mais nada ou de quem se tem raiva; ele simplesmente era meu namorado, mas não naquele momento. "Vai ver *eu* ainda estou com ele em um universo paralelo", eu costumava responder. Liguei para contar o que havia acontecido, mas também porque subitamente senti muita falta dele, e precisava falar sobre alguma coisa além de livros e bebês, com alguém que me conhecera antes dos livros e dos bebês, que sabia que eu era uma pessoa com identidade própria, com coisas interessantes para dizer, com uma vida.

"Como vai a vida amorosa?", perguntou Nico. Hum, deixe-me ver...

"Digamos que ela não existe." Nico, é claro, estava em um relacionamento irritantemente feliz, estável. Com Caroline. "Mas tudo bem. Não estou entediada nem nada assim."

"Mas seria legal", disse Nico.

"É, seria legal", admiti.

Nico e eu nos conhecemos na primeira noite da faculdade, na indispensável festa para todos aqueles que não conhecem ninguém ou simplesmente não têm o que fazer. Ficamos amigos de imediato. Ele fez psicologia, sempre pensando em se especializar em serviço social. Nunca mudou de curso ou de objetivo, foi admitido na melhor escola de pós-graduação, terminou um semestre adiantado, conseguiu o emprego com que sonhara desde os quatro anos de idade, comprou um apartamento maravilhoso no centro de Vancouver, bem em frente ao parque, e de forma geral sua vida sempre fora perfeita. Na primeira semana da faculdade, Nico se sentiu um tanto ansioso e sobrecarregado, sem tempo para nada, mas se deu conta de que uma semana é feita de apenas cento e sessenta e oito horas, então era impossível ter mais de cento e sessenta e oito horas de coisas para fazer. Assim, todo domingo à noite ele fazia uma tabela. Doze horas por semana em aula, oito horas de sono por dia, trinta horas para os deveres de casa, cinco para o futebol, catorze para comer, quinze para sair, duas para o clube de psicologia, quatro para o coral, e assim por diante. Calculou quanto tempo queria passar sentado na cama jogando conversa fora com o colega de quarto (quatro horas por semana), falando com os pais ao telefone (uma), ou na biblioteca comigo sem estudar (duas no começo, depois quatro, quando começamos a nos agarrar entre as estantes). Toda semana, sem exceção, sobravam horas na vida de Nico. Esse é o tipo de pessoa que ele é.

Tentei tabular minhas cento e sessenta e oito horas com ele naquela primeira semana, mas não consegui nem começar a viver daquele jeito. Deixei de computar o tempo que eu passava no diretório acadêmico escolhendo entre iogurte de morango ou de banana com morango (cerca de uma hora por semana), deitada na cama/sentada à mesa/na biblioteca olhando para o nada, com os óculos de leitura no rosto, o lápis na mão, livro no colo, sem ler nada (umas cinco horas por semana, creio), ou sentindo-me culpada por estar atrasada com tudo (perdi a conta). Abandonei o projeto quase que de saída. Como não éramos pessoas parecidas, acabamos virando ótimos amigos.

Isso durou um semestre e meio. Nós nos parabenizávamos por ser maduros o bastante para conseguir ter um amigo do sexo oposto, e só amigo. Desdenhávamos da aparente falta de imaginação dos nossos colegas, com suas constantes insinuações e comentários de que era só uma questão de tempo, que sexo era inevitável, que um dia ficaríamos bêbados e tiraríamos nossas roupas. Até que um dia fizemos exatamente isso. Estávamos recostados em um tronco de árvore na praia, vendo o sol se pôr sobre a English Bay, enfiados na areia e agarradinhos por causa do frio — um clichê, eu sei. Num momento não estávamos nos beijando, e no segundo seguinte estávamos. Foi lindo. Estávamos tão felizes que nem demos bola para a avalanche de "eu sabia" e "eu te disse". Estávamos tão felizes que não demos bola para nada. Estávamos tão felizes que permanecemos nesse estado até o fim da faculdade.

É isso que quero dizer quando falo que Nico é meu namorado da faculdade: do começou ao fim, éramos eu e Nico.

Era também um relacionamento muito constante. Nunca moramos a mais de dois minutos de caminhada um do outro. Passávamos quase todas as noites juntos, fazíamos quase todas as refeições juntos, íamos e voltávamos das aulas juntos, e fazíamos coisas juntos entre tudo isso. Compartilhávamos os mesmos amigos, as mesmas festas e atividades. Não era tão doentio quanto parece; saíamos com outras pessoas, tínhamos um monte de amigos. Mas a faculdade é assim — poucas responsabilidades extras, uma carga de trabalho razoável, uma comunidade pequena e próxima, dormitórios em prédios adjacentes, e a necessidade de sono de pessoas de dezenove anos. Estávamos sempre juntos. Mas cursar a pós-graduação em cidades a seis mil quilômetros de distância uma da outra era diferente. Não tínhamos estrutura para um relacionamento que de repente tinha que se basear em palavras e memória, com pouco ou nenhum contato físico, horas ao telefone e meses sem se ver. Tentamos, mas não conseguimos. Estávamos juntos havia tempo suficiente, contudo, para dizer um ao outro, com delicadeza: "Sempre, *sempre* seremos amigos", e sem ser da boca para fora. Às vezes eu me perguntava como teria sido se não tivéssemos terminado. Senti tantas saudades dele que era como se houvesse um vácuo dentro do meu peito. Mas a verdade é que eu teria odiado Caroline de qualquer maneira.

"É tão difícil conhecer alguém", ele compreendeu. "Carol e eu também não encontramos ninguém."

Será que eles estavam fazendo suingue? Isso era novidade pra mim. "O que você quer dizer?", perguntei.

"Precisamos de mais amigos", explicou Nico, de forma inusitadamente melancólica. "Seria tão bom ter pessoas para chamar para jantar ou que nos chamassem, amigos com quem ir ao cinema... Ter um relacionamento com alguém não deveria ser assim tão... solitário. Mas não conhecemos ninguém."

"Você tem milhares de amigos, Nico." Todo mundo o adorava.

"É, mas eles não moram aqui. Você mora a três horas e está sempre estudando. Meus amigos da faculdade foram cada um para um lado. As pessoas que trabalham com a gente são velhas."

"Talvez você devesse colocar um anúncio pessoal na internet", sugeri a título de vingança, já que ele sempre insistia que eu fizesse o mesmo simplesmente porque ele nunca tivera de considerar isso.

"Ah, claro, porque um anúncio que dissesse 'casal jovem procura outros casais ou amigos para diversão, risadas e bons momentos' não ia atrair nenhum maluco ou tarado. Além do quê, não queremos forçar nada, queremos que seja espontâneo."

"Você e todos os solteiros do mundo", retruquei. "É exatamente assim que minhas alunas descrevem a busca por um namorado. É exatamente assim que eu descrevo a busca por um namorado."

"Mas você tem sorte, Janey. Tem tantos amigos legais. Tem pessoas com quem sair, com quem fazer alguma coisa, e todos moram perto de você. Achar um amor é fácil — é destino —, basta esperar que aconteça, acreditar que se ainda não aconteceu é porque vai acontecer logo. Quando acontece, aí pronto, você percebe que o resto está em suas mãos. É você que tem que criar sua vida, porque o destino já cumpriu sua parte, pelo menos no que diz respeito à sua vida social."

Será que ele estava se referindo a Caroline? Seria ela o destino dele, ou seria eu? Refletia sobre isso quando a outra linha tocou.

Deixei Nico na espera. Voltei.

"Meu Deus, Nico, nós vamos ter um bebê! Tenho que ir. Merda, tem comida no forno."

"Desligue tudo e vá embora", ele disse, empolgado. "Ligue assim que souber de alguma coisa."

"Tá, pode deixar. Te amo." Eu estava prestes a desligar quando pensei: "Nico, sabe de uma coisa? Ter amigos dá muito mais trabalho do que dizem por aí".

"Ter namorada também", ele respondeu. "Te amo também, um beijo."

Se você acha que comecei a refletir a caminho do hospital sobre a natureza do amor, dos relacionamentos e das expectativas, que dei graças por ter tantas pessoas maravilhosas na minha vida, que questionei minha busca, e a de todos, por um companheiro e casamento, sinto dizer que está enganado. O que pensei foi: "Puta merda". Era só nisso que eu pensava. Toda vez que eu conseguia respirar fundo o bastante para espairecer e deixar a mente vagar pelas músicas no rádio ou pensar nas provas, se eu havia mesmo desligado tudo na cozinha e que não havia fechado as janelas antes de sair (o que é perfeito para recém-nascidos em Seattle em dezembro), eu voltava imediatamente ao mesmo: puta merda, merda, merda.

13

Peguei trânsito, gritei e xinguei. O hospital ficava a menos de dez quilômetros, e eu tive um ataque a cada minuto. E se não chegasse a tempo? E se, depois de tudo isso, o bebê já estivesse lá, já fosse uma pessoa? E se Jill achasse que eu a tinha abandonado quando mais precisava? Ao contrário do que se poderia imaginar, os motoristas de Seattle são péssimos na chuva. Esse é um dos mistérios mais idiotas da vida. Quando finalmente cheguei ao hospital e *finalmente* encontrei o quarto de Jill, nada estava acontecendo — nada. Jill estava deitada na cama de calça jeans e camiseta. Katie estava sentada na cadeira ao lado, vestindo a roupa de moça inteligente que ela tinha comprado especialmente para as provas orais. Não dava para acreditar que estavam falando de provas.

"Eles perguntaram sobre Elizabeth Barrett Browning?", indagou Katie. "Eles me perguntaram sobre Elizabeth Barret Browning, acredita? Ninguém mais lê Elizabeth Barret Browning."

"Não, mas me perguntaram sobre Julia Kristeva", contou Jill. "Duvido que tenham lido uma linha dela. Estão viajando."

"Eles me perguntaram sobre David Mamet, e eu só consegui pensar naquele filme péssimo que alugamos sei lá quando, aquele com o ouro e as armas e todo mundo tentando enganar todo mundo. Como se eu tivesse que fazer pós para saber disso."

"Não acredito que vocês estão falando da prova", interrompi, alternando entre o alívio de ter chegado a tempo e o espanto por notar que era a única que tinha percebido que a resposta adequada a essa situação era "puta merda". "As provas acabaram. Quem se importa? Você está em trabalho de parto! Aliás, você passou?"

Ela fez que sim, abriu a boca para dizer alguma coisa, mas parou e ergueu o dedo: "Só um instante". Seu rosto se contorceu, e seu corpo ficou todo rígido. Fiquei apavorada. Katie parecia entediada. Jill relaxou. "Como eu ia dizendo... Ah, sim, passei. Mas perguntaram cada coisa idiota. Caiu Kristeva na sua?"

"Como assim? Você está tendo contrações?" Eu estava quase gritando.

"Não é tão terrível quanto parece, pelo menos por enquanto", Jill respondeu com a maior naturalidade.

"Eles não estão alarmados", relatou Katie. "Não querem nem que ela troque de roupa nem nada. Disseram que a fase inicial do trabalho de parto pode levar horas, mas querem que Jill fique aqui porque a bolsa já se rompeu. Alguma coisa relacionada a risco de infecção. Eles nos disseram para tirar uma soneca. Nem apareceram nos últimos quarenta e cinco minutos."

"Então estamos reclamando das provas", disse Jill.

Silêncio.

"O que você tem para contar?", perguntou Katie animada.

"Estou tendo um ataque de nervos", gritei, cobrindo o perímetro do quarto. "Como é que vocês conseguem ficar tão calmas? Não está doendo?", perguntei a Jill. "Ela não está com dor?", perguntei a Katie, sem esperar por resposta dela também. "Você está bem? Está com medo? Precisa de alguma coisa? Ligou para sua mãe? Está com fome? Aliás, você pode comer? O que vai fazer? Merda", concluí. Ninguém nem tentava me responder.

"Só estamos esperando", disse Jill placidamente.

"Quer ver TV?", sugeriu Katie.

Olhei de uma para outra como se fossem malucas. Fui ao corredor procurar, em vão, pela equipe de médicos e enfermeiras que eu tinha certeza de que devia estar ali. Vasculhei o cérebro por alguma informação sobre o que tínhamos que fazer naquele momento, porque nada me convencia de que era ver TV. Mas não encontrei nada.

"Acho que merecemos ver TV", disse Jill. Era verdade. Como com quase tudo, declaramos moratória à TV durante os estudos. Assistimos a reprises de *Friends*. A cada cinco minutos Jill retorcia a cara por causa das contrações, e nós esperávamos. Esperamos por quatro episódios de *Friends*, dois de *Simpsons* e dois reality shows inacreditavelmente ruins que Katie ia narrando ("Essa aí é Sophie. Ela é a mau-caráter de New Jersey. Era loira, mas Rob disse que gostava de ruivas, por isso ela pintou o cabelo. Ela é cabeleireira e quer ser modelo. Ele não vai escolhê-la." Etc.) Assistimos a um episódio de *Law & Order* e um *CSI* em não sei que cidade. Assistimos a um episódio antigo de *West Wing* e mais um *Law & Order*. As contrações de Jill iam ficando mais próximas, mas não muito. As enfermeiras vinham com mais frequência, mas suas palavras de encorajamento não eram lá muito encorajadoras. "Você está indo bem" e "Basta ficar calma".

"Como se eu fosse desistir e ir para casa", vociferou Jill. "Acho que mudei de ideia, o bebê vai ficar aqui dentro mesmo, obrigada. Talvez eu tente de novo em algumas semanas." Ela estava ficando de mau humor, o que era perfeitamente compreensível. Katie e eu, enquanto isso, ficávamos entediadas, cansadas e apertadas naquele quarto de hospital pequeno. Eu fantasiava sobre minha própria cama, ir para casa e fechar as janelas, jogar a comida fora, limpar a casa e ter uma noite de sono decente. Havia semanas eu não sabia o que era isso por causa dos estudos. Quando o bebê nascesse, eu não ia dormir mais, então aquela noite parecia ser a última chance. Jill não precisava da nossa ajuda agora. Ela estava cochilando. A coisa toda tinha passado de "puta merda" a tão trivial quanto esperar que sua vida mude para sempre. Katie e eu resolvemos quem ia para casa na base do cara ou coroa. Eu ganhei.

Coloquei a mão na testa de Jill. Ela abriu os olhos sonolentos. "Acho que vou para casa dormir um pouco, preparar tudo. São só dez minutos de lá pra cá, se você precisar de mim."

"Você vai embora?!" Jill, em pânico, apoiou-se nos cotovelos. Ela parecia realmente desesperada para ir junto.

"Não está acontecendo nada ainda", expliquei. "Pensei em ir para casa, fazer uma limpeza e voltar mais tarde."

"Não me deixe aqui", ela sussurrou. "Por favor... eu também não quero ficar aqui esperando, mas não posso ir embora, posso?" Katie revirou os olhos, mas ficamos. Katie subiu na cama ao lado de Jill. Eu me ajeitei sobre duas cadeiras desmontáveis. Nenhuma de nós conseguiu dormir. Era um bom treino. Lá pelas quatro da manhã, as contrações de Jill vinham a cada três minutos, e eu não consegui mais dormir entre elas. Ela estava com oito centímetros de dilatação quando a enfermeira veio, às quatro e quarenta e cinco. Às quinze para as seis, eles resolveram que era hora de começar a empurrar.

O resto você já sabe como é. Já deve ter dado à luz ou presenciado uma pessoa querida em trabalho de parto. Mesmo que não tenha, certamente já viu, como eu, na TV, nos filmes. Em geral, a vida real não tem nada a ver com o que aparece na TV, mas neste caso era exatamente a mesma coisa. Jill grunhiu, gritou, suou e chorou à beça, apertou minha mão e a de Katie, reclamou de sede, dor e exaustão. Ela foi muito corajosa. Ela estava linda e ao mesmo tempo... não estava. O bebê surgiu lentamente, grudento, vermelho e coberto por um líquido nojento. Foi exatamente como você está imaginando.

A história que eles não contam na TV é a da pessoa que segura a mão, porque, embora quase tão apavorante quanto o parto, esse papel é muito menos heroico. Eu estava apavorada. Tive medo durante a noite e a madrugada, mas quando finalmente começou, quando nos apoiamos nela para empurrar os joelhos até os ombros e os médicos e enfermeiras chegaram com todas aquelas luzes, ferramentas e equipamento de emergência, senti um medo até então desconhecido. Eu não estava impressionada — estava petrificada. Meu coração batia tão rápido, tão forte, que era difícil pensar e até mesmo ficar de pé. Eu estava sem palavras, e nunca fico sem palavras. Jill apertava minha mão e eu apertava de volta, com a mesma força. O bebê saiu e chorou; Jill se deitou e chorou; eu fiquei lá segurando minha amiga, soluçando não de alívio ou por ter presenciado um milagre, mas porque o medo ainda não tinha acabado. Não consigo explicar, ou talvez não queira. Não vou tentar descobrir o que me assustou tanto ou por quê. Tenho uma família para cuidar, afinal de contas.

Lá longe, à distância, todos eram só sorrisos.

"É um menino", disse o médico.

"Que clichê", resfoleguei.

"É um menino, um menino", gritava Katie, quase dançando, gritando na minha cara como se eu não conseguisse ouvi-la. Eu quase não conseguia mesmo. Jill estava apoiando o bebê contra o peito com as duas mãos, mais apertando que segurando, como que para impedir que ele deslizasse.

"É um menino, é um menino!", gritou Katie.

"É um menino, um menino", sussurrou Jill, angelicamente. Quando enfim voltei ao quarto, vinda do lugar muito, muito distante onde estivera, meu primeiro pensamento coerente foi: "Puta merda". Seguido por: "O que vamos fazer com um menino?".

Telefonamos para Diane, a mãe de Jill, pouco depois da filha dela começar a empurrar o bebê. Jill não queria que a mãe ficasse sentada esperando horas e horas e até dias de trabalho de parto. Ela era muito próxima da mãe, mas às vezes uma queria matar a outra. O pai de Jill a abandonou antes que ela começasse a andar; ela mal se lembra de como ele era. Diane não tinha coisas boas a dizer sobre ele, por isso preferiu não dizer nada. Até sair de casa para ir para a faculdade, tudo era sempre as duas para Jill. Ela admirava a mãe pelo que tinha feito, por estar em casa para o jantar na maior parte das vezes. Como cresceu assim, era algo que passou a considerar normal. Estranhava as famílias dos amiguinhos, muito grandes e apertadas em casas cheias, com muitos quartos e muita gente. Na faculdade, fez estudos de gênero e aprendeu com distanciamento acadêmico sobre as dificuldades das mães solteiras e as manipulações do sistema, e aquilo foi como uma revelação familiar. Jill reconheceu a si própria e à sua mãe, mas como se através de um espelho embaçado ou de um pano fino. As estatísticas nunca estavam corretas. A história de outra pessoa era sempre pior. Mesmo assim, Jill se sentia culpada por sua mãe ter trabalhado e lutado tanto, ter aberto mão de tantas coisas, enquanto ela, sua única filha, uma nascente feminista, nunca notara. Quando telefonou para a mãe da faculdade aos prantos, no final do primeiro ano, para se desculpar por nunca ter notado todo o esforço da mãe, como se isso fosse possível, Diane, depois de um silêncio incrédulo, respondeu: "Você quer dizer que nunca percebeu, nesses anos todos?".

"Não", murmurou Jill, arrasada, culpada até a pontinha dos cabelos.

"Você nunca notou todas as coisas de que nos privamos? Tudo o que fizemos sozinhas? Quanto eu tive de trabalhar? Como chegamos perto de simplesmente desistir? Você não estava pensando nessas coisas?", ela perguntou.

"Não, mãe, não estava. Sinto muito, eu não sabia", ela soluçou.

Silêncio do outro lado da linha. De repente, Diane disse: "Graças a Deus!". Jill não sabia o que dizer. Mais tarde, recuperada, Diane acrescentou: "Eu não ficava chateada pelas coisas que não podíamos ter. Quem precisa de roupas novas quando tem em casa uma filha maravilhosa? Mas ficava muito preocupada que você fosse passar fome, ou se sentir sozinha e triste porque outras meninas tinham o que você não tinha. Você nunca ter notado é a melhor coisa que você poderia me dizer".

Jill sabia que não era tão simples assim, que sua mãe provavelmente teve de abrir mão dos próprios sonhos, que com o dinheiro que economizou para pagar a faculdade da filha ela mesma poderia ter feito faculdade. Assim, esforçou-se para fazer tudo certo — dois bacharelados e nenhum plano de largar a vida acadêmica tão cedo. Quando terminou a faculdade, resolveu não comparecer à formatura. Considerava o chapéu e a beca feios e muito caros, e a cerimônia era uma bobagem. Ela disse à mãe que ia ficar com amigos até o fim da semana da formatura, depois faria as malas e voltaria para casa. Elas comemorariam discretamente, só as duas. Diane não entendeu de imediato. "Você está me dizendo que não pretende ir à sua própria formatura?", perguntou.

"Exatamente. É uma bobagem, não significa nada para mim."

"Não pense, nem por um momento", disse a mãe, calmamente, "que esse título é só seu. Nós vamos a essa formatura. As duas." Jill mantém as fotos daquele dia na mesinha de cabeceira. Ela é uma típica formanda com beca e abraça Diane, que colocou o chapéu na própria cabeça e segura o canudo. Embora esteja sorrindo na foto, Diane também parece um soldado de volta da guerra — traumatizada, marcada para sempre pelos horrores por que passou, mas indescritivelmente orgulhosa de tudo o que realizou, de tudo o que salvou.

Jill e Diane sabiam muito bem das estatísticas que apontam a maior probabilidade de filhas de mães solteiras serem mães solteiras também do que aquelas criadas em famílias com pai e mãe. Quando Jill terminou o segundo grau sem ficar grávida, e quando terminou a faculdade, Diane conseguiu relaxar pela primeira vez desde que a filha tivera sua primeira menstruação.

Ela havia criado uma moça forte, orgulhosa e inteligente que escapara ilesa. A partir dali, qualquer bebê seria desejado e planejado. Mas quando as coisas não saíram bem assim, quando ouviu nosso plano, também teve mais certeza do que nós mesmas de que podia funcionar. Nós não destruiríamos nossas vidas; juntas, conseguiríamos. Três, afinal, é mais do que dois.

Saí do quarto para lavar o rosto e encontrei Diane no balcão das enfermeiras. Ela se virou, abraçou-me com tanta força e por tanto tempo como se não tivesse mais nada em mente além de como era bom me ver.

"Como é que você está, minha querida?", ela perguntou. "Parece um pouco pálida."

"Estou bem", respondi, trêmula, perguntando-me se deveria contar a ela ou levá-la ao quarto para ver por si mesma, mas ela percebeu.

"Cheguei muito tarde, não é?" Diane me olhou atentamente e concluiu que minha palidez se devia a uma constituição física muito delicada, e não a um problema. Convencida disso, não perguntou mais nada. Preferia, acho, ver por si própria.

"Você não perdeu nada", assegurei. "Nada de bom, pelo menos."

"Você ficou um pouco abalada, não é?", ela especulou, enquanto segurava meu braço para que eu a guiasse até sua filha. "Eu lembro como é, não é nada agradável", disse rindo. "Esse é o lado bom de fazer tudo sozinha, ninguém tem que ver."

"Olhem só quem eu encontrei", anunciei ao entrar no quarto. Um milagre tinha ocorrido. As hordas de médicos e enfermeiras haviam sido substituídas por uma única mulher limpa e gentil, em roupas civis. Os instrumentos de metal, monitores barulhentos e equipamento de emergência tinham sido todos removidos, e um bercinho minúsculo fora colocado no lugar. O sangue e aquela gosma branca nojenta também haviam sumido. Os lençóis com tons de vermelho, marrom e amarelo estavam milagrosamente limpos, esticados e brancos. As fortes luzes tinham sido desligadas, as cortinas e as janelas estavam abertas, deixando entrar o ar fresco e o que chamamos de sol de dezembro aqui no noroeste do Pacífico. Aquela Jill que gritava, suava e gemia tinha dado lugar a uma Jill calma, seca, de camisola verde (sabe-se lá onde ela arrumou aquilo; certamente não era dela), segurando junto ao peito um bebezinho minúsculo, de olhos azuis bem abertos, também seco e limpo, em roupas novas e macias. Katie tirava fotos furiosamente. Jill estava em outro planeta, resplandecente, sorrindo que nem boba para o mundo lá fora. Parei a caminho da porta. Lembrei-me de todas aquelas pinturas de Maria e seu bebê. Lembrei-me de pombos e cotovias, corais de igreja e monges beneditinos, filhotinhos, primavera e meu coração partido. "Quem precisa de batismo quando temos o que quer que tenha acontecido aqui?", pensei. "O milagre do nascimento não é nada comparado ao milagre que aconteceu enquanto eu estava no corredor."

Diane foi imediatamente parar na cama com a filha, ambas chorando e chorando. Ela sussurrava nos cabelos de Jill: "Ah, meus amores, meus lindos, lindos amores". Katie tirou umas quarenta fotos dos três juntos, depois olhou para mim e saímos discretamente do quarto. Era a coisa certa a fazer. Além do mais, percebi de repente que estava faminta.

"Não foi maravilhoso?!", empolgou-se Katie.

"Foi nojento", minimizei.

Fomos até a cafeteria e ficamos tomando chocolate quente sob luzes fluorescentes que apitavam e comendo bolinhos duros como pedra de café da manhã (ou almoço, ou jantar, ou sei lá que horas eram). À nossa volta, todo mundo parecia tão cansado e atordoado quanto eu, mas a maioria das pessoas provavelmente estava ali por entes queridos doentes ou morrendo, comendo a enésima refeição da semana no hospital, engolindo sopa morna e gordurenta com notícias ruins e desespero. Comemos rapidamente, agradecemos em silêncio e voltamos para nosso belo dia e nosso bebê.

Quando chegamos ao quarto, Diane estava sentada em uma cadeira no corredor. "Eles me colocaram para fora para falar sobre amamentação. Ninguém me informou de nada na minha época, muito menos apertou meu peito e me ensinou a amamentar." Ela aceitou o café e o bolinho que tínhamos levado. "Então, como é que vocês duas estão?"

"Ah, estamos ótimas", respondeu Katie, claramente bêbada de felicidade, adrenalina ou alguma outra coisa. "Janey está tendo um faniquito" — não sabia que ela tinha percebido — "mas é tudo tão fantástico."

"Eu tenho um neto", disse Diane, como se essa fosse a resposta natural, e começou a parecer um tanto histérica também. "O que vamos fazer com um menino?"

"Foi exatamente isso que eu disse", afirmei.

"Não sei nada sobre meninos", divagou Diane.

"Ah, é tudo a mesma coisa", explicou Katie, que tinha quatro irmãos, além de três irmãs, e que, portanto, seria uma fonte de informações útil, mas eu e Diane continuávamos céticas.

"E se ele for um daqueles trogloditas que só pensa em peitos?", imaginou Diane.

"E se ele se aproveitar da hegemonia para nos deixar malucas?", eu disse.

"E se ele achar que é melhor do que nós só porque tem um pênis?", acrescentou Diane.

"E se ele só pensar com o pênis?", continuei.

"Como se limpa um pênis?", perguntou Diane, para divertimento de todos no corredor lotado. "E se vocês acabarem criando o menino mais efeminado do mundo?", disse Diane, e ficamos todas caladas, pensando nessa última questão, imaginando que tipo de menino criaríamos e como ele se sairia no mundo tendo crescido com três mães acadêmicas loucas.

"Vocês precisam de um nome", disse Diane, enfim. E de repente tínhamos uma tarefa impossível diante de nós. Não precisávamos criá-lo, cultivar sua masculinidade ou apresentá-lo ao mundo nesse exato minuto. Não tínhamos de ensinar tudo o que ele precisava saber agora ou nos dedicar de corpo e alma a suas necessidades e protegê-lo do mundo e de nós mesmas. Bastava dar-lhe um nome. Independentemente de tanta reflexão, estávamos certas de que o bebê seria uma menina. Éramos todas mulheres, afinal de contas.

A enfermeira saiu para o corredor e sorriu. "Aquele menino é lindo, mas precisa de um nome. É melhor vocês começarem a pensar nisso. Ah, podemos colocar uma cama extra no quarto hoje à noite, se vocês quiserem." Ninguém parecia surpreso por ver nós quatro, sem nenhum homem à vista, nenhuma envolvida romanticamente com Jill, mas todas claramente pretendendo criar o bebê. Ninguém perguntou pelo pai; ninguém olhou para nós com cara estranha. É, acho que os tempos são outros mesmo. Mães solteiras não são novidade, e ideia de culpa nunca chegaria a corredores estéreis onde isso acontece todos os dias. Ninguém chegou à conclusão natural de que éramos apenas amigas e estávamos lá para dar uma força. Era muito mais do que isso, e todo mundo parecia aceitar e nos apoiar. Cabia a nós todas achar um nome para o bebê. Podíamos todas passar a noite ali. Qualquer pessoa que olhasse para nós podia ver que éramos uma família.

"A enfermeira disse que ele vai mamar muito", Jill contou, feliz, quando entramos no quarto.

"Quem?", perguntou Diane.

Jill olhou para a mãe como se ela fosse maluca e apontou para o bebê com a cabeça.

"Não sei de quem você está falando", disse Diane.

"Meu filho", riu Jill, mas ela tinha entendido. "Tínhamos uma lista de nomes de meninos, mas nunca gostamos muito de nenhum deles. Nunca pensei que fôssemos precisar de um", ela admitiu.

"Os judeus dão aos bebês nomes de pessoas queridas que morreram", sugeri.

"Meio mórbido", argumentou Katie.

"Não conheço nenhum morto", disse Jill.

“Devíamos dar um nome literário para ele”, disse Katie. “Um autor, um personagem? Um teórico, quem sabe?” Consideramos nossas listas de leitura mentalmente, pensando com horror na possibilidade de chamar nosso bebê de Derrida.

“Todos os autores com que trabalho são mulheres”, disse Jill.

“Todos os livros que você lê têm final triste”, disse Diane. “Não é uma boa ideia. Há um motivo para não haver muitos meninos chamados Hamlet.”

“Não podemos colocar o nome de uma tragédia nele”, retrucou Jill enfaticamente.

“Que tal alguma coisa com final feliz?”, sugeriu Katie.

“Não quero nada com nenhum tipo de final, nada de finais para ele.”

“Tudo tem um final”, disse Diane.

“Os deuses gregos não têm”, disse Katie. “Que tal Zeus?”

“Zeus era muito galinha”, respondeu Jill. “Precisamos de um nome sem tragédia, sem finais e sem libertinagem. Algo importante. Algo majestoso.”

“Como Atlas?”, perguntou Diane, meio brincando, meio séria.

“Como Atlas”, repetiu Jill, baixinho.

“É um lindo nome”, disse Katie.

“É vasto”, disse Diane.

“As outras crianças vão rir dele”, eu disse.

“Não tem problema”, retrucou Jill. “Com um nome como Atlas, ele vai ser forte. Vai acabar com eles. A gente pode dar um segundo nome normal.”

E foi assim que Atlas Claude Mattison veio oficialmente ao mundo.

14

Uma enfermeira chegou para cobrir Atlas e o colocar em um berço que parecia uma caixa de sapatos transparente sobre rodinhas. Diane dormiu na "cama do pai", que já estava no quarto. Katie e eu dividimos a outra. Eu achava que não íamos conseguir dormir, mas foi só apagar a luz que teve início um sono pesado e imediato. Quando acordei já amanhecia. Eu estava amassada contra a grade de metal da cama e me sentia incrivelmente renovada. Fui em silêncio ao corredor. Estava frio e começava a chuviscar, como se fosse chover forte, mas o ar de verdade era refrescante, em comparação ao ar esterilizado. Sem cheiro de álcool, morte ou nascimento, e o mundo, por incrível que pareça, continuava o mesmo do dia anterior. Telefonei para meus pais e minha avó, depois para Jason e Lucas, depois para Nico para contar tudo. ("Você é mãe agora", ele disse melancólico, "nunca achei que fosse ser assim.")

Comprei um café e sentei em um banco perto da porta de entrada para saboreá-lo. Eu estava congelando, mas era ótimo ficar lá fora. Vi pacientes entrando no estacionamento, casais de idosos se ajudando lentamente a entrar e sair do carro. Vi pessoas de cabeça baixa entrando apressadas no prédio, pessoas com flores e balões, pessoas de avental branco e estetoscópio. Muitas usavam terno e gravata, e carregavam pastas. Algumas claramente estavam aprendendo a usar cadeiras de rodas e andadores, outras arrastavam cilindros de oxigênio. Alguns levavam presentes para bebês, balões e faixas de "É um menino/uma menina...". Sentei-me junto à porta, aproveitando o calor que saía toda hora que ela abria, agarrando-me ao café para roubar seu calor, observando o vaivém.

Eu estava esperando Daniel. Não percebi a princípio, mas era isso que eu estava fazendo. Passava um filme na minha mente: vejo uma pessoa familiar atravessando o estacionamento, e à medida que se aproxima percebo que é Daniel. Ele acena para mim, tímido, e apressa o passo. "Como é que ele soube?", penso. Talvez Katie tenha ligado. Ou Jill. Vai ver Diane sabia onde ele estava esse tempo todo (ela sempre gostara muito dele) e ligou para ele depois que telefonamos para ela. "Dê um dia a Jill, vá amanhã de manhã", ela teria dito. Será que eu ficaria simplesmente feliz em revê-lo, sem nenhum rancor ou raiva, apenas contente por ele estar ali? Ou partiria para cima de

Daniel, batendo no peito dele, perguntando "Onde é que você esteve?". Nos filmes, só existem essas duas opções.

"O nome dele é Atlas", eu diria, assim que recuperasse a voz.

"Atlas", ele riria. "Perfeito." Prestes a entrar no hospital, ele pararia na porta, viraria para mim e diria: "Obrigado, Janey, por tomar conta de tudo por mim enquanto eu estava fora. Agora estou aqui".

Mas não foi isso que aconteceu. Daniel não veio. Será que esse teria sido um final mais feliz? Teria sido melhor do que o que aconteceu depois e depois e depois? De certa maneira, é quase certo que sim. Por outro lado, mesmo sabendo o que sei agora, mesmo depois de tudo o que aconteceu, eu não podia deixar de esperar por ele. Permaneci sentada do lado de fora, olhando e esperando por mais uma hora, até que o dia amanheceu por completo e voltei para dentro para enfrentar a incrível realidade de que, em algumas horas, iríamos para casa com um bebezinho, um minúsculo ser humano, nosso Atlas.

Lá dentro, Katie estava fazendo o que ela faz de melhor — dar ordens às outras pessoas. Eu tinha certeza de que ia encontrar um diagrama de tarefas completo no fim da semana, uma lista manuscrita pregada na geladeira com a letra redondinha dela:

Amamentar: Jill

Banho: Katie

Arroto: Janey

Trocamos de tarefas no fim da semana.

☺ K

(p.s.: A conta de luz vence na quarta. Cada uma deve $ 43)

Quando entrei, ela estava dizendo para Jill: "Certo, você espera aqui pelo médico". E Jill estava rindo, revirando os olhos e olhando para mim. Como se outra pessoa pudesse fazer isso. "Janey e eu vamos para casa arrumar tudo. Diane, você fica com Jill e a leva para casa mais tarde, só telefone primeiro para avisar que está chegando, por favor."

"Tá bom, tá bom", disse Diane.

A caminho de casa, paramos no supermercado. Já tínhamos uma casa cheia de roupinhas minúsculas, fraldas, babadores, berços, cadeirinhas, carrinhos de bebê, brinquedos, livros, mamadeiras, chocalhos e móbiles. Eu não conseguia pensar em mais nada que pudéssemos precisar. Por isso tínhamos Katie. Ela sempre sabe do que você precisa em uma loja, qualquer loja. E onde encontrar o que você precisa. Katie conhece os lugares mais baratos e mais fáceis. Ela sabe do que alguém precisa antes mesmo da própria pessoa. Quando sugeri que não passássemos no supermercado porque Atlas era novo demais para comer comida de verdade e tínhamos um bom estoque de fraldas de pano e determinação de usá-las, Katie olhou para mim como quem olha para uma pobre coitada. Ela encheu o carrinho de coisas bem gostosas (para nós, segundo ela, embora eu já estivesse desconfiada disso), comida em saquinhos e em caixas ("Você não vai ter tempo de cozinhar", explicou), fraldas descartáveis (para uma emergência), lencinhos umedecidos para o bebê (para uma emergência), lenços descartáveis para nós (quando mencionei que já tínhamos um pacote com três em casa, ela começou a rir histericamente. Já contei que Katie é a mais velha de oito irmãos e irmãs?). Ela ainda comprou um xampu suave e uma espuma de banho orgânica, absorventes pós-parto (fiquei branca ao ver aquilo; nunca tinha visto uma coisas dessas, mas entendi por que estava na lista de compras), o maior frasco de aspirinas que eu já tinha visto na vida (quando fiz cara de surpresa, ela apenas disse "Vai por mim", com ar soturno, e fiquei me perguntando quem precisaria delas), e um monte de chocolate. Então fomos para casa.

"Uau, que jantar delicioso você estava fazendo", disse Katie, como se fosse possível requentá-lo. A casa estava gelada e úmida porque eu tinha deixado as janelas abertas, mas mesmo assim o cheiro de comida permanecia. Paradas no corredor de entrada, demos uma olhada à nossa volta. Havia uma panela cheia em cada boca do fogão, cascas de cebola, sementes de pimentão e pontas de vagens pela bancada da cozinha, latas e pacotes vazios, uma batedeira com restos para tudo quanto era lado (não sou uma cozinheira famosa pela limpeza). Além do jantar, havia roupas por cima de todas as superfícies horizontais, cadernos espalhados pelo chão, pilhas de livros por todo lugar. Nossas camas estavam desfeitas. Não tínhamos roupas limpas. Nada na casa estava no lugar certo. O período de estudos para as provas orais passou vagamente por nossa cabeça, parecendo ter ocorrido meses antes. Tínhamos esquecido completamente como quase tudo, inclusive o bebê, tinha ficado em segundo plano até que as provas acabassem.

"Que bom que não vamos viajar no Natal", disse Katie, "porque vamos ficar limpando essa casa até o ano que vem." É irônico, porém verdade, que sou uma boa cozinheira, mas péssima dona de casa, e que Katie é uma ótima compradora e coordenadora, mas também péssima dona de casa — ela costuma dizer que nós duas juntas somos dois terços da mulher que deveríamos ser —, por isso, se o aspecto do lugar não costumava ser tão ruim assim, não era também muito melhor.

"É melhor começar", eu disse, mas não nos movemos.

"Que tal um cochilo rápido?", ela propôs.

"Podíamos colocar fogo na casa e pegar o dinheiro do seguro", sugeri.

"Não temos seguro", lembrou Katie.

"Ah... meu... Deus...", disse uma voz atrás de nós.

Era minha avó. Confesso que chorei de gratidão.

"O que aconteceu aqui?!", perguntou minha mãe, surgindo por trás da minha avó.

"Caramba." Meu pai assoviou. "Que bom que eu trouxe as ferramentas."

"Eu não sabia que sua família vinha para cá", gritou Katie toda animada.

"Nem eu", balbuciei nos braços da minha mãe.

"A gente tinha de conhecer esse bebê, não é?", afirmou minha avó. "Viemos assim que você desligou." Meu pai confirmou, com ar cansado.

"Além do mais, alguém tem que limpar essa sujeira toda", declarou minha avó.

Limpamos, limpamos e limpamos. Jogamos fora o jantar, preparamos um café da manhã reforçado, esfregamos a bancada, o chão da cozinha e todos os cantos da casa, tiramos a poeira, lavamos e desinfetamos tudo, lavamos, secamos e dobramos as roupas, encontramos lugar para todos os livros (ou pelo menos os tiramos do caminho). Em muito menos tempo do que eu poderia imaginar, a casa toda parecia (e cheirava a) um bom lugar para um bebê.

"Esta casa *nunca* esteve tão limpa", disse Katie.

"Aproveite", disse minha mãe. "Não vai durar muito."

Foi então que, como no filme que passava na minha cabeça, a porta da frente se abriu e lá estavam Diane, Jill e um amontoado de cobertores que só podia ser Atlas.

Ficamos passando o bebê de um para o outro, cheio de mimos. Nossos pais nos deram sábios conselhos sobre como segurá-lo, colocá-lo no berço e fazer ele parar de chorar. Todos vimos Jill amamentando e tentamos não olhar para os seios dela. Minha avó alimentou todo mundo à força (ela puxou a mim). Chegamos a brigar para ver quem trocaria as fraldas. Jason e Lucas foram nos visitar, trazendo presentes. Havia tanta gente disposta e apta a ajudar que, no final da tarde, Jill foi cochilar, Katie foi passear, eu e meu pai fomos alugar um filme. Atlas dormia quase o tempo todo. Quando ele acordava, chorava pouco e sem estardalhaço. Jill o alimentava e ele imediatamente voltava a dormir. Todo mundo comentava que aquele bebê era um anjo.

Comecei a achar que seria mais fácil do que eu imaginara. Pensei que tínhamos dado a sorte de ter um bebê tranquilo e que daríamos conta do recado sem problemas. Eu estava tão aliviada. Nós três estávamos completamente fora do ar. Enquanto isso, nossos pais trocavam olhares que só fui entender mais tarde. Quando a noite chegou, quando meus pais e minha avó entraram no carro para voltar ao hotel, quando Jason e Lucas foram embora, não entrei em pânico nem me senti perdida. Eu sabia que conseguiríamos. Sabia que eles estavam por perto. Quando Diane abraçou todas nós e nos deixou com votos de boa sorte e a promessa de voltar no dia seguinte, eu pensei: "Não precisa se preocupar, vamos ficar bem". Quando ficamos só nós quatro novamente — e a estranheza de dizer "só nós" seguido por "quatro" me fez parar para pensar, mas de um jeito bom —, desliguei as luzes, coloquei um cobertor sobre Jill e Atlas, que dormiam no sofá, liguei um abajur pequeno na cozinha e comecei a ler um livro. Por prazer. Não era mais como num filme — não era nada dramático ou complicado —, era mais como um anúncio de uma lava-louça silenciosa ou lâmpadas discretas. Não era assim que eu tinha imaginado, mas parecia mais real e melhor. Tínhamos superado as partes difíceis, feito um bebê perfeito, descoberto outra maneira de constituir uma família. Final feliz! Eu queria apagar as luzes e ir quietinha para o meu quarto, enquanto os créditos finais entravam.

É claro que qualquer pessoa com um mínimo de cérebro sabe que um nascimento não é um final, mas um começo. E que, mesmo que seu bebê seja quietinho no primeiro dia depois do hospital — quando tem um monte de gente para ajudar e segurá-lo — e ele ainda está meio atordoado, isso não tem nada a ver com o que acontece no dia seguinte.

PARTE II

ATLAS

15

Funcionava mais ou menos assim: Jill dava aulas às segundas e sextas das nove da manhã ao meio-dia e atendia os alunos depois da aula às segundas, do meio-dia às duas. Ela fazia a aula de narrativas do Holocausto às quartas à tarde, do meio-dia às três, e teoria e prática avançadas da questão dos gêneros às terças, das três às seis. Katie dava aulas às terças e quintas do meio-dia às três, assistia às aulas de poetas românticos das nove ao meio-dia às terças e às de romancistas menos conhecidos do período vitoriano às sextas, das nove ao meio-dia, atendendo os alunos depois das aulas de sexta (Katie achava que ninguém apareceria mesmo numa sexta à tarde). Eu dava aulas às segundas, quartas e sextas das três às cinco e cursava uma matéria sobre livro medieval às segundas de manhã e sobre a Londres literária de Shakespeare às quartas de manhã, atendendo os alunos nas tardes de terça e quinta. Além disso, estávamos todas inscritas em introdução aos estudos modernos de gênero às terças, das nove ao meio-dia. Dessa maneira, sempre tinha alguém em casa, embora as trocas de guarda fossem quase sempre muito corridas, exceto nas manhãs de terça, quando Jason ficava com Atlas antes de ir dar aula à uma da tarde, depois Jill chegava em casa da reunião do diretório acadêmico (a cada duas semanas). Durante a primeira semana de aulas, esse esquema parecia exequível. Estávamos cansados — não dormíamos muito porque Atlas queria comer a cada duas horas e, naquela época, quando ele estava acordado, todas nós estávamos acordadas — mas basicamente parecia o caos típico de começo de semestre, quando tudo é confuso, mas você sabe que vai se acostumar logo.

Mas não nos acostumamos logo. Tivemos de adotar o sistema de Nico para conciliar nossos horários e nossas atividades, mas logo ficou claro que todos aqueles intervalos de tempo livre marcados em verde na tabela não tinham nada de livre. Descobrimos que podíamos ler enquanto segurávamos o bebê. Tive visões de mim mesma no sofá, com um livro numa das mãos, o bebê na outra, fazendo carinho em Tio Claude com o pé, em um esforço multitarefas sem igual. No entanto, ler, tomar notas, consultar referências cruzadas, escrever comentários inteligentes e cuidar de um bebê que raramente dorme mais de quinze minutos de cada vez é mais difícil do que parece. Ou vai ver é tão difícil quanto você imagina, mas sua ideia de realidade deve ser mais real do que a nossa. Como tudo o que tem que acontecer exatamente conforme o planejado para funcionar, isso não aconteceu.

A primeira coisa que deu errado foi Katie ficar doente. Ela é uma dessas pessoas que sempre tem alguma coisa, real ou imaginária — dor de cabeça, dor de barriga, resfriado, gripe, garganta inflamada. Ela tem alergias diversas e mutantes, pouco específicas, artrite prematura, cólicas menstruais terríveis, sopro no coração, úlcera e uma perna mais curta que a outra. Ela tem uma intolerância à lactose seletiva (pizza pode, mas sorvete não; leite com cereal pode, mas puro não), desmaiou uma vez por falta de sono, fica tonta quando se senta ao computador por muito tempo e sempre fica com brotoejas de picadas de formigas, por menores que sejam. Minha política costuma ser ignorá-la. Mas, quando ela apareceu com um misterioso problema estomacal depois de voltar da igreja seis dias depois que Atlas nasceu, as reclamações vieram acompanhadas de muita diarreia. Jill tentou colocá-la para fora de casa.

"Eu não vou sair", disse Katie.

"Atlas não pode pegar o que você tem", respondeu Jill.

"Aaaahhhhh", gemeu Katie pateticamente, tornando difícil uma discussão.

"Tudo bem", disse Jill. "Mas você fica no seu quarto. Com a porta fechada. E usa só o seu banheiro. E não vem aqui para baixo. Janey leva comida e qualquer outra coisa de que você precisar."

"Ei", protestei. "Eu também não quero ficar doente, não."

"Melhor você doente do que Atlas", retrucou Jill sem o menor traço de remorso, afastando-se de Katie.

Fiz uma sopa para Katie, sentei na cama dela e começamos a conversar sobre rapazes. Depois desci e fui ajudar Jill. Passei o dia para cima e para baixo, mas era domingo, então não havia problema.

No dia seguinte, Katie não estava melhor. Eu tinha que assistir a uma aula e Jill tinha que dar a dela. Sem Katie, não havia ninguém para tomar conta de Atlas.

"Seja o que for, não deve mais ser contagioso", conjecturei.

"Nem pensar", respondeu Jill.

Fui ver como Katie estava e marquei uma consulta para ela no posto de saúde. Quando voltei para o andar de baixo, Jill tinha coberto Atlas com quinze camadas de roupas e carregava uma sacola de fraldas que não caberia num avião.

"Você vai deixá-lo na creche da faculdade?", perguntei, incrédula. Os professores da creche eram recém-formados em educação infantil. Eles ainda estavam aprendendo.

"Você está de brincadeira? Vou levá-lo para a aula comigo."

"Você não pode fazer isso."

"Ele está dormindo."

"E se acordar e começar a chorar e gritar?", perguntei.

"Então ele vai acordar, chorar e gritar", respondeu Jill.

"E se a única coisa capaz de acalmá-lo for seu peito e você tiver que amamentá-lo na frente da classe inteira?"

"Então ele vai acordar, chorar e gritar."

A boa notícia foi que Atlas dormiu durante a aula toda, e de quebra causou admiração e acessos de adoração entre os alunos de Jill naquele dia e em muitos outros. A má notícia é que Katie tinha amebíase. Depois de passar o dia no posto de saúde, depois na clínica e mais tarde no hospital, aonde a mandaram para fazer mais exames, ela desabou no chão da sala e fez o anúncio.

"O bom é que, desde que eu lave as mãos muito bem, não é contagioso."

"Iupiii!", disse Jill.

"Estamos esperando os resultados dos exames, mas eles acham que tenho amebíase."

"O quê?", perguntou Jill.

"Eles acham que estou com uma disenteria causada por amebas. É por isso que fico sempre doente. É por isso que estou com diarreia, é por isso que meu cocô é esquisito. São amebas." Ter um bebê, mesmo que de poucos meses, sem mencionar recolher o cocô do cachorro em saquinhos três vezes por dia, todos os dias, faz com que você se sinta muito disposto a falar de fezes.

"Você tem amebas no cocô?", disse Jill, preocupada, tentando enfiar Atlas debaixo da camiseta.

"Tenho, sim. No intestino, na verdade", esclareceu Katie. "Peguei na Guatemala, na missão voluntária que fiz lá. A água não era muito limpa. A gente sempre fervia água para beber e cozinhar, mas nunca se sabe. Uma vez eu tinha quase terminado de beber uma garrafinha quando outra missionária soltou um grito de pavor. Tinha um verme enorme no fundo."

Jill ficou pálida. "Acho que descobrimos de onde elas vieram."

"Não, aquilo não era uma ameba. Foi só um exemplo do que era engarrafado com a água na Guatemala. Amebas são muito pequenas para serem vistas a olho nu."

"E quando é que isso acaba?", perguntei.

"Ninguém sabe ao certo", disse Katie, um pouco assustada, mas obviamente deliciada por estar nos enojando. "Há remédios para isso, mas às vezes levam anos para funcionar."

"Você já deve ter cagado todas as amebas a essa altura", raciocinou Jill.

"Tudo indica que não", disse Katie. "Os sintomas vão e voltam. Não há nada que eu possa fazer. Mas o médico disse que devo melhorar dessa crise logo, logo. Já estou me sentindo melhor. Você fez algo para o jantar?"

Comecei a esquentar as sobras para ela.

"Quando éramos crianças, costumávamos brincar de 'homem ameba'", começou Jill, pensativa. "Um de nós se escondia debaixo de um cobertor no meio da sala, enquanto todo mundo via TV, ou no quintal quando estava todo mundo do lado de fora conversando, e a gente se esquecia da pessoa debaixo do cobertor e do jogo da ameba, e de repente, quando você menos esperava, o homem ameba pulava e tentava pegar as pessoas, então todo mundo saía correndo. Se o homem ameba te pegasse, você tinha que ir para baixo do cobertor e virar parte da ameba. À medida que mais crianças iam se juntando, ficava mais difícil para os que sobravam, mas também era mais difícil pegá-los porque era complicado manobrar com todas aquelas crianças debaixo do cobertor. Era divertido."

"Que jogo mais estranho", eu disse.

"Depois o jogo mudou. As crianças maiores capturavam outras e iam para baixo do cobertor e começavam a se beijar e não tentavam mais capturar ninguém. Eram mais organismos bicelulares. Ou unicelulares que se dividiram. E as crianças pequenas ficavam rindo e se escondiam, esperavam muito animadas, como se fossem ser pegas a qualquer momento."

"Amebas não são organismos unicelulares, são?", perguntou Katie.

"Não faço a menor ideia", respondeu Jill. "Você é que está cheia de amebas."

"Quando eu estava no sexto ano, tive um professor de ciências muito esquisito", eu disse. "Ele era meio avoado. Mandava a gente ler capítulos do livro em casa, mas quase ninguém lia, então as aulas nunca eram muito produtivas."

"Eu dei aulas assim", disse Jill.

"Eu também", admitiu Katie.

"É claro que eu era uma aluna exemplar e sempre lia o que tinha de ler, mas nunca admiti isso, nem respondia às perguntas em aula porque era o sexto ano, e eu era nerd e não queria virar puxa-saco ou a queridinha do professor."

"Acho que eu estava nesse mesmo sexto ano", disse Jill.

"E eu também", repetiu Katie.

"Um dia, na aula, ele perguntou o que era uma ameba, mas ninguém respondeu. Ele ficou esperando, mas ninguém dizia nada. Ele perguntou para um cara muito popular, que se sentava lá no fundo da sala, se ele era uma ameba, e o sujeito respondeu: 'É, hum... acho que sim'. O senhor Fields ficou ali, olhando para o sujeito, pensativo, esfregando o queixo, e depois perguntou ao cara que estava sentado ao lado do primeiro se ele era uma ameba, e o cara respondeu que sim, ele era uma ameba. E ele foi perguntando para todo mundo na sala se eles eram amebas, parava a toda hora e dizia 'Uhum', 'Sei, sei', muito pensativo, e todo mundo dizia sim, todos eram amebas. Estávamos no sexto ano. Todo mundo era bobo e morria de medo de ser diferente dos outros. Quando ele chegou em mim e perguntou 'Janey, você é uma ameba?', eu estava tão de saco cheio e irritada, porque já tinha percebido a dele meia hora antes, que não me contive. 'Não, eu não sou uma ameba. Uma ameba é um protozoário unicelular que consiste em uma massa de protoplasma. Uma ameba se move por pseudópodes e parasita seres humanos.'"

"Tô sabendo", disse Katie.

"Você era mesmo nerd", disse Jill.

"Eu disse: 'Ao contrário de mim, as amebas não têm forma definida, mas contêm um ou mais núcleos cercados por uma membrana externa'."

"Alunos do sexto ano se organizam mais ou menos dessa forma", disse Jill.

"Por que você se lembra disso tudo?", perguntou Katie.

"Todos disseram: 'Você é uma idiota. Acha que não é uma ameba'. E o senhor Fields disse: 'Não, idiotas são vocês. Pessoas não são amebas. Amebas são organismos unicelulares que não têm cérebro, o que vocês saberiam se usassem os seus e fizessem o dever de casa'. Mas não adiantou nada, todo mundo riu de mim de qualquer jeito. Naquele ano, eu virei Jane, a ameba."

"O sexto ano era um saco", concordou Katie.

"Se não fosse Jane, a ameba, teria sido outra coisa", continuou Jill. "Todas as pessoas legais que eu conheço eram sacaneadas na escola. Das duas uma, ou você é feliz por três anos no fundamental, ou é feliz depois, não dá para ter os dois."

"Foi o que minha conselheira falou. Ela recortou uma charge do jornal e me deu. Tinha uma ameba com chapéu de caubói e laço, e dizia: 'Até a semana que vem. Adeus, amebas'. Ela colou a charge em um cartão e escreveu dentro: 'Para Janey, que não se considera uma'. Ela disse que um dia tudo aquilo valeria a pena."

"Não consigo pensar em emprego mais difícil do que de conselheira escolar", observou Katie.

"Professor de ciências", respondi.

"Quem dera pudéssemos poupar Atlas de tudo isso, já que sabemos que vai acontecer", disse Jill.

"É ainda pior para os meninos", disse Katie. "Além de serem motivo de chacota, eles *apanham*."

"Você não está ajudando em nada", disse Jill.

"Imagine como não era frustrante para os nossos pais", comentei.

"Acho que faço uma ideia agora", disse Jill.

"Quando eu chegava em casa chorando todos os dias. Quando eu me achava feia e burra e pensava que ninguém gostava de mim. E se seu filho chegasse em casa da escola machucado todos os dias? Deve dar vontade de socar o diretor. Deve dar vontade de sair socando as crianças."

"Acho ótima ideia", respondeu Jill.

"Ótimo, estamos todas de acordo", e subi as escadas para ligar para os meus pais.

16

Quando melhorou, Katie resolveu fazer algo diferente. Na sexta à noite, ela desceu as escadas de saia e toda perfumada, parecendo uma nova pessoa.

"Tenho um encontro", anunciou.

"Nota-se", disse Jill.

"Você sempre tem um encontro", eu disse.

"Esse é diferente. Ele faz pós em história. Ele se formou no Oregon, mas veio para cá para o ph.D. Eu o conheci no hospital, para dizer a verdade. Ele torceu o pé jogando futebol. Adoro caras que jogam futebol. Acho que ele vai ter uma bela surpresa quando descobrir que sou bonita, já que quando me viu eu estava exausta e desidratada."

"Você o conheceu no hospital?" Eu estava pasma. "Ele estava aqui esse tempo todo? Um mórmon estudando para o ph.D. em história? Como é que você não o conheceu na igreja?"

"É um milagre", disse Jill. "Qual é o nome dele?"

"Ethan", disse Katie, um tanto hesitante, como se não tivesse certeza. "Mas tem uma coisa: ele não é mórmon."

Quase deixei Atlas cair no chão.

"Você está saindo com um cara que não é mórmon?", perguntou Jill, devagar.

"Eu não estou saindo com ele ainda. Vou sair."

"Por quê?", consegui perguntar.

"Como assim?"

"Ele é religioso? É um cristão devoto, mas muito flexível?", perguntei.

"Não faço a menor ideia", ela disse, irritada. "Acho que vocês estão colocando o carro na frente dos bois, a cenoura na frente dos cavalos ou sei lá o quê. Ainda nem saímos."

Ficamos quietas por um minuto. "Se a coisa ficar séria, ele sempre pode se converter."

Jill e eu estávamos pensando a respeito, embasbacadas, quando a campainha tocou. Ethan entrou mancando, com uma bengala, um sorriso e uma tala no pé direito. Ele sorriu para Katie, para Jill e depois para mim. "Você deve ser Jill", disse para mim.

"Boa tentativa, mas eu sou Janey", expliquei, oferecendo a mão que não estava sob o bumbum de Atlas.

"Desculpe", disse Ethan, virando-se para o bebê. "Você só pode ser Atlas."

"Agora sim", disse Jill, apresentando-se.

Ethan tirou o casaco, sentou-se no sofá e começamos a conversar. Ele perguntou sobre nossas aulas e os professores, nossas áreas de estudo, os cursos que dávamos. Tentou se solidarizar quanto a ter de ensinar alunos nada dispostos. Contou uma história sobre um garoto em sua aula de introdução à história que só deu as caras no final da segunda semana explicando que não comparecera antes porque tinha voltado tarde das férias.

"Isso aconteceu comigo também", eu disse. "O garoto apareceu no final da segunda semana e disse que estava trabalhando em uma estação de esqui em janeiro e queria ficar mais umas semanas para ganhar mais dinheiro. E ele ficou chateado porque não achei aquilo perfeitamente compreensível."

"Parker Tamlin?", perguntou Ethan.

"Ele mesmo!" Fiquei impressionada até me tocar que não era uma coincidência tão grande assim, já que a maioria dos alunos faz introdução à história e à língua inglesa ao mesmo tempo. Ethan deu uma olhada na TV. "Quem está ganhando?" Era uma reprise de um jogo entre Mariners e Yankees de 2001 (quando chega fevereiro, já estou tão ansiosa pelo início da temporada de beisebol que assisto até às reprises).

"Os Mariners", respondi. "Um a zero. Está no começo da oitava entrada."

"Aproveite enquanto pode, isso não vai durar muito", ele bufou.

Olhei para Ethan com cara de desdém. "Você torce pelos Yankees?"

"Graças a Deus, não. Mets", ele respondeu.

Katie sorriu para mim. Ethan sorriu para ela. Katie estava exultante.

"Divirtam-se", disse Jill. "Lembre-se de que preciso ir à biblioteca de manhã e Janey tem ioga, por isso Atlas tem que ficar com você."

"Pode deixar, eu sei. Não vamos voltar muito tarde", ela assegurou.

Depois que eles saíram, Jill e eu ficamos debatendo o relacionamento. Já durava cinco minutos, afinal de contas.

"Ele vai querer transar", ela disse.

"No mínimo, vai querer levá-la para tomar uma cerveja."

"Talvez Ethan não se incomode como a gente quando ele pedir cerveja e ela pedir refrigerante." Katie conseguia fazer com que nos sentíssemos degeneradas por beber qualquer outra coisa que não refrigerante.

"Talvez ele não se importe de não transar. Talvez ele goste dela o suficiente para superar isso."

"Talvez ele se converta."

"Converter-se por causa de outra pessoa não me parece nada certo", disse Jill.

"Vai ver acaba dando certo. Se você se convence, acaba acreditando", eu disse.

"Talvez. Mas não porque se apaixona por uma mulher mórmon que não vai transar com você a menos que você também seja mórmon", disse Jill.

"O amor muda tudo", continuei.

"Mas ele é diferente dela em um aspecto fundamental. Religião não é só aquilo em que você acredita. É cultural. É como dizer que a questão racial só envolve a cor da pele."

"Eles vão compartilhar outros valores", insisti. "Educação. Erudição. Sei lá."

"Você gostou dele porque torce pelo Mets e falou mal de Parker Tamlin."

"Maldito Parker Tamlin. Malditos Yankees."

"E, ainda por cima, ele é historiador", disse Jill.

"Tem razão." Nós duas não confiamos em historiadores ou naqueles que estudam história. Não chegava a ser como namorar um republicano, mas era quase isso.

"Seria divertido ir a um casamento", Jill imaginou. "Vestir Atlas em um smoking pequenininho. Fazer um chá de panela enorme. Ver Katie experimentando centenas de vestidos de noiva enormes em lojas de noivas."

"Acho que você está colocando o carro na frente dos bois", resumi.

Ainda estávamos acordadas quando Katie voltou. Ethan levou-a até a porta, mas não entrou. Não deu para ver se ele a beijou. Katie entrou, tirou o casaco e os sapatos, beijou Atlas, que dormia nos braços de Jill, e perguntou sobre nossa noite.

"Que importância tem a nossa noite?", disse Jill. "Como foi a sua?"

"Hum... Foi boa."

"E?"

"E não sei dizer. Ele é legal. Vocês gostaram dele?"

"Nós gostamos muito dele", eu disse.

Silêncio. Nenhum comentário.

"O que vocês fizeram?"

"Fomos jantar no Hopvine. E depois comer sobremesa no Victrola."

Longa pausa. A história não estava fluindo. Tinha algo de errado.

"E...? Você se divertiu?"

"Ele tomou uma cerveja", disse Katie lentamente. Jill e eu nos olhamos. "Eu não tomei", ela acrescentou, como se precisasse. "Mas ele pareceu não ligar. O trabalho dele é interessante. Ele trabalha com o professor Carlson. É gente boa, engraçado e bonitinho."

"Mas...", começou Jill.

"Não é mórmon."

"Isso importa agora?", perguntei.

"Não sei. Tentei sondar o que ele achava de uma conversão."

Jill não se conteve. "Você ficou maluca?!"

"Não perguntei isso exatamente. Só sondei. Ele não pareceu muito favorável à ideia. Disse que acreditava em Deus, mas não em religião. Não sei nem o que ele quer dizer com isso."

"Acho que é meio cedo", eu disse, com cuidado.

"É, vamos ver."

"É mesmo?", perguntou Jill.

"Vamos almoçar na quarta, se você puder ficar com Atlas por uma hora a mais", ela disse, olhando para mim.

"Claro", respondi atordoada. Como é que se diz a alguém que é muito cedo pedir que alguém se converta por sua causa no primeiro encontro? Por outro lado, para alguém que já sabe que um não seria o fim de tudo, talvez não seja tão cedo; talvez seja a única possibilidade.

17

De qualquer jeito, não foram os encontros que acabaram com a gente. Não foram as amebas, a falta de sono ou nossos horários sempre por um triz. Foi a narrativa. A narrativa nos deu um belo pé na bunda.

O grande projeto de Jill, sua dissertação prestes a ser apresentada, era sobre narrativas femininas do Holocausto. Ou teria sido, se ela tivesse trabalhado nela. Para ser justa, tenho que acrescentar que, mesmo em condições normais, pós-graduandos que demoram meses/semestres/anos escrevendo suas dissertações — enquanto dizem estar lendo, pesquisando, lecionando, viajando, explorando outros ângulos, esperando por análises de manuscritos, leituras mediúnicas, um sinal divino e/ou a morte (literalmente) de alguns autores para que possam finalmente completar a obra dos céus — são algo não apenas comum, mas já esperado. Há pessoas no meu departamento que começaram a pós no ano em que eu comecei o ensino fundamental. Há gente no nosso departamento que interrompeu a dissertação para ter um filho, e agora esse filho está se formando. No nosso departamento, não há ninguém — ninguém mesmo — que tenha terminado a dissertação no prazo estipulado de um ano. Escrever uma dissertação não é um processo linear. Ninguém se importa. O estado eternamente incompleto das dissertações fornece aos cursos superiores mão de obra quase gratuita e mantém o mercado de trabalho quase impossível, mas não a ponto de causar manifestações em praça pública. Eu diria até que eles colocam alguma coisa na água para manter os alunos distraídos, quase chegando lá, mas nunca terminando, talvez algum composto químico. Só não digo porque isso me faria soar paranoica e maluca.

Basta dizer que o fato de Jill não estar trabalhando na tese não era causa de preocupação, pelo menos não para o departamento e para o curso de pós. Mas, para nós que morávamos com ela, que a víamos parar de escrever, de ler e de pesquisar para se dedicar quase que exclusivamente a atividades que podiam ser feitas do sofá, incluindo uma quantidade absurda de péssimos programas de TV, era bastante preocupante. E ela chorava sem parar. Você pode até pensar que em uma casa cheia de mulheres e um bebê é normal haver muito choro. Mas Jill não é chorona, nem o tipo de pessoa que deixa seus objetivos de lado por qualquer motivo, então estávamos preocupadas.

*

Como era quarta-feira, corri para casa depois da aula para tomar conta de Atlas, assim Jill poderia ir à aula, mas quando cheguei ela estava sentada em posição de lótus no chão, com os olhos fechados, ao som de um CD de ioga para mães e bebês, respirando profundamente e segurando um Atlas de olhos arregalados no colo.

"Jill, você tem que ir. A aula começa em dez minutos. Corri o máximo possível, mas encontrei o professor Brown e você sabe como ele é, não para de falar. Você ainda nem se trocou!", comecei, mal conseguindo respirar, com uma expressão de apesar-de-ter-corrido-quase-todo-o-trajeto-até-em-casa--estou-seis-indesculpáveis-minutos-atrasada-por-isso-você-tem-que-ir-agora-neste-exato-momento-já. Mas Jill nem abriu os olhos. Respirou fundo pelo centro do umbigo, depois pelo centro do coração e depois pelo terceiro olho. Ela estava de moletom. Respirava lentamente.

"Eu não vou", disse calmamente, como se isso fosse normal. Os seminários aconteciam uma vez por semana. Sua presença era esperada — e muito — em todos eles.

"Você não vai?!" Não é que faltar à aula seja uma tragédia. Mas eu tinha corrido para casa como uma louca e tinha planejado meu dia inteiro em função do fato de que não teria o dia para mim. "Quer dizer que você vai ficar aí fazendo ioga?"

"Uhum...", ela respondeu, inspirando e expirando lentamente.

"Você já perdeu essa aula uma vez", acrescentei. "Não pode perder mais uma."

Inspira. Expira. "Eu abandonei essa aula." Com toda a calma. Inspira, expira.

"Como assim?!", gritei. Nada calma.

Jill virou a cabeça na minha direção. Abriu um dos olhos. "Estamos relaxando", ela disse, incisiva. E acrescentou: "Você está acabando com a nossa concentração".

Eu não disse nada. Fui para a cozinha e fiz o meu almoço. Tentei decidir se a raiva que eu sentia era preocupação autêntica, ciúme egoísta ou o choque da revelação de que abandonar uma aula provavelmente não era o fim do mundo. Minutos depois, não consegui mais me conter. Ela estava na postura savasana, com as palmas viradas para o teto, pronta para receber o que o universo tivesse a lhe oferecer. Eu estava começando a me arrepender de ter levado Jill à ioga. Ou tinha funcionado bem demais com ela ou ela nem precisava disso, porque já era muito calma.

"Você está abandonando só essa aula ou todas?", perguntei menos rispidamente.

"Apenas essa, por enquanto." Tão plácida.

"Posso perguntar por quê?"

"Em alguns minutos", ela murmurou de seu sono iogue.

Voltei para a cozinha. Então eu tinha me comprometido com esses horários loucos para que ela pudesse largar a pós? Eu teria consentido em bancar a mãe do filho de Jill para que ela pudesse praticar ioga enquanto eu corria de um lado para o outro? Atlas era dela e, portanto, era problema dela, então por que eu é que estava correndo para casa debaixo de chuva, com meus sapatos novos, enquanto ela tentava atingir a iluminação na sala de estar?

"E aí?", ela disse com um sorriso, sentando-se e pegando metade do meu sanduíche sem pedir. Eu estava muita irritada para comer e dei a outra metade para Tio Claude.

"Cadê o Atlas?"

"Dormindo."

Eu nunca — nunca — conseguia fazer Atlas dormir à tarde se não fosse nos meus braços. Quando eu o colocava no berço, ele berrava. Jill o colocava no berço, fechava a porta e ia embora.

"Nunca consigo fazer Atlas dormir", eu disse ressentida.

"Ele estava calminho por causa da ioga", explicou Jill. Pensei que matá-la seria rude, atrairia um carma ruim, e eu não tinha tempo para aquilo.

"Então você está abandonando as aulas?"

"Não, eu não estou simplesmente abandonando as aulas. Eu abandonei uma aula." Calma, tranquila.

"Por quê?" Agitada, nervosa, irracional.

"Porque não posso continuar." Racional, simples, irritante.

"Como assim não pode continuar?", exigi. "Essa é a sua aula. É com o seu orientador. Ele está dando essa aula por sua causa. É o tema da sua dissertação."

"É verdade, mas parece que não posso continuar. Não posso, não quero, não vou. E ponto final." Satisfeita, metida, dando poucas informações. Acho que o termo é "de enlouquecer".

"Jill, como é que você não pode continuar, se eu e Katie podemos? Nossa carga horária é a mesma, temos o mesmo número de aulas, alunos, páginas para ler e provas para corrigir que você. Mas não passamos o dia vendo programas idiotas na TV. Não paramos de fazer nada e cuidamos de Atlas tanto quanto você, e ele nem é nosso filho. Como é que pode?"

"Porque ele não é seu filho", rosnou Jill, subitamente glacial. "E porque você não está estudando narrativas do Holocausto."

"E o que uma coisa tem a ver com a outra? Eu o amo como se fosse meu. Tomo conta dele como se fosse meu. Tiro folga do trabalho como se fosse meu. Além disso, narrativas do Holocausto é mais fácil do que Shakespeare. Você só tem cinquenta anos de estudos para analisar. Eu tenho mais de quatrocentos."

Ela bateu o copo de água na mesa, agarrou os cabelos das têmporas e puxou com força. "Não tem crianças mortas em Shakespeare", sussurrou cerrando os dentes, louca demais para falar alto, aparentemente, e, embora não seja verdade que não há crianças mortas em Shakespeare, fiquei quieta porque imaginei que não era bem isso que ela queria dizer. "Eu não consigo ler sobre bebês morrendo." Ela começou a chorar. "Não consigo ler sobre crianças morrendo de fome, de frio, se escondendo debaixo do assoalho esperando a morte. Não consigo ler sobre crianças separadas dos pais e levadas para a câmara de gás. Não consigo ler sobre isso, não consigo pensar sobre isso, não consigo escrever sobre isso. Mesmo os sobreviventes, mesmo os que tiveram um final feliz, eles são as crianças que ficaram sozinhas, que se esconderam em latrinas, em montes de feno, na casa de pessoas que não os amavam e só queriam ganhar dinheiro com elas, e isso está acabando comigo. Está dilacerando meu coração. Não consigo mais. Não quero nem tentar, não quero ler sobre isso nunca mais."

Tentei pensar em algo inteligente para dizer, mas é difícil dizer para uma nova mãe à beira de um ataque de nervos que ela tem que continuar lendo sobre valas comuns cheias de crianças mortas.

"Tudo bem", tentei. "Você pode estudar outra coisa."

"Não posso, é tarde demais."

"Não é tarde demais. Você pode apresentar uma nova proposta de dissertação, começar uma nova especialização, com um programa inteiro novo. Você poderia mudar para matemática se quisesse, e ainda terminaria anos antes da maioria das pessoas aqui."

"As pessoas vão perguntar por que mudei de tema. Não posso dizer que foi por causa das crianças mortas, porque, se eu não queria ler sobre morte, não deveria ter escolhido narrativas do Holocausto."

"As coisas são diferentes agora", eu disse. "Escolha outra coisa. Há uma porção de períodos literários mais animados."

"Não existem períodos literários animados", ela respondeu. "Não posso deixar que palavras em um livro destruam minha vida. Tenho que parar de ler. Parar totalmente de ler, acho."

Parte do motivo de dedicar sua vida a estudar literatura é a revelação de que contar histórias é mais do que inventar coisas, e que inventar coisas é muito mais importante do que fingimos — inventamos — ser. De uma forma ou de outra, os livros contam as histórias de seus leitores. Mas contar nossas histórias é diferente de formá-las, de talhá-las conforme preferimos.

Jill havia perdido o controle, de uma hora para outra. Os livros estavam no comando.

Mais tarde, quando Jill foi tirar uma soneca, sentei-me com Atlas no colo e li *Moby Dick* para ele. Não tenho especial predileção por *Moby Dick*. É um livro muito longo, caçar baleias é chato, e a alegoria é óbvia demais — bom, talvez na época não fosse, e para um bebê de nove semanas certamente não era. *Moby Dick* é, contudo, muito bonito — ótimo para se ler em voz alta —, e é um dos livros favoritos de Daniel. Seria o tipo de livro que ele leria para o filho, e acredito piamente que é possível conhecer as pessoas pelos livros que elas leem, pelos trechos que elas sabem de cor, e pelo modo como passam os dedos pela lombada deles. Atlas prestava atenção, com os olhos bem abertos e brilhantes, a cabeça encostada em meu peito, pesado e cálido em meus braços. Todo o ódio e o arrebatamento intensos, épicos e simbólicos da caçada àquela baleia por Ahab empalideciam diante do amor que eu sentia por aquela pessoa diminuta. De uma hora para outra, deixei de acreditar em emoções destrutivas, como a raiva e a obsessão, quando tamanho amor emanava daquele novo e pequeno ser e permeava a sala, a casa, meu coração. Atlas observava e ouvia atentamente, respirando baixinho, junto comigo, enquanto Ahab percorria o convés e vigiava o mar. Jill desceu as escadas esfregando os olhos e se deitou no sofá para ouvir a história à meia-luz. "Você está pulando algumas partes", ela disse quando eu já estava certa de que tinha caído no sono novamente.

"*Moby Dick* é muito longo", expliquei. "E caçar baleias é muito chato."

"Mas então você não entendeu nada", ela respondeu. "Tem que ser longo, chato e cheio de detalhes para que o leitor sinta como era ficar meses a fio no mar, como é estar perdido, sem controle ou poder nenhum."

"É só uma história de ninar. Ele não está entendendo nada mesmo."

"Para que ler, então?"

Eu não queria explicar que tinha escolhido o livro por causa de Daniel, mas ela devia suspeitar disso. "É um livro bonito", respondi, acrescentando: "Mas não acredito mais nele".

"Em que parte?"

"Todo aquele ódio, aquela sede de vingança e raiva cega. Não me parece crível. As pessoas de verdade não são assim."

"São, quando não têm opção."

"Sempre há opção. Você pode caçar uma baleia obsessivamente até que ela e todas as outras pessoas morram. Ou poderia caçar por um mês e desistir, ou ainda ficar em casa lendo um livro e se preocupando com alguma coisa que não baleias."

"Você pode, mas Ahab não podia. E você também não poderia se tivesse passado a maior parte da sua vida no mar, correndo perigo, sem casa, sem amor. Se não soubesse fazer nada em terra. Se uma baleia tivesse comido sua perna."

"Nesse caso, eu não seria uma pessoa de verdade, seria uma figura alegórica."

"A diferença é menor do que você pensa", ela disse.

"Tudo o que estou dizendo é que pessoas de verdade escolhem o amor e, no mínimo, escolhem não fazer nada; não sentir raiva, ódio, não caçar baleias obsessivamente. A diferença entre pessoas de verdade e figuras alegóricas é que temos escolhas."

"Não, na verdade não temos", ela respondeu. "Se você estivesse em um livro e sua melhor amiga ficasse grávida, você teria que criar o bebê. Não poderia ir embora, mesmo não tendo sido burra o bastante para ficar grávida. Você colocaria sua vida de lado e passaria a tarde lendo em voz alta o livro favorito do pai ausente do bebê embora devesse estar na biblioteca pelo bem do seu trabalho. Você não teria escolha. A estrutura da narrativa não permite abandonar sua melhor amiga e o bebê bastardo dela."

"É claro que permite. Eu poderia ter deixado a mãe e o bebê, ido cuidar da minha vida e mais tarde me arrepender. No meu casamento, quando a peste negra levasse meu filho tragicamente, no meu leito de morte, tendo vivido uma vida plena e bem-sucedida, tirando isso."

"Só se você fosse um homem."

"Só se eu fosse ficcional", respondi com delicadeza. "Eu tive escolha, Jill. Todas tivemos, esse tempo todo. E ainda temos. Não fiquei porque tinha que ficar, ou por causa de laços literários, nem de laços de amizade. Dadas as circunstâncias e minhas infinitas opções, escolhi isto."

"Ou essa é só a história que você conta", ela disse.

18

Enquanto isso, Katie sofria com seus próprios limites narrativos. As teorias feministas argumentam que durante a maior parte da história da literatura houve um desequilíbrio entre as histórias dos homens e das mulheres. Os personagens masculinos saem pelo mundo com infinitas possibilidades. As personagens femininas se casam ou morrem. Isso enfurece leitoras esclarecidas como nós. Mas, independentemente de como desconstruímos a narrativa ou de quão cuidadosamente aplicamos a teoria e lemos com nossos olhos céticos e críticos, algumas lições continuam sendo difíceis de absorver, e o sonho do amor eterno, na vida real e na literatura, é o mais complicado de eliminar. O que faz sentido, acredito. Se pararmos para pensar, existe coisa melhor do que o amor verdadeiro? Costumamos zombar desse conceito. Reclamamos do que temos que fazer para conquistar um amor cuja autenticidade e eternidade acabam por se revelar superficiais. É cafona falar disso, mas, quando dá certo, não há nada melhor.

Quando se busca uma coisa há muito tempo, é natural esperar que vamos reconhecê-la assim que a encontrarmos. Pareceria óbvio. O problema de Katie, contudo, não era que ela estivesse apaixonada por um cara que não era mórmon, nem que estivesse saindo com alguém que não amasse. O problema era que ela ainda não tinha certeza de nada, e tinha que continuar tentando até descobrir. No segundo encontro, eles foram almoçar no Uwajimaya, uma rede de mercearias tradicional especializada em produtos orientais, e correu tudo bem. Ethan parecia feliz em compartilhar tudo, algo de que Katie faz questão — ela odeia comer sozinha. Eles comeram sashimi de atum, missoshiro, pad thai e rolinhos primavera. Depois, salada de algas, curry de abacate e um sanduíche vietnamita. De sobremesa, bolinhos com mochi de morango — que tinha gosto de chiclete. Katie também adora ter muitas opções. Eles passearam pelas inúmeras fileiras de aquários, observaram quitutes embalados com descrições em japonês que não conseguiam decifrar e descobriram mais copos para saquê do que imaginavam existir. Eles andaram de mãos dadas. Katie chegou em casa abarrotada de comida e resplandecente. Só mesmo ela para marcar um encontro com um homem em uma mercearia.

"Vamos jogar minigolfe sexta à noite", ela contou. "Depois que ele tirar a tala."

"Vocês vão congelar", eu disse.

"Você tem doze anos?", perguntou Jill.

"Vocês vão para a praia? Não tem nenhum campo de minigolfe por aqui", comentei.

"Tem um em Ballard."

"Em um lugar fechado?"

"Como é que você o convenceu?", perguntou Jill incrédula, com alguma maldade.

Katie nem notou. "A ideia foi dele", explicou enquanto deixava a sala quase dançando.

O minigolfe também foi muito bem — eles vestiram roupas quentes — e, o que era ainda melhor, fez com que ela finalmente começasse a nos falar dele. Não sei bem o que a levou a achar que falar dele não ia dar azar, tornar tudo muito real, ou obrigá-la a enfrentar todas as perguntas ainda sem resposta, mas alguma coisa o fez. O minigolfe também fez com que ela abrisse a boca em outro sentido. Eles se beijaram junto do buraco com o palhaço e do buraco com o castelo. Depois foram tomar sorvete e se beijaram dentro do carro, no estacionamento, e mais tarde ainda eles foram ao Joe Bar tomar chocolate quente e se esquentar do sorvete, e se beijaram lá também.

"Ele é muito carinhoso", contou Katie. "E muito... fofo. Tem um cheiro delicioso."

"O que você está fazendo?", perguntou Jill.

"Ele é muito inteligente. E parte da pesquisa dele coincide com a sua", Katie me disse.

"Ele não vai se converter por sua causa", continuou Jill.

"Você duas vão gostar muito dele. Ele é divertido e muito gentil também. Não sabe nada de minigolfe, mas não se importa nem um pouco. E a gente conversa sobre tudo. Pela primeira vez saio com alguém com quem posso conversar sobre o meu trabalho, e Ethan não só entende como se importa com ele."

"E você certamente não vai se converter por causa dele", disse Jill.

"Gostamos do mesmo tipo de música. Do mesmo tipo de livros, dos mesmos filmes. Gostamos até do mesmo sorvete, só que eu não posso tomar por causa da lactose... Mas, quando eu ainda tomava sorvete, gostava do mesmo sabor que ele."

"E isso é muito mais importante do que Deus", continuou Jill.

"Você não vai conseguir estragar tudo, Jill." Katie finalmente perdeu a paciência e saiu bufando da sala.

"Você sabe que ela tem que enfrentar isso sozinha", eu disse a Jill. "Por que torturá-la?"

"Eu não estou torturando Katie. Ela está se torturando."

Saí com Atlas e Tio Claude para passear, assim eu poderia ligar para Nico e pedir uma opinião masculina. Eu estava com saudades. Nico tem uma teoria sobre namoros: ele diz que, para um relacionamento dar certo, é preciso ter compatibilidade de almas e compatibilidade de fato. É preciso ter atração mútua, química, aquele desejo, aquela ânsia de ficar juntos e rasgar as roupas um do outro, e tudo o mais. Só que todo mundo acorda no domingo de manhã e, uma vez terminado o sexo, você quer passar o dia fazendo as mesmas coisas de sempre. É claro que é preciso ceder aqui e ali, mas não muito.

"Que nem a gente", explicou Nico, como se fosse a primeira vez que eu ouvia essa teoria, e não a centésima. "Tínhamos total compatibilidade de almas e passávamos horas só olhando nos olhos um do outro, mas, depois disso, queríamos fazer as mesmas coisas — ir ao parque, tomar café, andar de caiaque, caminhar, ir a um show, sei lá. Eu não queria, por exemplo, sair todas as noites e me drogar, enquanto você queria ficar em casa lendo e ir para a cama às nove e meia. Nem queria caçar lobos em extinção, por exemplo, enquanto você queria ir às reuniões do Greenpeace."

"Eles são bem assim", expliquei. "Têm compatibilidade de almas — parece que houve muito beijo no minigolfe — e compatibilidade de fato. Muito mais do que ela tem com os caras com quem costuma sair. Eles podem falar sobre o trabalho, podem tomar café e corrigir provas juntos, ou sei lá, podem ir à biblioteca, talvez até a uma manifestação. A maioria dos sujeitos com quem ela saiu nunca vai à biblioteca. Lembra como a gente se divertia entre as estantes? No que diz respeito à sua teoria do tempo livre, eles gostam de fazer as mesmas coisas."

"Exceto aos domingos."

"Quem disse que domingo é o único dia que importa?"

"Katie", respondeu Nico.

19

Ela resolveu perguntar antes que ficasse pior. Resolveu perguntar antes que se apaixonasse e tivesse que se preocupar em não magoá-lo e não se magoar. Ela decidiu que era melhor saber do que ficar imaginando, criando expectativas. Chegou à conclusão de que Jill, embora inconveniente, provavelmente estava certa.

"Não quero dizer agora, neste exato instante", Katie disse olhando para mim, fingindo que eu era Ethan. "Nem tão cedo. Você não tem nem que decidir agora. Isso também não significa que vou pedir para você fazer isso no futuro. O que estou dizendo é, *se* nos apaixonarmos, *se* quisermos ficar juntos para sempre, *se* quisermos construir uma vida e uma família juntos, você estaria disposto a se converter? Se nós nos amássemos, em alguns anos, você estaria disposto a se tornar mórmon?"

"Hum... acho que não sei", respondi, tentando fazer o papel de Ethan. "Ainda é muito cedo. Não tenho resposta para essas perguntas. Mas gosto muito de você, gosto do que temos. Sei que quero fazer o que faz você feliz, e se você for importante para mim e eu for importante para você, provavelmente darei um jeito."

Mas esse era só o Ethan do ensaio, porque o Ethan da vida real disse não. O Ethan da vida real disse que, embora acreditasse em Deus — mais ou menos —, seguramente e definitivamente não acreditava em religião. Ele disse que se converter para que outra pessoa não te deixasse era hipocrisia e até ofensivo para os crentes autênticos, de intenções louváveis. Disse que se ela o amasse não pediria que fizesse algo em que não acredita. Converter-se, segundo ele, era se vestir para a batalha, mas o que viria a seguir seria a guerra — ir à igreja toda semana, abrir mão de coisas que ele amava e não considerava erradas, construir uma vida em meio a pessoas de quem ela gostava tão pouco que preferiu namorar um infiel como ele. Ele disse que ela tinha que amá-lo como ele era, ou não seria amor de verdade.

"Tudo muito compreensível", disse Jill.

"Por que você é tão cruel comigo?", perguntou Katie aos prantos.

"Não estou sendo cruel. Estou dizendo a verdade. Qualquer pessoa normal reagiria assim. Eu teria ficado preocupada se ele tivesse respondido outra coisa. Quem, em sã consciência, diria 'Tudo bem, já saímos juntos três vezes, passemos à conversão'. Pode perguntar à Janey."

Olhei para o chão.

"Ele disse que nunca me pediria para abandonar minha religião, somente para praticá-la sozinha. Disse que eu deveria fazer o mesmo por ele. Eu disse que famílias não vivem na base do cada um por si. Disse que não posso me casar com um homem que não seja mórmon."

"E ele?"

"Ele disse que então deveríamos ser apenas amigos."

Jill caiu na gargalhada e Katie olhou para ela como se estivesse pensando seriamente em estrangulamento.

"Para dizer a verdade, acho legal que ele tenha levado a sério tudo o que você falou", disse Jill. "A maioria das pessoas teria tido um ataque só por você mencionar o assunto no terceiro encontro. É melhor saber."

Katie estava arrasada.

"Então é isso, ele não é o amor da sua vida", aplaudi, tentando soar espontânea. Eu sabia que não ser o "amor da sua vida" não era uma falha de nenhum dos dois, era só o destino, e não era nem uma falha do destino; era apenas um atraso, ou nem mesmo isso, já que tudo tem seu tempo certo sob o firmamento. De qualquer maneira, aquela situação — namoros que não davam em nada — não era causa de alarme.

"Acho que é isso. Ele não é o amor da minha vida." Katie não parecia muito convencida disso.

"Vamos fazer uma lista para ele", sugeriu Jill bravamente.

Em geral, fazíamos uma longa lista de motivos pelos quais cada sujeito não era o amor da vida de Katie. Ela realmente enumerava todos os motivos no papel para depois compartilhar com outras mulheres da paróquia para as quais o cara também não era certo (a vasta maioria) e para as quais ele poderia ser. Não eram exatamente defeitos o que ela listava, eram apenas defeitos para ela. Assim, a lista não tinha coisas como "Chris: não sabe conversar, péssimo gosto para música, não muito inteligente, ignorante, chato". Em vez disso, ela diria: "Chris: adora falar de futebol, obcecado por se tornar dentista, gosta do Led Zeppelin, livro favorito: *Sports Illustrated*". Um desastre para Katie, mas perfeito, como se descobriu uma semana e meia depois, para Gracie, uma moça da mesma paróquia que estava se formando na escola, era líder de torcida, fanática por futebol e Led Zeppelin, e dona de dentes em estado deplorável.

"Ethan: historiador", comecei.

"Faz com que você tenha vontade de tomar sorvete à base de leite", continuou Jill.

"Péssimo no minigolfe", eu disse.

"Não é mórmon", acrescentou Jill.

"Não é o cara certo", suspirou Katie. "Mas Ethan não precisa de lista. Não conheço ninguém que pudesse ficar com ele. O problema é que tem outra lista. Ethan: inteligente, engraçado, culto, feminista, liberal, acadêmico. Difícil de se encontrar em uma igreja."

"Ethan: vocês ainda não estavam tão envolvidos assim", sugeriu Jill.

"Não", respondeu Katie, "mas eu queria estar. Muito. Estou pronta."

"Você sabe que não é assim que funciona", eu disse.

"Não, é exatamente assim que deveria funcionar. Enquanto você não está pronta, nada acontece; quando você finalmente está preparada, quando menos espera, pronto, acontece."

"Você está esperando que aconteça", disse Jill.

"Não, meu Deus, não estou", disse Katie com convicção. "A esta altura do campeonato, eu ficaria chocada." Mentira. Eu entendia o que ela queria dizer, mas ficar apavorada que algo não aconteça não é a mesma coisa que acreditar que não vai acontecer.

"Talvez você não esteja realmente preparada", disse Jill.

"É claro que estou preparada. Eu quero muito isso, meu corpo está preparado. Casamento e família fazem parte do plano divino. É o que todo mundo à minha volta está fazendo. As aulas estão quase acabando. Eu quero tanto isso..."

"Isso não significa que você está preparada", continuou Jill discretamente, tão discretamente que Katie ergueu o olhar de repente, quando percebeu que não era só uma divagação.

"O que você quer dizer?"

"Quero dizer que talvez você não esteja pronta. Que você precisa desejar isso menos. Tem que ser autossuficiente primeiro. Tem que aprender que vai ficar bem mesmo sem marido, tem que ansiar mais por outra coisa, algo que diga respeito a você, e apenas a você."

"Obrigada", disse Katie. "Eu fiz introdução aos estudos femininos. Mas valeu mesmo assim."

No andar de cima, Atlas começou a chorar.

"Ninguém consegue nada só porque quer muito. O fato de querer muito uma coisa não significa que está pronta para ela. Um relacionamento é uma responsabilidade enorme", explicou Jill.

"Ah, é mesmo? Como o que, como a maternidade?", retrucou Katie.

"Ah, deixa pra lá." Jill estava cansada dessa conversa. Ela se levantou para sair da sala. Não estava brava, mas não concordava com o rumo que Katie estava prestes a tomar. Ou talvez só estivesse indo pegar Atlas. Não sei.

"Ah, me desculpe, Jill", disse Katie. "Não estávamos falando de você, não é? Porque você sempre consegue o que quer, esteja pronta ou não. Você não precisa nem tentar. Bastou pensar em ter um bebê e bum!, você ficou grávida. E agora não precisa estar preparada para a responsabilidade, porque todo mundo à sua volta vai largar tudo para cuidar de tudo o que você deixou de lado."

"Ah, vá se foder, Katie", vociferou Jill. Atlas estava berrando. Eu permaneci grudada no sofá. Katie parecia ter levado um tapa. Era raro alguém falar um palavrão na frente dela. "Eu não queria acabar com a sua vida. Tentei me virar com o que tinha. Escolhi a menos pior das opções..."

"Ah, sinto muito por não ter sido um pai melhor para você."

"... enquanto você quer ficar sentada na sala, planejando sua vida perfeita, sem fazer ideia da realidade lá fora. É uma fantasia patética. Você não está pronta para a vida real, nem sabe o que é a vida real. Você é só uma idiota atravessando um campo na chuva, achando que vai desmaiar e um homem lindo irá socorrê-la, mas na verdade só vai pegar um resfriado e morrer."

"É mesmo uma pena que eu não conheça a realidade como você conhece. Você, uma jovem mãe solteira, com dois empregos, gastando quase tudo na creche, mal conseguindo pagar as contas. Você estava tão pronta para a responsabilidade do mundo real que o pai do seu filho nem quis ficar com você."

"Daniel queria ficar comigo, sim", sussurrou Jill, praticamente gélida.

"Ah, sim, claro. Então por que não está aqui?" Katie estava gritando. Atlas também.

"Daniel abandonou Atlas, não a mim", esbravejou Jill.

Katie deu de ombros. "Se é assim que lhe parece... Nunca o vejo por aqui. Ele nunca dá notícias. Não parece estar sentindo muita falta de nenhum de vocês."

"Você é um monstro, Katie", Jill respondeu amargamente. "Se isso faz com que se sinta melhor, pode usar Atlas para me humilhar, pode usar Daniel. Mas pelo menos eu amei. E fui amada. É, talvez eu não tenha lidado com isso da melhor forma possível, mas eu tentei. E não fiz tudo sozinha, é verdade, mas quem é que disse que a gente tem que lidar com tudo isso sozinha? Não é para isso que você quer tanto um marido? É para isso que existem os amigos. Eu não hesitaria nem um segundo, eu não pensaria duas vezes, se fosse você que tivesse me pedido esse favor. Sinto muito se desapontei você. Mas acho que foi você que desapontou a si mesma." Ela subiu as escada correndo para consolar Atlas, e ouvimos os soluços dele diminuindo.

Katie andava pela sala bufando e furiosa.

"Desde quando *ela* pode *me* dar lição de casamento, família e filhos? Ela é a última pessoa deste mundo que pode falar de amor e relacionamentos. Faço tudo por ela, e ela nunca faz nada por mim. Fantasia? Ela é que está vivendo uma fantasia." E por aí foi. De repente, ela se virou para mim: "Qual é o seu problema? Você acha que pode ficar aqui e não dizer nada? Acha que é muito melhor do que a gente?".

Durante aquilo tudo, eu só tentei me afundar mais e mais num canto do sofá. Tio Claude também estava toda espremida num canto da sala, com o rabo entre as pernas. Não sabemos lidar com conflitos, nem eu nem o cachorro. Eu não grito. Com ninguém. Nunca. Algumas pessoas chegaram a recorrer ao álcool porque, não importa o que elas fizessem, eu não levantava a voz. E não gosto quando os outros gritam. Quando as pessoas gritam na TV, eu desligo. Quando gritam na minha frente, saio da sala. E quando não posso sair da sala, tento me esconder no sofá. "Não tenho nada a dizer", balbuciei.

"Tudo bem", respondeu Katie. "Nem eu." E saiu da sala também. Fiquei sozinha, sentada no escuro. Lá em cima, Jill e Katie se acalmavam, tentavam se sentir melhor. Lá embaixo, eu me sentia cada vez mais irritada e pior.

De manhã, Katie desceu logo cedo com Atlas, que tinha os olhos inchados. Ela ligou a TV, jogou-se no sofá e me acordou.

"Você não dormiu aqui, dormiu?", perguntou, apesar de todas as evidências apontarem que sim.

"Parece que sim", respondi, sonolenta e desconfiada, tentando adivinhar o humor dela naquela manhã, chateada por ter de conviver com pessoas tão mesquinhas e rancorosas. Ela também estava com os olhos inchados, por isso resolvi deixar pra lá.

"Resolvi que está tudo bem", Katie anunciou, sem parecer lamentar ter me acordado ou ter gritado tanto a noite anterior. "Vou ser amiga de Ethan. Não precisamos namorar para sermos amigos. Ele não tem que se converter para ser meu amigo; assim, consigo todos os benefícios de sair com um sujeito inteligente, engraçado e interessado nas mesmas coisas que eu, e se eu namorar alguém que não seja assim, ainda tenho todas essas qualidades disponíveis. Só preciso dividir o trabalho entre algumas pessoas. Como Jill fez. Ela não conseguiu encontrar tudo o que esperava de um pai em uma pessoa só. Então usou Daniel para o sexo e o esperma, e nós duas para cuidar da criança."

Ela não parecia convencida. E eu estava menos ainda.

"Por que você acha que Ethan aceitaria ser seu meio-namorado?", perguntei.

"Foi ele que sugeriu que fôssemos só amigos."

"As pessoas dizem isso da boca para fora, Katie. Não é sério."

"Quem não gostaria de ser meu amigo? De ser amigo de todas nós?"

"Dá muito trabalho", eu disse.

"Eu já mandei um e-mail para ele, convidando-o para jantar aqui amanhã à noite. É minha oferta de paz."

"E quem é que vai cozinhar?", perguntei o mais ironicamente possível, não porque quisesse realmente saber — eu sabia —, mas porque, afinal de contas, é sempre bom quando as pessoas pedem.

"Você é a cozinheira aqui", respondeu Katie, porque era verdade e porque ela não tinha notado minha ironia. E, para ser sincera, costumo desencorajar as duas a cozinhar. Para ser sincera mesmo, elas não são muito boas nisso.

20

Achei que Ethan ia se sentir em minoria cercado de mulheres formadas em literatura, sem mencionar que os ânimos andavam exaltados. Por isso, convidei Jason e Lucas também. Se você vai mesmo cozinhar, tanto faz se é para quatro, cinco ou sete pessoas. Fiz sopa de lentilha, crepe de abóbora e cuscuz. Fiz salada com três tipos de ervilha (por causa das vitaminas) e pão de milho (para empanzinar). Fiz torta de maçã em nome da doçura, da vida e de recomeços que não envolvam matar as companheiras de casa. E fiz sangria — três jarras — por motivos práticos. Para enfrentar um jantar com Katie e Ethan tentando ser amigos, e Katie, Jill e eu fingindo que estávamos bem, precisávamos de álcool. Se Katie não gostasse, que passasse a pensar duas vezes antes de me deixar tensa.

Os crepes de abóbora devem ser preparados no último minuto, o que é bom por um lado, mas também uma enorme aporrinhação. Deixar muita coisa para o último minuto é enervante, e conseguir que tudo fique pronto e quente ao mesmo tempo é difícil. Por outro lado, é bom quando não há alternativa, e podemos passar as tarefas de fazer sala e cuidar do bebê para outra pessoa. Ethan e Katie demonstraram muita serenidade e elegância, apesar de parecerem um pouco tristes e desanimados. E parecia que não víamos Jason e Lucas fazia séculos, embora isso obviamente não fosse verdade. É que assistir às aulas, estudar e ir à biblioteca juntos, aparecer para tomar conta do bebê e dormir no sofá não têm nada a ver com jantar, beber e conversar sobre assuntos variados, não somente bebês ou livros. E, ao olhar para todos da cozinha, pela primeira vez nos últimos dois dias senti algo parecido com perdão. A presença de Jason e Lucas ajudava — se eles podiam ser uma família, a despeito da condenação da sociedade, nós também. A presença de Ethan ajudava — se ele não nos considerava aberrações completas, talvez não fôssemos mesmo. O mais importante, contudo, é que uma casa cheia de gente é sinal de amor. Na cozinha, com Tio Claude aos meus pés esperando pelas sobras, eu fatiava, picava, bebericava a sangria, ouvia as risadas dos meus amigos na sala. Pela primeira vez em um bom tempo, senti-me feliz.

Jill e Katie não se ofereciam mais para ajudar porque eu sempre dizia não. Elas são descuidadas e imprecisas na cozinha. Levo mais tempo explicando o que preciso do que fazendo eu mesma, e qualquer tipo de ajuda só é realmente útil se você não se importa de pedir que fatiem e acabem cortando em cubos, e eu não sou assim. E fico constrangida de cozinhar na frente de Lucas. Não que um jantar caseiro para os amigos tenha que ser parecido com o que se come em um restaurante, e ele sempre elogiou minha comida, mas mesmo assim fico constrangida. Lucas diz que isso acontece com todas as pessoas que ele conhece. Nem a mãe cozinha mais para ele. Os amigos nunca o convidam para jantar na casa deles. Quando quer comer algo preparado por outra pessoa, ele tem que ir a um restaurante. Cozinho para Lucas sem problemas, desde que ele não fique olhando. Assim, restaram-me apenas Ethan e Jason como auxiliares na cozinha. Jason já estava bêbado, então o encarreguei de pôr a mesa. Como as habilidades culinárias de Ethan permaneciam desconhecidas, resolvi encarregá-lo de descascar as cebolinhas. Posso parecer controladora, mas só na cozinha.

Katie, Jill e Lucas observavam Atlas rolando pelo chão — a grande novidade daquela manhã —, e eu os ouvia batendo palmas e vibrando cada vez que ele fazia isso. Katie e Jill eram amigas novamente, como se nada tivesse acontecido. Ethan e eu preparávamos o jantar — bem, mais ou menos — e conversávamos sobre beisebol. Eu cortava as abóboras em cubinhos para os crepes.

"Lembram aqueles chapéus que os Pirates usavam na década de setenta", disse Ethan.

"O uniforme mais horroroso do mundo", respondi.

"Eram feios, mas não os mais feios. Vi vários uniformes bem piores que aquele."

"Quais, por exemplo?", desafiei.

"Todos aqueles uniformes azul-claro dos anos oitenta. Aquelas camisetas camufladas esquisitas que os Padres usam. Ou aqueles uniformes de uma cor só que viraram moda uma época — chapéu vermelho, camiseta vermelha, sapatos vermelhos, cadarços vermelhos. Ou o dos Astros nos anos oitenta."

"Os Astros saíram do armário com aqueles uniformes. Eles não eram feios, eram gays. Com arco-íris e estrelas? Faltou sutileza."

"Nenhum gay usaria um uniforme feio daqueles", retrucou Ethan. "E os shorts dos White Sox?"

"Eles não usaram shorts."

"Usaram, sim"

"Impossível. Como é que conseguiam deslizar?"

"Não faço a menor ideia. Devem ter enchido as cuecas de terra."

"Não acredito em você", respondi. Ele fez uma busca no celular e me mostrou. Por alguns instantes, fiquei chocada demais para cozinhar.

"Você estão falando de beisebol?", perguntou Katie da sala. "Beisebol é muito chato. Parem de conversar e tragam o jantar, estamos famintos."

"Vocês estão perdendo Atlas rolando para todo lado", acrescentou Jill, morrendo de rir. "Tragam a comida e uma câmera."

Naquele dia de manhã, farto de ficar de bruços, Atlas rolou sobre si mesmo enquanto eu lia em voz alta para ele sobre os anos da peste na Londres do século XVI. Havia algumas semanas ele já conseguia erguer o torso apoiado nas duas mãos, mas, naquela manhã, ele colocou o braço esquerdo sob o direito, tomou impulso e rolou. "Ai, meu Deus, meninas!", gritei, esquecendo que 1) não temos mais dez anos de idade, 2) elas nem estavam lá, e 3) elas provavelmente se assustariam com o meu grito. Jill chegou lívida ao andar de baixo, antes mesmo que eu terminasse de me levantar. Katie veio logo atrás, completamente esbaforida.

"Ele rolou", expliquei, deliciada, apontando para Atlas, deitado de costas, tentando colocar os dedos do pé na boca.

"Você quase me matou de susto!", disse Katie.

Jill começou a chorar, o que fez eu me sentir péssima por estar com raiva dela.

"Eu não quis assustar ninguém, desculpem", eu disse, abraçando-a. "É que fiquei tão empolgada..."

"Não é isso", soluçou Jill. "Não acredito que perdi esse momento. Eu deveria estar aqui, presente, ao invés de dormindo. É por isso que novas mães não dormem: para não perder nada." Ela se sentou ao lado do filho, levou as mãos ao rosto e chorou. Atlas esticou o braço na direção dela, enfiou-o sob o outro e rolou de novo.

Logo depois, sentamos todas juntas, de pijamas, olhando Atlas rolar mais uma dúzia de vezes até ir parar do outro lado da sala, debaixo do sofá, de onde o puxamos para que começasse de novo. Então fui correr com Tio Claude e tomei um banho. Depois fui com Katie ao supermercado. Liguei para meus pais e minha avó para contar o que Atlas tinha feitio. E ainda trabalhei. Só então comecei o jantar. Jill permaneceu sentada no chão observando Atlas, determinada a não perder mais nada, gritando a cada vez que ele rolava como se fosse a primeira (não a primeira vez de Atlas, mas a primeira vez na história da humanidade).

O jantar estava bom. Ficamos todos bêbados — até Katie — não de álcool, mas de intimidade. Ríamos e brincávamos, passando Atlas de mão em mão para que todos pudessem comer, mas sem querer colocá-lo na cama para que não perdesse nada disso. Em algum momento naquela confusão, depois da torta, depois do café, ainda na sangria, Jason se aproximou de Katie e pediu que ela tivesse o bebê deles. Todos achamos aquilo muito engraçado. Só que, claro, não era uma brincadeira.

"É um favorzão", ela disse.

"Você é ótima com favores. Sempre me deixa dormir no sofá", disse Jason. "E você me deve um favor também. Eu cuido de Atlas. Emprestei todas as minhas anotações da prova oral. O que poupou você de muito trabalho. E sou ótimo na cama."

"É verdade", confirmou Lucas.

"Já estamos pensando nisso há algum tempo. Há muito tempo. Acho que sempre pensamos nisso. Sempre soubemos que queríamos criar uma criança juntos."

Lucas e Jason se entreolharam, cheios de amor. Katie estava prestes a entrar em pânico. Jill e eu nos olhamos, achando graça e caindo na real ao mesmo tempo. Ethan, ainda com um sorriso nos lábios, parecia achar que era uma brincadeira.

"Por que eu?", perguntou Katie.

"Porque você é perfeita", adiantou-se Jason. Estava na cara que ele *realmente* tinha pensando muito naquilo. "É a única pessoa que conheço que acha que sexo é só para procriação. Você traria uma nova vida ao mundo."

"Um *mitzvah*", complementou Lucas.

"Você daria uma criança a pessoas que não podem ter uma sozinhas, você traria felicidade a tantas pessoas."

"Minha mãe compraria tantos presentes para você", acrescentou Lucas.

"Vocês enlouqueceram? Por que eu faria isso?", disse Katie. Jason e Lucas se animaram, achando que ela estava considerando a questão, embora eu soubesse que não havia como, neste ou em outro universo, passado ou futuro, em qualquer circunstância, isso acontecer.

"Nós já pensamos nisso", disse Jason. "Pelo simples prazer de ajudar os outros. Pelo ato sagrado e divino de criar vida..."

"Por que Jason?", interrompi, virando-me para Lucas. "Por que ele, e não você?"

"Para dizer a verdade, nossa primeira opção era que nós dois transássemos com Katie" — a essa altura ela estava tão vermelha, de raiva e/ou de vergonha, que fiquei preocupada com sua saúde — "assim nunca saberíamos quem é o pai biológico. Mas não nos parecemos nada um com o outro, então acabaríamos descobrindo de qualquer maneira... e achamos que Katie ia se sentir mais à vontade com alguém que conhece melhor. E, desculpem, mas acho sexo com mulheres uma coisa nojenta. Acho que nem conseguiria."

"Eu não vou transar com ninguém", explodiu Katie. "Nem acredito que estamos falando sobre isso."

Lucas continuou falando como se não a tivesse ouvido. "É claro que lhe daríamos um ótimo plano de saúde, roupas de gestante lindas e qualquer outra coisa de que você precisasse. E pagaríamos trinta mil dólares."

Engasguei com a sangria. O rosto de Katie passou do vermelho ao branco. Trinta mil dólares eram quase três anos do nosso salário. Talvez Lucas não soubesse disso, mas Jason sabia muito bem, e todas olhamos para ele, embasbacadas, esperando uma explicação. Quando ele mencionara um favor, eu tinha achado que era realmente um favor.

"Na verdade, esse dinheiro vai nos poupar outros gastos, além de preocupações", explicou Jason. "Barriga de aluguel, adoção, inseminação artificial, é tudo muito caro, sem falar no trauma emocional. Se mantivermos tudo entre amigos, economizamos e evitamos a impressão de que estamos fazendo algo que não é natural. Como sabemos quem é a mãe, se um dia precisarmos de um rim ou de alguma informação médica..."

"Deus nos livre", interrompeu Lucas.

"Deus nos livre", continuou Jason, "saberíamos a quem perguntar. Você não mudaria de ideia na última hora, porque é nossa amiga, e não faria isso conosco."

"E você já é praticamente uma mãe de aluguel", acrescentou Lucas. "Atlas não é seu filho, mas você cuida dele como se fosse. Seria a mesma coisa, só que com mais trabalho antes e muito menos depois..."

Lucas parou de falar. Ninguém disse nada por um tempo. Teria sido insuportavelmente estranho se não estivéssemos todos tão bêbados. Eu sabia que Katie nunca aceitaria aquilo. Acho que foi mesmo por puro amor que Jason se convenceu a tentar. Katie tinha muitos filhos planejados em seu futuro, mas não começaria naquele momento.

"Eu amo vocês dois, muito, e vocês sabem disso. Mas não posso... não conseguiria."

"Que tal pensar um pouquinho?", interrompeu Jason.

"Não tem pressa. Pense um pouquinho, por nós...", disse Lucas.

"Não precisa se preocupar com o sexo, seria — desculpe a falta de rodeios, mas sei que você está preocupada com essa parte — suave, simples e rápido. Nada repulsivo ou vulgar", explicou Jason.

"Não vou fazer isso", disse Katie, calma.

"Sabíamos que sua reação inicial seria essa", disse Lucas. "Mas se você pensar um pouco a respeito, não vai soar tão estranho."

"E você sabe que nós nos amamos", acrescentou Jason.

"Você sabe que seríamos dois ótimos pais, e seria um lar cheio de amor."

Katie hesitou, mas depois disse em um tom delicado e firme: "O homossexualismo não é algo que eu... aprove...".

"Katie!", repreendeu Jill.

"Qual é o problema? Eles podem me pedir um favor desses à mesa do jantar, mas eu tenho que ficar calada por educação?"

Lucas baixou a cabeça, mas Jason parecia disposto a brigar.

"Vocês sabem que penso assim", explicou Katie magoada, como se eles é que a tivessem ofendido. "Por que perguntaram logo a mim? O que vocês estavam pensando?"

"Que como você nos ama entenderia que não somos pecadores", explicou Jason. "E que por esse amor você pelo menos consideraria nos ajudar a ter um bebê."

"Mas eu... eu não aprovo criar uma criança nesse tipo de ambiente."

"Seríamos ótimos pais", disse Lucas.

"Uma família precisa de pai e mãe", retrucou Katie.

"Como você pode dizer uma coisa dessas?! O que acha que é tudo isso aqui, então?", perguntou Jason, apontando para nós, a sala, a casa.

"O que estamos fazendo aqui é maravilhoso", ela respondeu. "Mas é temporário. Não vamos fazer isso a vida toda."

Ela não disse "Não podemos"; "Talvez não". Disse "Não vamos". Como se tivesse certeza disso. Como se já tivesse um plano de fuga. "Por que não pedem a Janey?", Katie perguntou.

"Janey ficaria muito ligada emocionalmente ao bebê", respondeu Jason. "Talvez não conseguisse dar o bebê depois que ele nascesse."

"Você quer dizer que eu sou fria o bastante, é isso?", perguntou Katie com aspereza.

"Você é fria o bastante", confirmou Jason.

O que se pode dizer de jantares como esse? São devastadores, mas não tão raros que eu precise explicar exatamente como nos sentimos quando acabamos por nos deixar vencer pelo cansaço e pelo embaraço, quando a raiva se transformou em constrangimento, todos inventaram desculpas para ir embora, e aquelas que moravam ali, as que tinham que ficar, sentiram-se aliviadas por ter a casa de volta e poder ficar em paz, exatamente como se estivessem voltando, exaustas, de uma longa noite na rua. Jantares como esse são uma via de mão única. Não dá para voltar atrás depois de pedir a uma amiga que faça amor com você para gerar uma criança, mesmo que bem lá no fundo você soubesse que ela diria não.

"Desculpe, Katie. Não queríamos magoar você. Mas tínhamos que perguntar. Você ainda me ama?", perguntou Jason quando estava indo embora.

"Depois de ter me envergonhado na frente de todos? Depois de me fazer parecer um monstro?"

"Sim."

"Eu ainda te amo. Você ainda me ama?"

"Mesmo depois de você dizer não, sem nem ao menos pensar a respeito? Mesmo sendo intolerante e nos considerando pecadores?"

"Sim."

"Eu ainda te amo."

É assim que as coisas funcionam com Katie. Você tem que conviver com noções contraditórias. Ela realmente acredita, até nas partes ofensivas. Esse é o mundo dela. Se você a ama, e nós a amamos, tem de aceitar isso. Para ela, as regras eram essas. Katie nunca tenta nos converter, embora no fundo ache que vamos todas para o inferno. Às vezes me sinto ofendida. Tudo bem que é uma tarefa monumental, mas será que ela não podia nem tentar? Essa também era claramente a filosofia de Jason. Ele sabia que ela ia dizer não, mas amava Lucas o bastante para tentar.

"Obrigado por tudo", disse Ethan, atordoado, abraçando cada um de nós, caminhando ao lado de Jason e Lucas como se fossem amigos de infância. "Eu me diverti muito. As festas de vocês são..." — ele parou e se contentou com — "eletrizantes. Adoraria voltar mais vezes." Fechamos a porta, deixamos um milhão de pratos sujos espalhados pela casa e fomos dormir.

Sozinha no escuro, tentei decidir se tinha ficado ofendida porque eles escolheram Katie e não eu. Eu também não teria aceitado. Eles estavam certos, eu ficaria muito ligada emocionalmente. Gostaria que tivessem perguntado, mas não dá para pedir uma coisa dessas se você realmente não estiver falando sério. O simples ato de mencionar em voz alta já é extremamente íntimo. E por isso sei que não foi um ato espontâneo, não foi uma coisa de momento, que eles não tinham decidido perguntar a Katie de uma hora para outra. Eles planejaram aquilo, esperaram que terminasse com Ethan e se apressaram, antes que achasse outra pessoa. Devem ter considerado todas as mulheres em idade fértil que conheciam, escolhido aquela que tivesse a formação, religiosa ou não, necessária para separar sexo e prazer, dar à luz e maternidade. Eu nunca tive sucesso com a primeira categoria, e obviamente não pertencia à segunda. Teria dito não. E dizer não teria sido difícil e triste. Mas gostaria que eles tivessem ao menos perguntado.

No dia seguinte, Katie tinha um plano.

"Já sei o que vou fazer", contou alegremente durante o café da manhã.

"O quê?"

"Vou rezar para que todas as minhas amigas da igreja arrumem um marido, e elas vão rezar para que eu arranje um também. Assim, não vou estar pedindo algo para mim mesma. Vou desejar pela felicidade e por maridos para minhas amigas, em vez de para mim. Não estarei sendo egoísta, não estarei sendo obsessiva, pelo contrário: estarei sendo muito madura e altruísta."

Era assim que Katie contornava sua própria narrativa. Com o que Jill disse, ela percebeu que sua história não podia girar em torno da obsessão pessoal de se apaixonar e casar. Com o que Jason e Lucas disseram, ela percebeu que estava sendo egoísta ao se preocupar apenas consigo mesma e que tinha que ajudar os amigos primeiro. Ela se tornou uma heroína de Jane Austen, tão genuinamente dedicada ao amor e à felicidade dos que estão à sua volta que esquece completamente de si mesma, mas o amor vem a galope em segundo plano, e ela inadvertidamente se prepara. O melhor resultado possível, sem nenhum esforço óbvio. Ou, dependendo do ponto de vista, uma trama cheia de furos, sem nenhuma mudança real de atitude.

21

Atlas sobreviveu ao semestre, assim como todos nós. Deve ter sido difícil para ele ser passado de mão em mão, muitas vezes aos prantos, de uma "babá" que saía apressada porta afora, ainda se vestindo, para outra esbaforida, mal saída da biblioteca. Eu temia que ele ficasse muito grudado em Jill, que chorasse somente por ela — ou pior, por outra de nós —, mas isso não aconteceu. Ele ficava feliz com qualquer um, não apenas nós três, mas também Jason, Lucas e até Ethan, que volta e meia aparecia para jantar; e, claro, com seus diversos avós — Diane e minha família —, que visitavam sempre que podiam, mas não o bastante para que Atlas se lembrasse deles. Creio (e espero) que ele tenha aprendido que sempre haveria alguém para amá-lo, mesmo que não soubesse quem era. E deve ter aprendido também que essa pessoa estaria quase sempre exausta, com frequência preocupada ou em crise.

Atlas foi a pessoa mais estável da casa ao longo daquele semestre. Jill perdia a convicção nos estudos e na pesquisa, Katie perdia a fé nas possibilidades representadas pelo amor, pelos homens e pelo casamento, e eu — bem, eu perdia minha fé nas duas. A impossibilidade de minhas companheiras de casa colocarem suas vidas em ordem me levava à exaustão. A devastação causada pela palavra impressa e pelo atraso na chegada do homem perfeito, a incapacidade de as duas se darem bem por pelo menos parte do tempo, e ter que preparar a comida e promover a amizade estava acabando comigo. Cuidar de Atlas era minha alegria. Era também uma responsabilidade, e o reconhecimento disso se insinuou em minha consciência. E não arredava pé. Qualquer coisa que Jill fizesse que não fosse os estudos pelos quais eu sacrificava minha vida me magoava. Eu me ressentia da obsessão de Katie por casar, via aquilo como uma válvula de escape — e era isso mesmo. Ressentia-me que Jason passasse uma noite conosco por semana e depois pudesse ir para sua própria casa. Às vezes eu ainda sentia raiva de Daniel, que tinha nos abandonado completamente. Até mesmo sua ausência, tão gritante quando ele foi embora, tão ameaçadora naquelas primeiras semanas com Atlas, tinha praticamente se esvaecido.

Eu sabia que a maior parte dessa raiva não era justificada. Sabia que não havia nada que eu pudesse fazer. E sabia que estava interferindo nos poucos momentos que me sobravam para trabalhar sem culpa, sem interrupção. Mas não conseguia me livrar disso. Jill se afastava cada vez mais dos estudos e mergulhava na ioga e na meditação. Ela precisava daquilo, é verdade, e talvez fosse benéfico, mas eu ficava louca de ir para casa correndo e encontrá-la sentada placidamente em posição de lótus na sala, obtendo satisfação espiritual de atividades das quais escarnecia quando era eu que fazia. Katie mantinha o trabalho sob controle, mas tinha procurado abrigo na prece. É claro que ela sempre fora à igreja, mas agora a igreja estava por todo lugar. Ela falava o tempo todo de Deus e de preces, de como *Ele* controla nossas vidas e nosso destino. Tenho certeza de que aquilo era muito útil para ela também, dava-lhe paz, ajudava a superar os mesmo desafios pelos quais eu passava, mas aquilo me parecia falso, irritante, e eu invejava essa paz, quando eu não tinha nenhuma. Adoraria pensar que Atlas não era afetado por nada disso, mas não era possível. Todos contamos as histórias dos outros.

Em busca de consolo, de sanidade, voltei a correr. Eu costumava correr na faculdade, mas parei porque machuquei o joelho, e a ioga me pareceu um exercício muito mais suave e regenerativo. Jill estava a cargo da ioga agora, e, embora eu soubesse que essa prática só traria benefícios tanto para ela como para mim, não queria saber daquilo. Apesar do mal que pode causar aos joelhos, correr também acalma o espírito. Quando tudo o que se consegue ouvir é a própria respiração, sua mente viaja para algum lugar — ou para lugar nenhum. É difícil ficar brava quando mal se consegue respirar, quando suas pernas suplicam que você pare, mas mesmo assim todo o seu corpo bate no mesmo ritmo e segue adiante, sempre em frente.

Correr no inverno também faz a primavera e o verão chegarem mais cedo, simplesmente porque correr é a única coisa agradável que se pode fazer em Seattle do lado de fora de casa no mês de fevereiro. Embora seja escuro e frio, o inverno permite que você se exercite sem sentir muito calor, o que é uma coisa boa. Isso significa que, embora cada centímetro do seu corpo suplique pela chegada do verão, uma pequena parte de você (provavelmente suas coxas) fica feliz e contente com o lento progresso do inverno. E, como todo mundo sabe, nada prolonga mais o inverno do que o desespero para que ele acabe logo. Por isso, correr faz com que a primavera chegue mais rápido.

E, de fato, logo, logo, haveria uma luz no final do túnel. Uma das vantagens do mundo acadêmico é que, por piores que as coisas estejam, tudo termina e recomeça a cada quinze semanas, aproximadamente. E quinze semanas não é tanto tempo assim. Não importava que o verão não fosse curar a depressão de Jill, a obsessão de Katie, minha raiva ou a família improvisada de Atlas, mas seria um novo começo, uma oportunidade de avaliação, de planejamento. E, para completar, não tínhamos que ir às aulas, o que nos deixava com muito tempo livre, ou pelo menos um pouco. Tínhamos de continuar a pesquisar, a escrever e a lecionar, mas não é a mesma coisa. Quando se passa tanto tempo na faculdade como nós passamos, o corpo e a mente saem de férias no verão automaticamente.

A chegada do verão parecia também uma realização, como se tivéssemos sobrevivido ao primeiro round. É claro que me recordei do verão anterior, quando tudo havia começado, e embora eu tenha me sentido nostálgica pensando na última primavera, passada no meu próprio apartamento, e em como minha vida era descomplicada antes, aquilo estava tão distante que era como se fosse outra vida. Todo o caos e a incerteza tinham sido substituídos naquele ano por uma sensação incômoda de uma trégua instável, de um equilíbrio improvisado, vacilante e desesperado. Naquele ano, contudo, o caos se tornou Atlas, e não havia como negar a felicidade que isso nos trouxe. As coisas não estavam bem, mas pelo menos estavam melhores do que antes. Nada fáceis, mas no caminho certo. Como eu disse, quinze semanas não é tanto tempo assim, e, do mesmo modo que as semanas passaram, minha raiva com a situação toda começou a diminuir, precisamente porque aquela situação logo acabaria e seria substituída por outra.

Uma tarde, fui correr apesar do sol que batia em retirada diante de um céu ameaçador e de uma previsão do tempo assustadora. Com cada vez mais frequência eu perdia a noção de tudo quando corria — da distância, do tempo, de onde eu tinha ido parar —, e quando a chuva começou para valer eu estava a quilômetros de casa. Não é verdade que em Seattle chove o tempo todo; quando isso acontece, dificilmente é aquela chuva torrencial, são meses e meses de garoa. Aqui, tempestades caem na primavera. Dei meia-volta, com tanto calor que me senti grata pela chuva, e corri para casa em meio ao que logo se transformou em um dilúvio. As ruas e calçadas se transformaram em rios, cujos afluentes escorriam pelos meus cabelos, meu rosto, minhas roupas e até por dentro delas, de modo que eu parecia mais uma criança pulando de poça em poça do que um adulto correndo. Os carros buzinavam, as pessoas apontavam para mim, rindo ou parecendo realmente preocupadas com minha segurança — ou sanidade —, mas eu estava sem ar de tanta alegria, rindo feliz por estar tão molhada e ir ficando cada vez mais, correndo pela água, ficando limpa, limpa, limpa.

Ainda melhor, e mais raro do que um arco-íris, foi voltar para uma casa escura e vazia. Eu não fazia ideia de onde estava todo mundo e para dizer a verdade não estava nem aí. De pé na cozinha, recuperando o fôlego e molhando o chão, em silêncio, com as luzes apagadas, a poeira e as nuvens da tempestade dando a tudo um tom azulado discreto, pensei no que faria a seguir. Tomar banho. Falar ao telefone sem ser interrompida, sem ser ouvida. Fazer o jantar só para mim, algo simples e indulgente ao mesmo tempo. Eu não ficava sozinha havia tanto tempo que nem sabia mais como sentia falta da solidão, acima de todo o resto. Não é egoísmo pensar em si própria quando se está sozinha. Tirei as roupas de corrida encharcadas e deixei-as amontoadas no chão da cozinha, vesti calça e camiseta secas, sentei no sofá com uma comida qualquer e decidi assistir a alguma coisa na TV e ouvir a chuva caindo no escuro, sozinha. Fechei os olhos e senti músculos que eu desconhecia relaxando pela primeira vez em meses.

De repente, a porta de vidro da varanda se abriu, revelando um Atlas nu, sorridente e encharcado, no colo de uma Jill nua, sorridente e encharcada. Ela quase o deixou cair no chão quando me viu.

"Você me assustou!", murmurou, como se não quisesse quebrar o encanto daquele momento.

"Você também!", murmurei de volta.

"Estávamos brincando na chuva."

"Eu estava correndo."

Uma vez dentro de casa, poças se formaram à volta deles, e a pele gelada e encharcada dos dois adquiriu um tom vermelho vivo. Eles brilhavam, lisos e molhados, quentes e frios ao mesmo tempo. Ainda que na escuridão, eles estavam tão lindos que eu não conseguia desviar o olhar. Atlas continuava gargalhando — talvez por estar dentro de casa de novo, talvez porque sua mãe estava escorregadia, toda molhada. Jill também ria, por ter ficado lá fora, por ter tomando um susto ao me ver no sofá e pelo ligeiro constrangimento de estar nua. De repente, ela começou a chorar, baixinho, num som discretamente diferente da risada e da chuva, mas as lágrimas em seu rosto brotavam de dentro, em vez de vir de fora.

"Desculpe, Janey", disse quase num sussurro. "Eu não sabia que ia ser assim, não sabia que seria tão difícil."

"Nem eu", sussurrei.

"Não quero perder vocês duas", ela disse afundando o rosto nos cabelos de Atlas.

"Nem que você quisesse perderia", afirmei, e estava falando a verdade.

"Eu só quero o melhor para ele", ela explicou. "Vale a pena sacrificar qualquer coisa — até eu, ou você — por ele, para que seja amado."

"Ele sempre será amado. E você também, ninguém tem que ser sacrificado."

"Você acha que vai ficar tudo bem?"

Perguntei-me a que ela estava se referindo. À nossa amizade, à carreira dela, à minha sanidade, à infância de Atlas? "Vai ficar tudo bem", prometi, fosse o que fosse. "Vai, sim. Vai ficar tudo bem. Mais do que isso." Acrescentei como prova: "É primavera".

Ela sorriu, riu, limpou os olhos e o nariz com a mão livre, lembrou-se de que não estava vestindo absolutamente nada e enrubesceu mesmo sob o brilho molhado da chuva.

"Será que é isso que querem dizer com amor nu e cru?", ela perguntou.

"Deve ser." Sorri, ainda mesmerizada, mas começando a voltar a mim. "Vá se secar e se aquecer antes que vocês fiquem doentes", disse, parecendo minha avó. "Eu visto Atlas enquanto você toma banho. Podemos fazer panquecas de batata para o jantar." Era o prato favorito dela. Não era o meu. Mas às vezes não é verdade que o comportamento tem que mudar tanto quanto a atitude. Eu precisava parar de sentir raiva, mais do que Jill e Katie precisavam mudar. Eu precisava focar num amor sincero, cego, onisciente, sem reservas, inequívoco, incondicional — nu e cru — para que tudo começasse a fazer sentido mais uma vez. Eu precisava encontrar o amor nos diversos lugares onde ele tinha se escondido, arrastá-lo para fora e enrolá-lo à minha volta, carregá-lo pela casa, trançá-lo em meus cabelos, deixar que chovesse para que eu pudesse senti-lo e compartilhá-lo, pudesse apreciar seu abraço e entender, de uma vez por todas, o que ele significava, pelo menos esta parte, pelo menos naquele dia.

PARTE III
VERÃO

22

Verão. O primeiro da vida de Atlas. A melhor estação do ano. E, sobretudo, o primeiro ciclo de aulas do verão. Esses cursos curtos são um desrespeito gritante às leis da natureza, da mecânica e da física que regem o tempo. Abarrotar conteúdo que normalmente tomaria quinze semanas em cinco pode não soar absurdo, mas é, tanto em termos do que se exige da pessoa quanto do que ela tem que abrir mão para acompanhar tudo. Nunca dou aulas no segundo ciclo do verão. Odeio. Como o primeiro ciclo começa logo depois que o semestre termina, é relativamente fácil continuar, sobretudo porque a redução de carga horária é grande. No segundo ciclo, por outro lado, você tem cinco semanas de férias, mas depois tem que trabalhar direto até o Natal. Natal.

Quando eles me fizeram dar aulas no segundo ciclo e fui reclamar para Nico sobre a parte de trabalhar direto até o Natal, ele se concentrou exclusivamente nas cinco semanas de folga. Gente que trabalha das nove às cinco com umas poucas semanas de férias durante o ano costuma se fixar nessa parte. Isso não é justo. Uma das razões é que as pessoas que têm empregos de verdade têm fins de semana de folga, mas eu não tenho. Tenho que ler e dar notas. Duas turmas de redação, com vinte e cinco alunos cada; cinco trabalhos por aluno, cinco páginas por trabalho, cinco minutos por página — até eu sei quanto isso dá, nem preciso calcular. Basta dizer que leva o fim de semana todo. Outra razão pela qual cinco semanas de folga até o Natal é pouco: as pessoas que trabalham em empregos comuns não trabalham de fato das nove às cinco. Elas param para tomar um café, fumar um cigarro, beber água, saem para almoçar, fazem festinhas para colegas de escritório e tiram a tarde para participar de gincanas em equipe. Nós temos que fazer exatamente as mesmas atividades (menos as gincanas, claro), mas elas não contam como horas de trabalho. Quem perde somos nós, que dormimos menos porque ainda temos que corrigir provas e preparar aulas. Nico também achava que no final das contas eram apenas cinco semanas de folga, e tanto fazia se viessem antes ou depois. Minha resposta consiste em três palavras: até o Natal.

Quinze semanas em cinco também é uma conta que eu sei fazer. O resultado são aulas de duas horas todos os dias, nenhum dia de folga, nada de corpo mole. Basta perder um único dia de aula para ficar muito atrasado, mas os alunos sempre acham que podem faltar com mais frequência, afinal, tem aula todo dia. A carga horária é a mesma do semestre comum, mas você tem um terço do tempo para fazer os trabalhos de casa — você tem um terço do tempo para ler, um terço para escrever, um terço para fazer projetos, um terço para avaliar. É um desafio, mas por outro lado adoro os cursos de verão. É bom poder se concentrar em uma coisa, em vez de cinquenta. Conhecemos os alunos melhor e temos a impressão de que conseguimos fazer um monte de coisas. O mais importante é que dá para sair de casa e ficar longe das amigas (que também estão dando aulas no segundo ciclo) e do bebê pela manhã inteira. Se depois eu ainda tiver que ajudar os alunos em sala, for encontrar um amigo para o almoço e correr, não vejo ninguém até o final da tarde.

Poucas épocas são mais exaustivas do que essa. Ainda bem que passa rápido, porque não dá para manter esse ritmo por mais de algumas semanas. Às vezes, tenho tanta nota para dar, tantas aulas para planejar e tantas reuniões com alunos que mal sobra tempo para outra coisa. Mas, como eu disse, este não é apenas um ciclo curto. O tempo se curva, as teorias abstratas da física se aplicam. E às vezes essa época é muito estranha e cheia de acontecimentos, mesmo que se esteja trabalhando a maior parte do tempo. No verão daquele ano, o mundo simplesmente mudou. Cinco semanas mais tarde, o mundo era um lugar diferente, o passado era apenas uma vaga memória, um mero murmúrio de uma vida anterior, tão remota que nem parecia minha.

Eu estava dando aulas de introdução à literatura. O primeiro dia é sempre o mais fácil. Os alunos são basicamente como você fantasiava ao preparar as aulas, quando tudo que tem que fazer é prestar atenção e sorrir nas horas certas. No primeiro dia de aula, como eles não tinham lição de casa, resolvi — inspirada por Atlas — ler em voz alta para eles. Começamos por *O lorax*. Boa literatura é boa literatura independentemente da faixa etária. Colocamos as cadeiras em círculo, mostrei-lhes as ilustrações e tudo o mais. Os alunos ficaram hesitantes a princípio, talvez se perguntando se eu achava que eles estavam no jardim de infância ou algo parecido. Logo, contudo, ficaram à vontade para ouvir a leitura, recordaram-se de como é bom ouvir uma história, da satisfação de quando reconhecemos a história e nos deixamos levar pela narrativa e pelo ritmo, pelo som da voz do leitor, e esperamos pelo momento de ouvir o que já conhecemos e entender melhor o que está escrito. Há um motivo pelo qual lemos para nossos filhos, e não é só porque eles não conseguem ler sozinhos; é porque há uma diferença entre ler e ouvir uma história. Fiquei tentada a instruir meus novos alunos com uma metáfora usando sexo e masturbação, mas não no primeiro dia de aula. Mandei-os para casa com uma dúzia de poemas para ler e analisar, radiante com os sorrisos de alívio que notei deixando a aula ("Ela é legal" e "Acho que vou gostar dessa aula") e fui para fora tomar um pouco de sol.

Na escada, encontrei Ethan fazendo a mesma coisa. "O que você está fazendo na escada do meu prédio?", perguntei, sentando-me ao lado dele.

"Não sabia que era seu", ele respondeu.

Virei de costas e apontei para a placa sobre a porta.

"Departamento de língua inglesa", li.

"Verdade", ele admitiu. "É o ciclo de verão. Estão reformando o prédio de história para o outono. Retirando os asbestos ou algo assim. O que é reconfortante saber depois de passar os últimos quatro anos lá. Todas as nossas aulas de verão vão ser aqui."

"Que aula você vai dar?"

"Introdução à história. E você?"

"Introdução à literatura", respondi feliz, abraçando os joelhos e sorrindo para ele como se fosse uma coincidência impossível. Adoro os primeiros dias de aula.

"Você está discutindo *O lorax*?", ele perguntou ao ver o livro em minhas mãos.

"Só no primeiro dia."

"Deve ser divertido."

"O que você fez?"

"Um resumo do curso anterior, caso eles tenham esquecido ou não tenham assistido às aulas."

"Quanto tempo levou? Uma hora?"

"O primeiro curso de história vai mais ou menos do início da escrita até 1499. Mas como só trata da civilização ocidental, dá tempo."

"E os alunos, parecem legais?"

"Por enquanto, sim. E os seus?"

"Também, por enquanto." Permanecemos sentados, compartilhando a alegria e o alívio do primeiro dia de aula, deixando a adrenalina abaixar e aproveitando a calmaria que reina antes do primeiro trabalho, quando ainda não se tem noção do que está por vir e não há nada para corrigir.

"Quer almoçar?", ele perguntou finalmente.

"Vou correr daqui a pouco, mas adoraria almoçar amanhã."

"Amanhã, então. Aliás, você é uma dessas pessoas que gostam de correr sozinhas? Porque eu também gostaria de correr com você. Não hoje, claro", ele disse olhando para sua calça social e sua gravata, "mas outro dia."

"E o seu tornozelo?"

"Foi só uma torção. Já está curado, acho que posso correr devagar."

"Ótima ideia", respondi. Não sou grande fã de correr com outras pessoas, mas naquela animação do primeiro dia de aula eu não seria capaz de dizer não a ele — nem a ninguém.

"Encontrei Ethan", contei ao chegar em casa. "Vamos almoçar amanhã, se quiserem ir. E vamos correr na quarta."

"Ah, é mesmo, esqueci de contar que ele está dando aulas no andar acima do seu", desculpou-se Katie.

"Como foi o primeiro dia?", perguntou Jill.

"Bem. Eles parecem legais. Sorridentes, participativos."

"E gostaram de *O lorax*?", perguntou Jill, mas ela parecia estar prestando atenção em Katie, que por sua vez também parecia muito distraída.

"Gostaram. Acho que entenderam. Eles tinham umas ideias interessantes sobre...", mas desisti. "O que vocês duas têm?" Jill não tirava os olhos de Katie. Ela parecia estar prestes a explodir.

"Conheci um cara!", gritou exaltada.

Olhou para Jill, que mal continha um sorriso de desdém, mas se conteve a tempo. "Ela acha que esse cara é diferente." Olhou para mim perplexa, levantando as sobrancelhas.

"O nome dele é Peter. Ele acabou de se mudar para cá, veio de Utah para a faculdade. Ele só tem vinte e um anos, mas não tem problema. Quer se formar em zoologia. É uma gracinha e muito legal. Ele pinta. E é alto. E me acha divertida. Ele é o responsável pela comida para o piquenique de jovens que estamos organizando na quinta-feira, e, como estou encarregada dos jogos, temos que trabalhar juntos..."

"Por quê?", interrompeu Jill.

"Como assim?"

"Comida e jogos não têm nada a ver um com o outro."

"Não seja ridícula", disse Katie. "Estamos falando de crianças de cinco anos. O que você acha que vai acontecer se dermos sorvete para elas e depois organizarmos uma corrida de sacos? E se elas comerem salada de macarrão e depois forem brincar na piscina?"

"O horror, o horror", confirmou Jill.

"Quando é que vocês vão sair?", perguntei.

"Ele ainda não me convidou para sair. Mas vai convidar. Dá para perceber. Vamos nos encontrar amanhã à noite para falar sobre o piquenique." E lá se foi ela, rodopiando escada acima, experimentar todas as roupas que possuía, depois as minhas e as de Jill.

*

Na terça, tentamos definir o termo “poema”. Foi difícil. Meus alunos sabiam que poesia não precisa rimar. Sabiam que poesia não precisa soar bem. Mas não sabiam o que a poesia precisa ser. A princípio, disseram que reconheciam um poema se vissem um, mas eu lhes apresentei a Robert Hass e eles ficaram perdidos. Parecia prosa, soava como prosa. Garanti que era considerado poesia e os mandei para casa para escrever um ensaio explicando por que concordavam com essa opinião — ou por que achavam que era uma tolice.

Ethan e eu compramos sanduíches, sentamos sob uma árvore no pátio e comemos. Falei das aulas e dei-lhe uma cópia de “Uma história sobre o corpo”, de Hass.

“É prosa. Sem dúvida é prosa”, ele disse rindo. “Essa é a resposta errada, não é?”

“Oficialmente? Não há resposta errada.”

“Mas na verdade...”

“Na verdade é um poema. Forte, visual, lírico, impenetrável. Robert Hass é um poeta. E você, o que ensinou?”

“Começamos com religião na Europa renascentista. Quase só eu falei, mas mesmo assim é empolgante. Contar a eles o que aconteceu e por que, cada desdobramento, essa longa cadeia de eventos inter-relacionados... O que foi?” Eu estava com um sorriso no rosto.

“É tudo faz de conta”, eu disse. “Lendas.”

“Ah, você é uma dessas pessoas, então”, ele disse revirando os olhos. “Por que bacharéis em literatura não acreditam em história?”

“Porque tudo é muito mais complicado e duvidoso, cheio de meias verdades, é mais distorcido e incompleto do que você diz...”

“Distorcido?”

“E eles simplesmente anotam tudo e decoram, como se tivesse acontecido exatamente daquele jeito...”

“Você ensina ficção, Janey.”

“Você também”, insisti. “Não há como ter uma versão fidedigna da história de ontem, por exemplo, por isso sei que quem a contar daqui a muitos anos vai estar inventando.”

“Mas você já vai estar morta.”

“E não haverá ninguém para corrigi-la.”

“E você não ensina história quando ensina Shakespeare?”, ele perguntou. “Você não ensina sobre a imprensa, as colônias na América, a peste negra e o aumento da população de Londres?”

"Ensino, mas só para mostrar o que não sabemos. Além disso, não é história, é apenas contexto."

"Você está fazendo distinções muito sutis."

"De qualquer maneira, são apenas fatos, o que sabemos ser verdade. Não estamos inventando nada."

"Preciso lembrar que você leciona ficção?"

"Só porque a ficção é inventada, não significa que não seja verdade. O que a história nos diz sobre a vida de Shakespeare? Que talvez ele fosse católico, talvez não. Talvez tenha se casado por vontade própria, talvez não. Talvez tenha amado sua família, talvez a tenha abandonado na primeira oportunidade. Talvez os dois. Não sabemos nada da história. O que sabemos de fato é o que lemos em *Rei Lear*. Envelhecer é apavorante. É difícil se recuperar da sensação de traição, mesmo quando se sabe que está errado. Há poucas coisas piores que a loucura, a cegueira, a perda do poder, do respeito e do amor da sua família, e a morte não está entre elas. As tempestades do mundo acompanham as tempestades da alma. São metáforas poderosas. A ficção é muito mais verdadeira do que a história. História é sobre outras pessoas, ficção é sobre você mesmo."

"Você está usando personagens como modelos. Assim como eu. A diferença é que meus personagens existiram de verdade. Aprendemos com eles da mesma maneira que aprendemos com Lear. Tentamos honrar o que admiramos e evitar o que os abateu. Os detalhes mudam, as normas mudam, o que continua igual é a..."

"Narrativa?", interrompi.

"Não me comprometa", ele disse.

Permanecemos sentados, refletindo, aproveitando o sol. Jogamos o resto do almoço no lixo e marcamos hora e lugar para a corrida. Enquanto nos afastávamos, virei e falei: "Ethan, por falar em narrativas, Katie conheceu um cara".

"Ah, isso é ótimo", ele disse — o que mais ele poderia dizer? —, mas eu não sabia se estava sendo sincero ou não. "Quem é ele?"

"O nome dele é Peter. Ela o conheceu na igreja."

"E como ele é?"

"Ainda não o conheci. Eles vão sair pela primeira vez esta noite." Eu tinha recebido uma mensagem de texto de Katie quando terminara a aula.

"Parece sério", disse Ethan. "Até amanhã!" E lá fui eu a caminho de casa, descobrir se era mesmo sério.

23

Enquanto corríamos, na quarta, contei a Ethan como tudo tinha se passado. Durante o primeiro quilômetro senti-me traindo Katie, fazendo fofoca pelas costas dela, já que Ethan não era um amigo mútuo, mas o ex-namorado dela (eu havia contado tudo a Jason pela manhã, no café, sem um pingo de remorso). Em minha defesa, devo dizer que: 1) acompanhar a vida amorosa de Katie era como voltar à escola, portanto nada mais justo do que agir como uma menina; 2) ela estava tão nas nuvens que duvido que fosse perceber; 3) é bom falar durante a corrida, porque isso aumenta o esforço cardiovascular; e 4) era irresistível.

Peter tinha chegado na hora, com pontualidade britânica, usando gravata e sapatos preto e branco envernizados. Trazia flores. Ele era bonito, jovem e estava claramente nervoso, mas manteve a pose diante de nós três — Atlas urrava, Jill e eu estávamos fascinadas pelos sapatos. Katie tinha insistido em esperar no andar de cima, para que pudesse fazer uma entrada pomposa (depois de experimentar sessenta roupas diferentes, ela tinha escolhido um vestido de Jill com uma saia ampla que balançava cinematograficamente quando ela descia as escadas). Estava furiosa conosco quando chegou à sala, porque não conseguíamos parar de soltar risinhos ("Vocês também não deixam barato", disse Ethan nessa hora. "Até que deixamos barato com você", respondi, rindo). Ela nos encarou e em seguida olhou para Peter, toda sorrisos e olhinhos brilhantes, pegou as flores, quase que arrulhando, e as entregou a mim sem dizer uma palavra, sem nem tirar os olhos dele (como se eu fosse uma empregada), e basicamente flutuou até a porta em seus braços. Eles foram jantar e depois ao cinema, nós pedimos comida indiana e alugamos um filme. Tínhamos pausado o filme para colocar Atlas na cama quando Katie e Peter voltaram.

Perguntamos rapidamente sobre o encontro e fomos para cima. "Elas sempre ficam rindo assim?", ouvimos Peter perguntar, mas não ouvimos a resposta. "Parecem minhas irmãs adolescentes." A primeira coisa que ela fez — antes mesmo de lhe oferecer algo para beber, antes de tirar os sapatos, antes de diminuir as luzes da sala — foi desligar a babá eletrônica que tínhamos escondido em um canto. Deitadas no chão do quarto de Atlas, olhando para os móbiles e ouvindo o bebê dormir, dava para pelo menos ter uma ideia do que se passava. Risadas. Muitas. Depois uma conversa baixinha, sussurrante. E depois nada.

Quando finalmente subiu as escadas, sozinha, às quatro e quinze da manhã, Katie encontrou Jill e eu dormindo sob seis ou sete mantas de bebê no chão do quarto de Atlas.

"Por que vocês dormiram no chão?"

"Foi um acidente", disse Jill. "Estávamos tentando escutar o que vocês diziam, e esse é o melhor quarto para isso. Como é que foi?"

"Maravilhoso", disse Katie pegando uma das mantas e se aconchegando entre nós. "Ele é perfeito." Ela já estava adormecendo, o que para mim indicava que tinha acabado de acordar. "Conversamos por um longo tempo. E ele me beijou. E nos beijamos por um longo tempo. E depois dormimos. Acordamos e ele foi para casa. Vamos sair de novo amanhã à noite."

"Você quer dizer hoje à noite?", disse Jill.

"É, hoje à noite". Ela sorriu e virou de lado.

Jill e eu fomos para o corredor. "Vai ver foram só uns beijos sem compromisso?", perguntou Jill.

"Talvez." Não dei muita bola. "Vou para a cama." Eu tinha que dar aula dali a poucas horas.

"É verdade. Vai ver foram só uns beijos sem compromisso", disse Ethan quando terminei de contar a história. "Foi o que nós dois fizemos."

"É, eu sei", eu disse resfolegando. É difícil contar histórias longas enquanto se está correndo.

"Você sabe?!", ele perguntou horrorizado.

"Claro que sim." Os mórmons diferenciam dar "uns beijos sem compromisso" de apenas "beijar", quando não há possibilidade de que algo sério se desenvolva. Embora isso se aplique a praticamente todas os beijos que ocorrem pelo mundo, para a maioria das pessoas isso fica implícito, ou pelo menos elas podem fazê-lo sem nomear. Mas Katie e companhia tinham que especificar tudo. A igreja mórmon, que tem regras restritas não apenas contra o sexo antes do casamento, mas também quanto a onde se pode e não se pode colocar as mãos (acima ou abaixo da cintura, por cima ou por baixo das roupas, inclusive as suas), parece não se importar com uns beijos sem compromisso, e até reconhecia que às vezes as pessoas têm vontade de fazer isso simplesmente porque é gostoso, ou pelo menos porque muitos de seus seguidores acham isso. É uma religião esquisita.

Quarta-feira à noite eu tinha que avaliar os trabalhos isto-é-ou-não-é-um-poema. Dessa vez, Peter chegou de jeans e camiseta, menos nervoso, mais à vontade com a gente. Atlas estava resfriado e bastante chorão, mesmo nos braços de Jill, mas quando Peter o segurou, ele se acalmou imediatamente, aninhado em seu peito, e fechou os olhos. Katie parecia que ia chorar. Conversamos com ele sobre a faculdade, sobre a mudança para Seattle, sobre o trabalho como missionário, sua casa, sua família, o piquenique para jovens que eles estavam organizando. Ele nos fez perguntas educadas, e nós lhe respondemos educadamente. Quando eles saíram, Jill e eu fomos confabular.

"Ele é legal."

"Também acho."

"E bonitinho."

"Concordo."

"E parece gostar de Katie."

"O que é bom, porque ela parece gostar muito dele."

"Acha que ela já se decidiu?"

"Antes mesmo de conhecê-lo", eu disse.

Estávamos todos sentados — Atlas tinha aprendido a se sentar enquanto eu dava aulas pela manhã e passara grande parte da noite, apesar do resfriado, demonstrando a nova habilidade e ouvindo nossos gritinhos de deleite e aplausos. Eu estava corrigindo os trabalhos dos meus alunos, aplaudindo Atlas, jogando a bola para Tio Claude e conversando com Jill ao mesmo tempo.

"Você vai ser ótima quando tiver um bebê e precisar ser multitarefas", ela disse, e por um momento fiquei confusa com a palavra "quando". Minha mente pareceu gritar um "Mas eu já tenho um bebê" inarticulado, mas deixei pra lá.

"E você fica cada vez pior nisso", eu disse, não por maldade, mas porque ela tinha oferecido uma abertura.

"Nunca fui muito boa em fazer várias coisas ao mesmo tempo", ela disse. "Gosto de me concentrar em uma coisa por vez — dar uma aula, fazer um curso, trabalhar em uma dissertação, ler um livro só."

"A pós não é assim."

"Exato, por isso estou reduzindo a carga horária... Afinal, o que é mais importante do que ser uma boa mãe?"

Eu não me sentia só uma amiga com um papel indefinido nessa família. Eu me sentia como um pai dos anos 1950, como se meu papel na criação de um filho fosse supérfluo e pouco valorizado. Meu dever era, basicamente, botar comida na mesa. E fazer as compras para colocar a comida na mesa, e limpar tudo depois. Não era justo.

"Você tem bastante gente ajudando a criá-lo", comentei.

"Não quis dizer trocar fraldas, tomar conta dele, colocá-lo para dormir, dar comida, essas coisas. Eu estava me referindo à energia emocional, a dar minha atenção integral, a estar livre para notar todos os pequenos progressos e reveses dele, sem nunca ter que dizer que tenho algo mais importante para fazer."

"Você não acha que está sendo um pouco... exagerada? Você não ficaria sufocada se fosse tudo para outra pessoa?"

"Não, acho que seria fantástico", disse Jill. "Por que você acha que ele ficou quietinho no colo de Peter?"

"Peter sabe lidar com bebês. Parecia que Katie ia chorar. Ele não disse que tinha irmãs mais novas?"

"Eu sei, mas nós sabemos lidar com bebês também, especialmente este aqui, e ele ficou irritado a tarde toda."

"Ele está resfriado."

"Não quando estava no colo de Peter."

"Foi a mudança de cenário?"

"A mudança de sexo."

Mudança do tom de voz. Percebi a voz dela ficando mais aguda e me preparei para o que estava por vir.

"Acho que é porque ele é homem", ela disse.

"Atlas?"

"Peter. Acho que Atlas precisa de um homem. Talvez um bando de mulheres não seja bom para ele. Deve ser diferente ficar no colo de um homem, talvez exista uma conexão que não podemos suprir."

"Ele está resfriado, Jill. E tem Jason. Esse não é o problema, e você sabe disso."

Atlas, ereto porém vacilante, olhava ansioso para nós duas e sorria. Ele não parecia estar sofrendo. Também não parecia precisar tanto da atenção de Jill que ela não pudesse nem pegar um livro para ler. O que ele parecia precisar era de algo sólido em que se recostar; fora isso, parecia muito bem. Fui para a cama à meia-noite, e como Katie ainda não tinha voltado, as coisas deviam estar indo muito bem.

Quinta foi o dia da calmaria. Em sala de aula, completamos metade de um tópico de poesia e começamos o próximo trabalho. Voltei direto para casa para ficar com Atlas enquanto Jill e Diane passavam algum tempo juntas — às vezes, tudo de que uma mulher precisa é a própria mãe. Como Katie tinha lembrado subitamente que devia se fazer de difícil, mesmo que só um pouquinho, resolveu não ver Peter pelo resto do dia, depois do piquenique de jovens. Então eles ficaram três horas ao telefone.

Peter não ligava muito para beisebol, mas era homem, afinal de contas, e gostava de esportes de maneira geral. Com a possibilidade de que fosse fã dos Yankees completamente eliminada, Katie o convidou para jantar na sexta à noite, no ambiente relaxado de um piquenique em família no chão da sala enquanto assistimos a um jogo na TV, de forma a dar oportunidades de conversa, mas não muitas. Não sei ao certo se ela estava preocupada que fôssemos dizer algo constrangedor ou incriminador, ou se achava que seríamos entediantes ou acabaríamos com o amor dele com muitas perguntas que não ia querer responder — ou cuja resposta ela não ia querer ouvir.

"Algo bem informal, improvisado. No máximo dois pratos", alertou-me Katie, "incluindo a sobremesa. E tem que ser comida para jogo — cachorro-quente, pipoca, algo assim. Talvez seja melhor simplesmente pedir uma pizza." Como se um jantar de verdade conduzisse à conversa e pudesse fazer tudo desandar.

"Mais cedo ou mais tarde ele vai descobrir que você é inteligente, lê muito, vota nos liberais, é feminista, não sabe cozinhar e tem amigas superprotetoras e insuportáveis."

"É, mas depois", ela disse.

A sexta-feira finalmente chegou. "Agora só faltam quatro semanas", tentei animar meus alunos, exaustos depois de apenas uma semana de aula e um trabalho. Dois dias inteiros de folga. Dois dias inteiros sem olhar para a cara um do outro, sem olhar para a minha cara, sem ter que pensar em poesia. Eu invejava os fins de semana despreocupados dos meus alunos (provavelmente fictícios), com empregos fáceis seguidos por maravilhosas festas de verão, já que para mim o fim de semana significava trabalhos para ler e um piquenique no chão da sala que me deixava cada vez mais nervosa. Ansiedade é algo mais contagioso do que gripe, mononucleose ou brotoeja. Em casa, encontrei Atlas rindo histericamente numa cadeirinha de balanço num canto do chão da cozinha que Katie limpava com uma escova de dente.

"Ué, não era para ser tudo informal e improvisado?", perguntei.

"Eu sou informalmente limpa e arrumada, no improviso", ela disse, afastando os cabelos dos olhos com as mãos em luvas de borracha.

"De onde você tirou essas luvas?"

"Sou uma dona de casa exemplar, tenho um monte delas debaixo da pia."

"Não, quero saber de verdade."

"Fui ao supermercado e gastei quarenta dólares em produtos de limpeza."

"Muito improvisado."

"Quieta."

Jill e eu levamos quase tanto tempo quanto Katie para nos arrumar. Jill vestiu Atlas com um macacão que imitava um fraque, uma brincadeira que só nós entenderíamos. Resolvi que não ia servir cachorro-quente e pipoca. Não sou daquelas que nunca usam micro-ondas e se julgam superiores a pedir uma pizza. Adoro pizza. Mas se você convida uma pessoa para jantar na sua casa pela primeira vez, nada mais cortês do que cozinhar. Passei uma hora discutindo com Katie até convencê-la de que, embora o namorado fosse dela, a cozinha era minha, e, portanto, eu é que decidia. Nosso meio-termo foi comida de verdade que pudesse ser degustada diante da TV. Hambúrgueres de salmão com salada e cheesecake de framboesa. E de fato, exceto por Atlas, estávamos todos vestidos de forma adequadamente informal (ainda que cuidadosamente escolhida): jeans, camisetas e pés descalços. Peter estava vestido de forma similar, e chegou exatamente dez minutos atrasado (o que parece um atraso calculado). Sentamos no chão, com a comida no colo, junto de Atlas e Tio Claude, jogamos conversa fora sobre as propagandas, o comentarista, as boas jogadas. O jogo entre Mariners e Orioles não teve grandes destaques, foi um entre cento e sessenta e dois jogos de beisebol, pois era cedo demais na temporada para esforços heroicos de duas equipes que não iriam longe, e o resultado final foi um entediante 5 a 2. Depois do jogo, Jill e eu fomos passear com o cachorro. Quando voltamos, Katie e Peter estavam tão compenetrados conversando que nem olharam para nós. Fomos direto para o andar de cima sem nem dizer boa-noite.

Seis horas mais tarde, às cinco da manhã, Katie foi para a minha cama. "Ele me contou que teve um sonho", sussurrou — mais em uma espécie de reverência, acredito, do que por serem cinco da manhã. "Ele participava de uma corrida de bicicletas para dois, e todas as outras bicicletas tinham duas pessoas, mas ele estava sozinho e, embora fosse forte e veloz, estava ficando para trás. Quando ele parou para comer alguma coisa, lá estava eu. E eu disse que correria com ele, então alcançamos os outros e passamos todo mundo, e rodamos o mundo todo de bicicleta." Ela chorava.

"O que você acha que esse sonho significa?", perguntei ironicamente.

Ela nem me ouviu. "Eu contei a ele de um sonho em que eu estava dormindo. Sabe quando a gente sonha que adormece? Quando se está tão cansada e confortável que tem que parar de pensar e simplesmente dormir? Só que eu estava dormindo ao lado dele, com a cabeça no peito dele, com minhas pernas sobre as pernas dele. Foi o sentimento mais aconchegante que já tive."

"O que ele disse?"

"Disse que sou tudo que ele sempre desejou ter em uma esposa. Disse que esperou por mim a vida toda. Disse que ficou se perguntando por que

Deus o mandou logo ao estado de Washington, mas que agora sabe que foi para me conhecer. Ele sabe que Deus quer que ele se case. Diz que me vê com Atlas e sabe que serei uma mãe maravilhosa."

"E o que você disse?"

"A mesma coisa, com pronomes diferentes."

Abracei-a, extremamente feliz por Katie, mas ao mesmo tempo ligeiramente preocupada que ela estivesse perdendo o juízo. E ela bem que podia ter esperado para me contar tudo isso em um horário mais adequado. Mas, já que eu tinha acordado, esperei até que Katie adormecesse e fui acordar Jill.

"Ele está prestes a pedi-la em casamento", falei baixinho.

"Quem...?", perguntou Jill, sonolenta.

"Ele sonhou que os dois andavam de bicicleta pelo mundo. Ela sonhou que dormia no peito dele. Ele disse que ela é a esposa com quem ele sempre sonhou, e que Deus quer que eles fiquem juntos e tenham filhos. Ela disse que acha a mesma coisa."

"Eles só começaram a sair juntos na terça", ponderou Jill.

"Eu sei. É loucura."

"Onde é que ela está? Cantando no jardim? Tentando achar um salão para o casamento às seis da manhã?"

"Ela está empolgada, mas tranquila. Parece uma empolgação misturada com sabedoria, propósito, piedade."

"Vai ver ela só está cansada."

"Você acha que é muito cedo?"

Jill abriu os olhos pela primeira vez e olhou para mim. "Você só pode estar brincando."

"Depois de procurar tanto, ela talvez simplesmente saiba que encontrou..."

"Desde terça-feira."

"Será que devemos conversar com ela?"

"Duvido que fôssemos mudar alguma coisa, mesmo que quiséssemos. Seria como tentar mudar o tempo. Talvez ele não esteja tão envolvido quanto ela pensa." Ouvimos Katie se levantar e ir ao banheiro. Ela entrou no quarto. Tentei parecer inocente. Jill só queria que fôssemos embora para poder voltar a dormir. "Vocês estão falando de mim?", ela perguntou.

"Não", respondi.

"Sim", disse Jill ao mesmo tempo.

Katie estava pensativa. "Acho que quero convidar todo mundo para jantar aqui no domingo", ela disse. "Acho que está na hora de Peter conhecer toda a família."

24

Era como se estivéssemos preparando uma coroação. Em retrospecto, é fácil entender por que a noite era tão importante e por que todo o requinte era justificado. Na época, achamos que estávamos todos malucos, mas simplesmente não conseguíamos nos conter. Jason e Lucas praticamente tinham um convite semanal para jantar conosco aos domingos, e Ethan também. O irmão mais velho de Peter, Eli, estava em Seattle por uma noite, então também foi convidado. Chamamos Diane, que tinha parecido um tanto triste ao telefone com Jill. Somando nós quatro, a mesa era muito pequena para todos (embora um de nós não precisasse de cadeira).

Katie pegou uma mesa e cadeiras dobráveis emprestadas da igreja, e resolvemos comer do lado de fora, no jardim, o que foi uma ótima desculpa para que ela comprasse milhares de velas, lampiões e lanternas de papel. Começaríamos mais tarde, embora Ethan e eu fôssemos dar aula cedo no dia seguinte e Jason, Lucas e Diane tivessem de voltar dirigindo, para aproveitar a luz da Lua de verão e as luzes de velas depois do pôr do sol, e também para ter mais chances de que Atlas acabasse — e continuasse — dormindo. Passamos a manhã de sábado, das nove ao meio-dia, preparando o cardápio. Depois insisti em sair para correr por uma hora. Então fomos fazer compras. Passamos por dois supermercados, uma feira e um armazém. Costumo delegar essa tarefa, mas a noite era importante demais para deixá-la nas mãos dos deuses da culinária ou de minhas companheiras de casa, que em geral são menos exigentes do que esperado no que diz respeito a selecionar legumes frescos, um bom pedaço de queijo, pão e assim por diante, e não gostavam de receber instruções. ("É preciso ser meticuloso", eu dizia; "Não, é preciso ser irritante e controladora", elas respondiam.)

Mais do que perguntar por que eu estava para cima e para baixo em uma tarde de sábado com um bebê, duas companheiras de casa, uma lista de três páginas e aparentemente todas as outras pessoas da região metropolitana de Seattle e inúmeros turistas, o que importa é: como eu sabia? Embora a noite fosse importante para Katie, embora eu a amasse e quisesse que ela fosse o mais feliz possível, eu deveria ter sido capaz de manter certa distância daquilo tudo. Jill e eu tínhamos perdido o distanciamento que nos permitia observar o desenrolar desse relacionamento com um quê de sarcasmo e um toque de pânico muito sutil. Tínhamos sido arrebatadas. Como quando vamos ao cinema e nos identificamos tanto com a heroína do filme que mais tarde, no banheiro, olhamos para nosso rosto e nos surpreendemos em não ver o rosto dela. Talvez também fosse por causa de Atlas. O filho de Jill era meu filho. Os problemas de Jill também eram meus problemas. A vida amorosa de Katie, todas as possibilidades que subitamente se abriam diante dela eram minhas também? Eu não estava tão em pânico, irritadiça e nervosa quanto ela, mas estava decidida a cozinhar para a rainha.

Levamos três horas e meia fazendo compras, alugamos um filme (*A grande noite*, para dar o clima), pedimos comida tailandesa e começamos a cozinhar. No domingo pela manhã, Katie acordou e foi à igreja. Diane chegou cedo e levou Jill e Atlas ao zoológico. Jill tinha certeza de que sua mãe estava deprimida. Diane tinha certeza de que sua filha estava deprimida. Elas se preocupavam uma com a outra e ficavam felizes por poder obter alguma distração de si mesmas. Coloquei o iPod no volume máximo, no aleatório, e comecei a dançar enquanto cozinhava. Piquei, fatiei e bati. Fiz uma sujeirada homérica, sísmica, desastrosa, cobrindo cada centímetro da bancada da cozinha com cascas de ovos, milho, vagem, embalagens de comida, restos de queijo e saquinhos de chá. Quando não tinha mais espaço, limpei tudo para usar a bancada. E sujei tudo de novo. Duas vezes. Coloquei os quiches no forno lá pelas quatro da tarde, fui à sala desligar o som e ligar o jogo na televisão, e quando voltei encontrei Ethan de pé na cozinha, o que quase me matou de susto.

"Bati na porta, mas ninguém atendeu. Como dava para ouvir que tinha gente em casa, abri a porta e entrei. Achei que talvez você precisasse de ajuda." Eu estava tão feliz sozinha em casa, dançando com aquela música alta, picando e fatiando, que não estava muito a fim de ajuda. Além do mais, ele tinha acabado de correr, e estava sujo, suado e molhado.

"Você pode ajudar, sim", respondi, "desde que tome um banho primeiro."

Ele sorriu. Achou que eu estava brincando. "Mas vou perder o jogo."

"Tome um banho rápido. Assim você só perde a primeira parte."

"Então, parece que a coisa é séria", comentou Ethan, descendo as escadas todo vermelho, de cabelos molhados, cheirando igualzinho a Atlas quando sai do banho (provavelmente porque o xampu do bebê era o único disponível no chuveiro).

"Peter e Katie?"

"Não, estou me referindo ao jantar", ele disse rindo.

"As duas coisas, ao que parece. Não sei por que estou tão nervosa."

"É uma noite importante."

"Você está preocupado?"

"Não. Por que deveria estar?"

"Com Katie."

"Não, estou feliz por Katie. Estou um pouco preocupado é com você."

"Comigo? Por quê?"

"Você parece estar padecendo da ilusão de que está cozinhando para oitenta pessoas."

"É difícil cozinhar para pouca gente."

"Eu posso ajudar", ele ofereceu, começando a beliscar a massa que seria colocada sob o creme que seria colocado sob as cerejas. Isso não me ajudava em nada. O que ajudou foi que ele ficou lá a tarde toda, picou o que lhe pedi que picasse e não ficou bravo quando falei que ele estava fazendo tudo errado e teria que fazer tudo de novo.

O sol se pôs e a casa se encheu de perfumes e pessoas amadas. O verão em Seattle faz valer a pena enfrentar o resto do ano em Seattle. Os dias são quentes, ensolarados, sem nuvens e longos. Não escurece antes das dez, e as noites são frescas, límpidas, sem mosquitos e maravilhosas. Com a pele brilhando à luz das velas, dos vinhos e da conversa, rimos alto e até com a boca cheia, comemos até ficar saciados. O jantar estava bom, o melhor possível, e a ansiedade e o nervosismo tinham desaparecido. O verão em Seattle é tão agradável que o fim da sobremesa não indica o fim da noite. Ninguém fez menção de ir embora. Peter se levantou, completamente sóbrio naquele ambiente meio bêbado, meio empanturrado, meio onírico, e anunciou que faria uma pergunta.

"Sim, Peter", disse Jason.

Peter limpou a garganta. "Eu gostaria de pedir a permissão e a bênção de todos vocês para me casar com a senhorita Katherine Louise Cooke."

Eu não consegui olhar nos olhos dele — era constrangedor demais —, mas uma olhadela de esguelha revelou que ele não estava nem um pouco envergonhado, ao contrário de todos nós. Permanecemos sentados, em um silêncio doloroso e estranho. Ele ficou lá, de pé, radiante. Katie estava começando a emitir luz e calor. Até que me chutou por baixo da mesa.

"Diga alguma coisa", ela gritou, apenas com os olhos.

"O quê?", sussurrei.

Por fim, Jason (bendito seja!) tomou a frente. Pode não ter sido a coisa certa a ser dita, mas pelo menos era algo.

"Por que você está pedindo a mão dela para a gente?"

"É a tradição", respondeu Peter.

"Pedir a mão da noiva aos amigos?"

"À família." Foi aí que Katie desatou a chorar. E foi assim que ele pareceu digno o bastante para mim.

"Vocês têm minha permissão e minha bênção", eu disse, um tanto chorosa também. Peter e Katie sorriam, felizes. Jill os encarava, séria.

"Você está louca?", ela me perguntou.

"Não", respondi.

"Bêbada?"

"Talvez um pouquinho", admiti.

"Você a conhece há apenas uma semana", disse Jill, direcionando sua ira a Peter.

"Exatamente."

"Exatamente o quê?"

"Exatamente uma semana. Amanhã vai fazer uma semana que conheci Katie, mas como já passa da meia-noite, faz uma semana." Ethan segurou a mão dela.

"Então você a está pedindo em casamento no seu aniversário de namoro?", perguntou Lucas.

"Exatamente", respondeu Peter novamente.

"Quem em sã consciência acha que uma semana é o bastante?", resmungou Jill.

"Eu", respondeu Peter.

"Mas como?"

"Eu já sei tudo o que queria saber sobre ela. Sei que é doce e inteligente. É engraçada e divertida. Sei que o que mais importa para ela é a igreja, a família e ter filhos. Ela gosta de dividir a comida, de assistir a reality shows e de comer doce. Ela não gosta de sorvete à base de leite. O passatempo favorito dela é fazer compras. Ela faria qualquer coisa pelos amigos. Não sabe cozinhar nem limpar..." (Aparentemente, ela tinha começado a ser sincera.)

"... ela quer dar aulas. Gosta de jogar minigolfe e de empinar pipa. Às vezes acha a pós uma porcaria..." (Isso era novidade pra mim. Que a igreja permitia dizer "porcaria", também.)

"... ela gosta de patos. Fala espanhol. É a mulher com quem vou passar o resto da minha vida." Ele parou para refletir. "Acho que isso é tudo." Pareceu-me uma lista bem abrangente, considerando que foi feita em apenas uma semana.

Jill continuava cética. "Você realmente acha que isso basta?"

"As primeiras coisas já bastavam", ele disse, recapitulando: doce, inteligente, engraçada, divertida, igreja, família. "Eu soube imediatamente. Poderia ter pedido sua mão em casamento há uma semana."

"Katie?", perguntou Jason, erguendo as sobrancelhas, "você gostaria de acrescentar alguma coisa?".

"Eu também", ela conseguiu dizer.

"Você nem consegue mais falar, é?", rosnou Jill. Katie a ignorou.

"Já que ninguém aqui é casado, talvez não sejamos as melhores pessoas a quem fazer essa pergunta", disse Diane. "Mas, como tenho pelo menos vinte anos a mais do que vocês, acho que sou o que mais se aproxima aqui da sabedoria dos mais velhos. Vocês têm a minha bênção."

"Por mim, tudo bem", disse Lucas, embora tenha soado mais como não-me-importo-com-o-que-esses-doidos-querem-fazer do que convicção plena.

"Por mim também", disse Jason.

"E por mim", disse Ethan meio sem graça. "Não vejo por que você gostaria de ter minha permissão, mas tudo bem."

"É para isso que estou aqui, é claro", explicou Eli, o que, aliás, fazia muito mais sentido do que ele ter aparecido na cidade para passar a noite assim do nada.

Só faltava Jill. Todos olhamos para ela. "Só faz uma semana!", ela se defendeu. Dei de ombros, querendo dizer que às vezes temos que acreditar que as coisas vão dar certo, que talvez eles realmente soubessem o que estavam fazendo. Que eles sempre poderiam desfazer o noivado mais tarde, quando ela o conhecesse melhor. Ou simplesmente querendo que ela concordasse para acabar com todo o constrangimento. Mas ela apenas disse: "Vou pensar no caso".

Foi o bastante para Peter. Ele puxou Katie pela mão que ainda estava segurando, ajoelhou-se, olhou nos olhos dela pelo que pareceram horas, e enfim sussurrou (não sei por que, já que estávamos todos bem ali) que ela era a pessoa mais linda, mais brilhante, mais maravilhosa que ele conhecera, e que ele tinha certeza de que teriam uma família e uma vida perfeita juntos, e se ela aceitaria ser dele por toda a eternidade e, se Jill concordasse, ela se casaria com ele. Continuamos fitando o chão, os pratos, os sapatos, a grama. Eu queria que eles tivessem essa conversa em qualquer outro lugar. Rezei para que Atlas acordasse chorando. Fantasiei um cenário alternativo desesperado, no qual, depois de Jill dizer que ia pensar, eu avisava que íamos lavar os pratos e não teria que presenciar essa conversa. Mas não foi assim que aconteceu. "Sim", foi tudo o que Katie conseguiu dizer. E os dois choraram enquanto se beijavam. Foi um momento lindo para eles, mas eu só queria sumir. "Que tal a gente tirar a mesa?", sugeriu Ethan dali a pouco. Levantamos todos ao mesmo tempo e começamos a empilhar pratos, travessas, copos de água, de vinho...

"Na verdade, também temos algo a dizer", começou Jason justo quando eu achava que tinha escapado. Todos nos sentamos de novo. Ele segurava a mão de Lucas, sorrindo. "Estamos grávidos!"

"A filha do meu assistente de cozinha tem dezesseis anos e está grávida", explicou Lucas. "Ela não quer fazer um aborto, mas também não está preparada para ser mãe."

"Eles também são mórmons", acrescentou Jason, muito solícito. Katie estremeceu.

"Enfim, ela gostou da ideia de dois pais e de poder manter contato."

"E nós gostamos da ideia de conhecer a mãe e a família dela."

"O bebê vai nascer no dia das bruxas."

Eles estavam radiantes com a perspectiva da paternidade.

"E a melhor parte", continuou Jason bêbado e animado, "é que, como não estamos carregando o feto, podemos beber vinho à vontade!"

"Na verdade, essa não é a melhor parte", disse Lucas. "A melhor parte é que vamos ser pais." Eles se entreolharam, absortos em pensamentos paternais profundos, e pela segunda vez nos últimos dez minutos eu realmente preferia estar lavando os pratos.

Fizemos um monte de perguntas. As de praxe. Como é a mãe, quem é o pai, vocês já sabem o sexo do bebê, preferem babá ou creche, já pensaram em nomes etc. Era muito cedo para aquilo tudo, e eu já sabia por experiência própria que são necessários nove meses não apenas para gerar um bebê, mas também para se acostumar com a ideia de ter um. Essa última parte seria mais complicada do que costuma ser, se bem que eu também sabia por experiência própria que mesmo quando as circunstâncias são mais estranhas do que mãe-e-pai-casados-têm-um-bebê, no fundo, é sempre uma nova família, insone, de pernas para o ar, às vezes desesperada, normalmente felicíssima. De repente, ficar noiva de alguém que você conheceu há uma semana não pareceu assim tão estranho — cada um de nós forma sua família do seu jeito. E criar o filho da minha melhor amiga, de uma hora para outra, passou a ser perfeitamente normal. Eu era apenas a mãe. Não era mais complicado que isso, nem mais do que a vida das famílias costuma ser.

Tenho a impressão de que àquela altura já estávamos no meio da madrugada, de que o sol estava quase nascendo. Estávamos começando a apagar, cansados de comer e de ficar sentados, do vinho e da comida, emocionalmente exaustos, e alguns de nós sabiam que ainda tinham que pegar o carro e ir para casa, ou acordar cedo na manhã seguinte. As respostas — a pedidos de casamento, a planos de bebês — podiam esperar até o dia seguinte, até o jantar do próximo domingo. Imaginei, extasiada e com preguiça, ter que falar sobre tudo isso na manhã seguinte com Ethan, quando fôssemos correr, e depois com Jill quando chegasse em casa, e mais tarde ao comer as sobras no jantar com Jill, Katie e Atlas.

Foi então que Diane disse "Eu também tenho algo para contar" tão baixinho que mal dava para escutar.

A primeira coisa que me veio à cabeça foi que ela tinha arrumado um namorado. A segunda foi que ela também estava grávida. A terceira foi um mau presságio. Notei que Diane parecia triste, e lembrei que Jill achava que ela estava deprimida. Seria câncer? Algum problema no coração? Diabetes? Câncer, provavelmente. Naqueles poucos segundos em que Diane juntava forças para nos contar, eu a vi definhando, virando pele e osso, os olhos sem vida, deixando-nos antes que Atlas pudesse se recordar dela. Estava tudo tão claro em minha mente que minha reação ao que veio sem seguida foi inicialmente de alívio.

"Tenho notícias de Daniel", ela contou, com um ar titubeante e desafiador em sua voz, como se estivesse apenas nos informando algo para ser analisado de forma construtiva, e que não toleraria uma rejeição completa. Eu quase podia ver, em meio aos pratos, uma bolha gigantesca de más notícias, brilhante, trêmula, furiosa, como se houvesse milhares de minúsculas criaturas dentro dela tentando escapar. Ficamos em silêncio de novo, compartilhando um momento que não era realmente nosso. Diane deveria ter conversado em particular com Jill, mas também estava na cara que isso não era possível. Ela precisava de reforços. Acho que estávamos lá para proteger Jill das notícias e Diane de Jill.

"Primeiro, ele telefonava uma vez por mês, mais ou menos, depois a cada duas semanas, aí fomos tomar um café, depois ele começou a passar lá em casa às vezes. Ele não conheceu Atlas — eu não deixava Dan aparecer quando eu estava com ele —, mas gostaria de conhecer. Só não sabe como fazer isso."

Houve uma longa pausa antes que conseguíssemos lançar uma olhadela em direção a Jill, que estava vermelha e ansiosa, sentando e levantando da cadeira. "Desde quando?", ela perguntou finalmente.

"O quê?"

"Quando ele começou a telefonar?"

"Uns dois meses antes de Atlas nascer."

"Uns dois meses antes... Você está de brincadeira?"

"Ele queria saber como você estava."

"E por que não ligou para mim, então?"

"Não é tão simples, Jill."

"Por que ele não telefonou para Janey, pelo menos?"

"Porque você mora com ela", explicou Diane paciente, mas exasperada. "Ele queria ter certeza de que você estava bem. E de que o bebê estava bem."

"Ele queria ter certeza de que eu realmente teria o bebê", disse Jill sombria, apertando os olhos, "porque, se eu tivesse mudado de ideia, talvez ele pudesse ter a namorada de volta."

"Talvez. Mas ele continuou telefonando. Queria saber se era menino ou menina, o nome, como ele estava, como você estava. Daniel estava infeliz. Não precisava ficar em contato."

"Não precisava", respondeu Jill amargamente. "E agora vocês estão saindo juntos?"

"Ele perguntou se poderia ir à minha casa quando Atlas estivesse lá. Eu disse que não. Então ele perguntou se podia me encontrar e ver algumas fotos. Fomos tomar café."

"Mas não foi só uma vez."

"Atlas continuava a crescer. Eu tinha fotos novas. Dan queria vê-las."

Minha cabeça estava a mil. Coloquei a mão sobre o braço trêmulo de Jill. Ela tinha dificuldade de respirar.

"E então ela vai à sua casa, e vocês ficam conversando?"

"Eu trabalho, Jill. Era mais fácil do que encontrá-lo em algum outro lugar a toda hora."

"Toda hora?"

"Às vezes ele leva o jantar. Nós nos sentamos, conversamos, vemos fotos de Atlas."

"Sobre o que vocês conversam?" Jill estava gritando.

"Sobre Atlas. Como ele está. Sobre você. Sobre ele."

"Eu? Ele?"

"Ele se pergunta se há algum jeito de voltar a ser parte da sua vida. Se é tarde demais. Por que ele foi embora. O que mudou, o que continua igual. Conversamos sobre por que eu não tinha lhe contado e por que deveria contar."

"E?"

"E eu expliquei que tinha medo de que você ficasse brava. Você não ia entender, ia achar que eu tinha traído você."

"E não traiu?"

"Fiz tudo isso por você. Ele só precisava de um pouco de ajuda. Queria fazer dele um homem melhor, digno, de você e de Atlas."

"Meu. Deus." Jill bateu o prato com força sobre a mesa, lançou a cadeira no jardim, jogou o guardanapo no chão e procurou mais coisas para bater, jogar, atirar. Como se por encomenda, embora um tanto atrasado, Atlas acordou e começou a chorar no andar de cima.

Fui a primeira a subir as escadas, mas foi por pouco — todo mundo veio atrás de mim. Peguei Atlas no colo e Katie começou a se despedir de Peter e Eli. Jason, Lucas e Ethan se esgueiraram pelo quarto de Atlas, com as bochechas estufadas, sussurrando agradecimentos e pedidos de desculpas por me deixar sozinha em meio àquilo tudo. Mas, no escuro, ninando Atlas, percebi que nunca me sentia sozinha quando estava com ele. Pela janela aberta, vi que Jill tinha colocado a cadeira no lugar e se sentado, mas ainda falava com a mãe em um tom áspero.

"O que ele está fazendo? Onde diabos se meteu?"

"Ele arrumou um emprego. Está morando em Renton, sozinho. Faz parte de uma banda." Dava para ouvir Jill bufando lá de cima.

"Por que você não me contou? Não vem com essa de que estava com medo de que eu fosse ficar brava. Você nunca teve medo de conversar comigo. E é claro que estou furiosa."

"Eu estava esperando. Esperando para ver se ele estava falando sério, se tinha amadurecido, se era digno de você, ou se um dia seria..."

"E por que você é que tem que decidir isso?"

"Porque foi a mim que ele veio."

"E?"

"E o quê?"

"Ele é digno?"

"Ele está quase lá. Honestamente, acho que nunca vou considerar ninguém no mundo bom o bastante para minha filha, para meu neto. Mas ele está se esforçando."

"E... o que acontece depois? Ele volta para mim?"

"Não cabe a mim decidir isso", disse Diane.

"Mas é o que você quer."

"Não exatamente. Só se for o que ele quiser fazer, e o que você quiser fazer. O que eu desejo é que ele se torne um sujeito melhor, um companheiro melhor, um pai melhor. As mães nunca têm essa oportunidade quando a decisão já foi tomada. Para mim foi um prelúdio."

Elas ficaram em silêncio por algum tempo. Atlas e eu também. Por um minuto, os únicos sons eram a respiração de Atlas e o cochicho de Katie e Peter no andar de baixo.

"E se ele quiser a custódia?", gritou Jill subitamente. "E se eu tiver que deixar Atlas passar os fins de semana e feriados e todas as quartas-feiras e as férias de verão com ele? E se eu nunca mais puder me mudar para nenhum lugar mais distante do que a cem quilômetros do senhor Daniel Maravilhoso Davison?"

"Acho que não devemos continuar esta conversa esta noite", sugeriu Diane delicadamente.

Ouvi Jill bater a porta da frente com força depois que a mãe foi embora e passar os vinte, trinta, quarenta e cinco minutos seguintes jogando os pratos na pia e as sobras do jantar em potes de plástico (quando olhei mais tarde, a cozinha não parecia muito mais limpa do que quando ela tinha começado). Ouvi-a entrar na sala com estardalhaço.

"Vocês ainda estão aqui?"

"Sim."

"E estão falando de mim?"

"Sim..."

"E o que é que vocês acham?"

"Eu não... não sei dizer..."

"O QUE É QUE VOCÊS ACHAM?"

"Acho que sua mãe ama você. Ela só quer o melhor para você e Atlas. Ela se viu no meio de uma situação difícil e estranha, e fez o melhor que pôde. Mas também entendo perfeitamente por que você está com raiva e se sentindo traída. Eu também me sentiria assim, ela deveria ter contado logo."

"Por que você quer fazer parte desta família de malucos?"

"Acho que já sou parte dela."

"Tá bom. Vocês têm a merda da minha permissão", disse Jill.

"Muito obrigado", respondeu Peter.

Atlas suspirou e sorriu enquanto dormia como se tudo estivesse perfeitamente bem no mundo, como se o mundo não estivesse prestes a virar de cabeça para baixo.

25

E assim se passou a semana um. Semana dois: contos. O difícil de ensinar poesia é descobrir seu sentido; mas os contos são muito mais difíceis. É por isso que eles vêm depois. Parecem muito mais fáceis de entender do que os poemas, mas é uma impressão traiçoeira. Os poemas são superáveis; eles têm rimas e ritmos que ajudam a entender o significado. São pequenos o bastante (pelo menos os que lemos no curso de verão) para serem lidos e relidos até a compreensão. Os contos são completamente diferentes. Conseguimos ler e entender todas as palavras. Sabemos o que acontece em cada frase, acompanhamos o diálogo e a ação. No final, sabemos exatamente o que aconteceu e, ao mesmo tempo, não fazemos a menor ideia do que aconteceu. Por vezes chegamos ao fim e achamos que deve existir algum sentido oculto, mas não, é aquilo mesmo; o conto realmente só descreve uma caminhada por um bosque ou as memórias associadas à culpa ou à velhice. Os contos assustam os alunos porque com a poesia eles sabem que há algo mais além do que se lê, eles se dispõem a encontrar esse significado, e é como uma gincana. Com os contos, talvez haja mais alguma coisa, talvez não. E, se houver, vai ser como aqueles reflexos em espelhos de parque de diversão — em pedaços e em ângulos esquisitos, e para reconstruir a imagem é preciso não apenas saber olhar, mas também saber ver, ter imaginação, ser bom observador.

Era difícil discutir camadas de significados, trazê-los à tona, pensar em como as histórias podem significar uma coisa e também seu oposto, em como os detalhes podem significar tudo ou absolutamente nada... Era difícil falar sobre essas coisas durante a manhã na aula e achar que elas só diziam respeito aos contos e não à minha vida. Quando você começa a fazer análise literária, começa a reconhecê-la em todos os lugares. Não dá para desligar.

Fui a pé para casa depois da aula, pensando na coincidência de caso e de ocasião, no que significava Peter ter pedido Katie em casamento apenas uma semana depois de conhecê-la, na mesma noite em que Daniel voltou às nossas vidas, depois de um ano ausente, em que a realização do desejo mais ansiado e antigo de Katie veio simultaneamente, para Jill, com o pior... o pior o quê? Pesadelo? Medo? Ou será que no fundo esse era seu desejo também? Percebi que não fazia a menor ideia. Simplesmente não falávamos mais em

Dan. O fato de ele ter abandonado o bebê que ia nascer era tão mais monumental do que o fato de Jill ter terminado o namoro que nunca mais falamos sobre isso, nunca nos lamentamos nem pensamos a respeito. O típico ritual de comiseração feminino (sorvete, seguido por margaritas, seguidas por dançar até de manhã, com uma sessão de queima de fotografias opcional) nunca aconteceu. Era muito tolo. Não odiamos todos os homens. Não achamos que vai chegar o dia em quem vamos precisar deles só pelo esperma. Provavelmente nem estamos tão loucas assim para comer brownies de chocolate com calda de chocolate (e pedaços de chocolate), mas é uma tradição de companheirismo feminino, e é o que dá início ao processo cicatrizante por meio da amizade. Mesmo que você leve um fora, mesmo que você esteja triste, sabe que vai ficar bem porque pode contar com suas amigas. Ter amigas significa que sua vida não acabou.

No caso de Jill, ela tinha sido enganada. Estávamos todas tão divididas entre a compreensão e a raiva quando Dan foi embora, entre entender os sentimentos dele e nossa própria impressão de que, no fundo, aquilo não estava certo, que deixamos o assunto de lado por completo. Além do mais, precisar de Dan, ou mesmo querer Dan de volta, parecia sinal de fraqueza diante da empolgação com nós-três-podemos-criar-um-bebê-juntas. Precisávamos acreditar naquilo e tínhamos nos esquecido desse detalhe: eu às vezes me perguntava se Jill pensava nele, e de que maneira. Com raiva, saudades, aversão, amor? Provavelmente tudo isso junto.

Senti uma respiração e passos pesados atrás de mim, e fui para o lado direito da calçada, para deixar a pessoa passar. Era Ethan.

"Ei, estou chamando você há um tempão. Onde é que você está?"

"Perdida em pensamentos", desculpei-me.

"Pois é, percebi. Hoje é segunda, dia de corrermos juntos."

"Ah, droga. Desculpe, Ethan, eu esqueci completamente."

"Tudo bem, o fim de semana foi meio atordoante. Acho que ainda estou empanturrado de ontem à noite."

"Quer caminhar comigo?"

"Claro. No que você está pensando tanto? Quer dizer, especificamente, pois faço ideia do assunto."

"Hoje começamos a discutir contos em aula. Estou tentando observar essa situação toda como se fosse uma antologia. Podemos interpretar a volta de Daniel na mesma noite em que Katie fica noiva como se significasse que ele está mesmo pronto para sossegar e cuidar da família. Ou podemos interpretar o pedido de Peter na mesma noite do reaparecimento de Dan como sinal de que os homens são instáveis e que a instituição do casamento não funciona para todo mundo."

"Mas são duas ideias opostas.".

"Sim."

"Ah, pobres discípulos de Derrida", Ethan lamentou. "Ele deixou vocês completamente tontos."

"Enquanto a história seria muito útil aqui?"

"Não, a menos que Atlas se torne imperador quando crescer, ou que Peter e Katie libertem o campesinato ou comecem uma era de guerra, paz, industrialização ou algo do gênero. Caso contrário, eles são apenas estatísticas, padrões. A história nos ensina, contudo, que narrativas e conexões são mais complexas do que parecem."

"Como assim?"

"O que parece relevante e significativo agora pode não ser um indicador de nada. Muitas coisas que parecem sinais na verdade não são. Por exemplo, Jill e Katie são inteiramente diferentes. O que faz você pensar que elas são contrapontos textuais?"

"Elas são espelhos uma da outra", expliquei. "Opostos, mas iguais."

"E você? Onde é que você se enquadra? Nenhum namorado instável, nenhum noivado ou pedido de casamento, nenhum bebê?"

"Sou a narradora pouco confiável", disse, soando como uma pobre coitada até para mim mesma.

Não falamos mais nada por um quarteirão inteiro.

"Você está triste porque tudo está de pernas para o ar, preocupada porque uma amiga vai se casar com um homem que mal conhece e a outra está prestes a entrar em uma batalha pela custódia de um filho que é totalmente injusta porque o pai teve a oportunidade de ficar e em vez disso foi um covarde e os abandonou? Ou porque ninguém pediu você em casamento e você não tem um bebê?"

Eu não sabia o que responder. Primeiro, porque não sabia a resposta. Segundo, porque era assustador ver como Ethan estava começando a nos entender bem. E, por último, nenhuma dessas respostas parecia boa o suficiente. Ele aceitou meu silêncio. Na porta de casa, disse: "Tente se animar um pouco, nem tudo está tão ruim, você se esqueceu de que Jason e Lucas vão ser pais. O que isso significa?".

"Que vamos perder uma babá?", sugeri.

"Você é tão literal", ele disse.

"Quer entrar?"

"De jeito nenhum! Não quero me envolver ainda mais nesse drama todo. Vejo você amanhã."

Lá dentro, Jill e Atlas estavam lívidos. "Ele vomitou", contou Jill logo de cara. "Acho que simboliza alguma coisa, é um sinal." Em uma casa cheia de bacharéis em literatura, ninguém está a salvo.

"Coisas que parecem sinais em geral não são", eu disse. "É comum bebês vomitarem." Olhei para os dois e torci para que não estivéssemos todos vomitando amanhã. Atlas estava um pouco suado. Eu não sabia se era porque ele estava doente ou se porque Jill, que não tinha um aspecto nada bom, mantinha-o grudado ao peito dela. Talvez fosse mesmo um sinal. Pelo menos ele estava calmo. A julgar pelo olhar enlouquecido e pelos cabelos desgrenhados de Jill, minha cabeça desligada e a cozinha imunda da noite anterior, ele era o único.

Eu o embalei. Atlas às vezes era um ótimo calmante, melhor que ioga, melhor que meditação. Quando ele estava tranquilo, bastava olhar para seu rostinho de anjo, seu peso e calor perfeitos, ouvir sua respiração ritmada de bebê, para saber, *de verdade*, que, desde que ele estivesse bem, nada mais podia estar tão ruim. Não só porque ele era tão adorável e intenso, mas porque colocava todo o resto em perspectiva. Atlas fazia eu me sentir como se estivesse assumindo meu lugar no grande painel do tempo. Todo mundo tem um bebê, e este era meu. Todo mundo se sente assim em relação a seus bebês, e eu me sentia assim em relação ao meu. Independentemente de quão confusa nossa situação se tornasse, ter Atlas em meus braços era atemporal. Não importava quem ele era, quem eu era, onde ou quando estávamos. Assumimos nosso posto entre mães e filhos, e nada mais importava. Isso não era verdade quando ele estava chorando sem motivo aparente (ou vomitando), mas havia também esses momentos perfeitos aqui e ali, e eu já estava tentando me ater a eles como se não restassem muitos.

Já Jill, ao contrário, não estava tendo uma iluminação, mas perdendo as estribeiras. Fiquei com Atlas e a encarreguei de lavar a louça. Ela me olhou com cara de espanto diante de tal sugestão, como se nunca tivesse lhe passado pela cabeça que era preciso limpar a casa depois de um jantar para nove pessoas, mas fosse a melhor ideia que ela já tinha ouvido na vida. Jill se dedicou à tarefa com imensa satisfação. Ela levou duas horas e meia para chegar ao chão da cozinha, mas quando terminou, estava tudo muito bem limpo. Falou o tempo todo, que era obviamente o que ela mais precisava fazer, e Atlas ficou mais fresquinho, seco e dormiu tranquilamente em meus braços, sem sinal de febre ou enjoo. Parecia que uma cozinha cheia de louça para lavar era tudo de que alguém precisava para superar qualquer problema que o mundo lhe apresentasse. E que problemas o mundo tinha nos apresentado.

"Falei com minha mãe", ela começou. "Não consigo ficar sem falar com ela. Eu estava tão furiosa... Mas quando eu era adolescente tive uma fase terrível por três anos e ela me perdoou. Fui injusta mandando-a embora com raiva. Se ela sofresse um acidente de carro a caminho de casa e tudo ficasse por isso mesmo, acho que eu teria me matado. Então telefonei para ela. Ela disse que estava tentando ensinar Daniel a ser um homem. Ela acha que no fundo ele é um sujeito legal e melhor do que aquilo, que ele seria um ótimo cara para mim e para Atlas. Disse que sempre soube disso, mas que ele ainda não estava preparado, que era muito imaturo. Ele estava confuso, mas ela acha que confusão não é motivo para terminar tudo, que não é uma falha incontornável. A confusão deveria ser corrigida e perdoada, em vez de punida — principalmente porque Atlas ficou sem pai e eu fiquei sem o amor da minha vida. Foi exatamente isso que ela disse, entende? Que ele ia passar a vida toda se sentindo culpado por um erro de juventude, por abandonar sua própria família.

"Ela queria consertar tudo, mas não podia me contar porque achou que eu ia ficar louca da vida, e eu realmente teria ficado. Fiquei, aliás. E ela também não podia contar a ele porque não dá para ouvir uma coisa dessas sobre si próprio, então ela resolveu... educá-lo. Ensiná-lo a cuidar do filho, a pensar em mim quando pensava sobre si próprio, a pensar em nós como uma coisa só, em vez de pensar nas necessidades dele em relação às minhas. Que ser pai não era tão apavorante. Que ele pode continuar a jogar vôlei. Que ele ainda pode tocar em uma banda. Que o dia a dia não seria diferente, apenas melhor, mais completo. É claro que ele teria de sacrificar um pouco de liberdade, mas o que ele está fazendo com essa liberdade toda? E que maturidade é diferente do que se pensa, e que o que ele receberia em troca valeria a pena. Ela não deu sermões, nem nada disso. Só mostrou fotos, contou sobre nós, contou um monte de histórias de quando eu era pequena, sobre ser mãe e do que ela teve de abrir mão, o que ela recebeu em troca, o que conseguiu manter — os amigos, a vida social. Ela deu algumas coisas para ele ler, não sei ao certo — alegorias, poemas, cartas que escrevi quando era criança, acho. Livros sobre mães solteiras? Não faço ideia. Resumindo, foi isso. Uma espécie de reeducação. Para fazê-lo ser digno de mim. Como posso ficar com raiva dela por fazer isso?"

"É o que acontece com todos os homens em Shakespeare", respondi.

"Todo mundo morre em Shakespeare. Eles aprendem e depois morrem, como é que isso vai me ajudar aqui?"

"Só nas tragédias", expliquei. "Nas comédias, eles aprendem e se casam. Os homens são cheios de defeitos. Não confiam em ninguém e não são dignos de confiança. São maldosos e vis, têm noções completamente irrealistas sobre amor e relacionamentos, e prioridades completamente equivocadas quanto a beleza e dinheiro. Ou então estão tão interessados nos amigos e em se divertir que não se tornam adultos. E as mulheres, elas são fantásticas...

Conseguem enxergar os homens bons que eles podem vir a ser, apesar de tudo isso. Elas veem as pessoas fortes, gentis e inteligentes que esses homens serão, e sabem que basta um pouco de esforço e tempo, um pouco de paciência, para que eles se tornem dignos pelo resto de suas vidas, e por isso resolvem educá-los. Elas os provocam, educam e colocam todos nos trilhos. Elas se vestem como outros rapazes para fazer isso porque você está certa — ninguém quer ouvir isso sobre si mesmo, muito menos de alguém que se ama. Por fim, esses homens crescem. Eles aprendem, e essa é a prova de como as mulheres são sábias e estavam certas quando conseguiam ver o que não vemos a princípio. E todas são recompensadas com amor e casamento."

"Mas a gente sai arrasada dessas peças", reagiu Jill. "Hero se envolve com um sujeito que não confia nela e é terrível. Helena se casa com um ex-namorado horrível que só volta a amá-la por causa do encantamento de uma fada. E Viola acaba a história com um cara piegas e ranzinza que deve até ser gay."

"Tá, é verdade, mas aí é que está, esses caras não aprenderam, eles se casam no final, mas não ficamos felizes com isso. Pense em Beatrice, em Rosalind. São casamentos que nos deixam felizes, não porque os homens ou as mulheres são perfeitos desde o começo, mas porque eles aprenderam. Ninguém começa perfeito — ninguém é perfeito nunca —, mas são aqueles que aprendem seus desvios e os consertam que nos deixam felizes."

"É, mas então isso quer dizer que minha mãe vai se casar com Daniel?", riu Jill.

"É só uma metáfora, Jilly."

"O que você acha que eu tenho que aprender, então?", ela perguntou.

"O que você acha que tem que aprender?"

"Peraí, não devia haver alguém para me dizer isso?"

"Às vezes. Mas em geral as mulheres descobrem sozinhas."

"Mas não tem que existir uma companheira? Alguém que dá todas as respostas à heroína?"

"Ninguém pode lhe dar todas as respostas. Isso é tarefa dela. Consertar não é a parte mais difícil, descobrir o que tem de ser consertado é o pior. Beatrice aprende que ser ríspida e insegura não a beneficia em nada. Ela resolve amar e se deixar ser amada — e consegue. Rosalind percebe que o tempo é curto e que o amor é precioso. Ela finalmente entende que não tem todo o tempo do mundo para brincar de ser garoto na floresta. Ela receia que Orlando deixe de amá-la quando não for mais jovem e bonita, e a novidade acabar. Ela tem que aprender a confiar que ele sempre vai amá-la, mesmo quando ela for velha e grisalha e eles já estejam juntos há oitenta anos."

"Mas eu não tinha medo de ser amada, eu estava pronta, foi ele que disse não."

"Então esse não é o seu problema", respondi.

"O que é, então?"

"Não posso lhe dizer." Eu não sabia. E essa era a jornada dela. A diferença entre Shakespeare e a vida real é que não existem fadas, gêmeos há muito separados, travestis sábios que resolvem todos os seus problemas. Por outro lado, a cozinha estava limpa, os pratos secos tinham sido guardados e as bancadas estavam vazias. Atlas dormia e nem estava mais vomitando.

26

Quando o telefone tocou, eu não sabia. Só soube no momento entre dizer alô e ouvir a resposta. Talvez eu tenha reconhecido a respiração do outro lado da linha. Talvez a pausa tenha sido longa o bastante para permitir um pensamento rápido e espontâneo. Atendi o telefone, disse alô e senti meu coração parar no centésimo de segundo antes de ele dizer "Oi, Janey", com uma voz suave e triste, mas também preparando algo maior. E eu não conseguia dizer uma palavra.

"Você está aí? Sou eu." Diante do silêncio do outro lado da linha, Daniel deixou de soar fraco e inseguro e voltou a soar como o Daniel de sempre. Ele identificara um problema com o qual podia lidar. "Não precisa dizer nada, tudo bem, mas me ouça, por favor. Vou continuar falando até ouvir você desligar." Eu não estava com tanta raiva que não pudesse falar. Simplesmente não conseguia pensar em como começar a conversar. As palavras de cortesia que costumam preencher a maioria das conversas, sobretudo com aqueles que não vemos há muito tempo, não me pareceram adequadas, mas não usá-las tampouco era. "Sei que você deve estar com raiva", ele continuou, "mas também sei que vai me ouvir. Não que eu tenha um discurso pronto. Diane me telefonou para dizer que contou tudo a Jill. Então achei melhor ligar."

Ele parou e não dissemos mais nada, então achei que tinha acabado. "Eu não me afastei porque não gosto dela. Eu sinto falta dela, ainda a amo." *Ela, ela.* Esse uso era interessante. "Eu queria dar um pouco de espaço para vocês — para ela. Tomei minha decisão, não podia ficar em cima do muro... ligar de vez em quando, perguntar como estavam as coisas... você sabe como foi, quando eu disse que não queria. Era tudo ou nada. E quando escolhi não ter tudo, tive que ficar com nada."

"Tá bom", consegui dizer. "Como você está?"

Ele soltou um suspiro longo e alto, e pude ouvi-lo sorrir, só não sei se de alívio ou pelo absurdo da coisa. "Estou bem, arrumei um emprego como redator técnico para uma empresa nova em Tacoma. Às vezes toco em uma banda. Acho que estou bem... Estou com saudades de vocês... de Jill."

Ele não se explicou mais, não perguntou como eu estava, como nós estávamos, sabendo que — imagino — seria impossível responder sem mencionar Atlas, Jill, as alegrias e os desafios de cuidar de um bebê que não é bem meu nem totalmente dele. Não tínhamos mais sobre o que conversar. "Você quer falar com Jill?", perguntei. Amedrontado, baixinho, ele disse que sim. Tapei o bocal com a mão e a chamei. Ela desceu as escadas com Atlas no colo, olhou para mim e soube imediatamente quem era. O sangue desceu de seu rosto tão rapidamente que achei que fosse ver uma poça a seus pés. Passei-lhe o telefone e achei melhor sair da sala, deixando-lhe a poltrona confortável, um cantinho pequeno, quente e privado onde ela pudesse se aninhar para ter essa conversa. Eu estava a meio caminho na escada e ela ainda segurava o telefone sem dizer nada quando ela me chamou. Virei-me, e ela me passou Atlas sem dizer nada.

Lá em cima, sentei-me com Atlas no chão do quarto dele, fechamos a porta e brincamos com blocos mastigados. Eu não queria escutar atrás da porta, muito menos queria que Atlas ouvisse uma palavra, nem o tom da conversa, mas eu tinha que contar a alguém (a todo mundo, acho) que Daniel tinha ligado. Liguei para Katie. Ela estava na casa de Peter. A conversa foi assim:

Katie: Alô?
Eu: Dan ligou. Eles estão ao telefone.
Katie: Estou indo.

Nem o amor e o noivado recentes impediriam Katie. Ela chegou menos de dez minutos depois. Pensei que estava vermelha e sem ar porque tinha literalmente corrido para casa, mas não, Peter a tinha deixado lá. Ela estava toda vermelha e sem ar porque carregara escada acima um saco enorme de uma coisa estranha e pontiaguda.

"Onde ela está?", perguntou, ofegante, caindo exausta no chão e colocando a cabeça no colo de Atlas, que achou aquilo tudo hilariante.

"Lá embaixo, na sala. Você não ouviu nada quando chegou?"

Katie fez que não. "Ela não estava falando, nem chorando. Se estava, era muito baixinho."

"O que é isso?", perguntei, apontando para o saco de Papai Noel.

"Ah, é o saco de roupa suja de Peter. Era o único lugar em que tudo isso caberia."

"Isso tudo o quê?"

"Todas as coisas do casamento", ela respondeu toda contente. Tirou do saco de roupas sujas de Peter meia dúzia de revistas de noivas, fichários cheios de amostras de convites de casamento, pilhas de panfletos de floristas, buffets, fotógrafos, DJs, decoradores de bolos, organizadores de festas, salões para a recepção, lugares que alugavam fraques e cabeleireiros. Livros sobre como escolher o vestido perfeito, planejar a recepção perfeita, escolher as cores perfeitas, as lembrancinhas perfeitas. Ela tinha uma pilha de panfletos que traziam na capa fotos de praias e casais de mãos dadas, decoradas com fitas cor-de-rosa e em caligrafia perfeita os dizeres: "Ideias para uma lua de mel perfeita com a agência de viagens Sol e Amor". No fundo do saco, ela conseguiu achar a bolsa, além de seis pedaços de bolo em saquinhos de plástico. "Amostras", explicou empolgada. Sem saber quanto tempo Jill e Daniel levariam para resolver o que tinham que resolver, fiquei satisfeita que ela tenha se lembrado de trazer comida.

Não mais do que dez minutos depois, tínhamos organizado tudo em pilhas. Atlas tinha apagado no chão, coberto de glacê branco e rosa, as mãos e os cabelos cheios de migalhas. Katie e eu, também um pouco cobertas de glacê e bolo, folheávamos as revistas de noivas, marcando as páginas que tinham vestidos de que gostávamos e, com maior frequência, mostrando uma para a outra algum vestido tão hediondo e inadequado que era sempre engraçado quando dizíamos com a maior seriedade: "Que tal este aqui?".

Depois de algum tempo, já não aguentávamos mais as revistas de noivas. Acordamos Atlas, demos banho nele e o colocamos na cama. Estávamos famintas, mesmo depois das amostras de bolo. Tentamos nos lembrar do que havia na geladeira e na despensa, das coisas que podíamos levar correndo para cima e que não precisavam ser preparadas, aquecidas ou exigissem talheres, e preparamos um cardápio à base de queijo, cereja, pretzel, salame vegetariano e restos de lasanha (que não é bem comida para beliscar, mas dá uma ideia do nosso desespero). Fomos pé ante pé até a cozinha e, usando apenas a luz da geladeira, já estávamos concluindo nossa operação de resgate quando Jill disse: "Já desliguei, estou só sentada aqui. Podem acender a luz".

Fiquei desapontada porque na verdade estava me divertindo. Tinha adorado brincar de blocos com Atlas e dar-lhe pequenos pedaços de bolo. Era divertido folhear revistas de noivas e coisas de casamento. Mais divertido ainda, contudo, era me aventurar na minha própria cozinha, tentando escapar com um jantar que exigisse tanta preparação quanto fatias de bolo em saquinhos de plástico. Nesse meio-tempo, Jill estava sentada no escuro, sozinha, em um estado de depressão paralisante, enquanto eu pensava em como melhorar um cardápio fajuto se achasse óculos de visão noturna e um pote de mostarda.

Katie acendeu a luz da cozinha, e Jill piscou como uma criatura da noite, colocando a cabeça entre as mãos.

"Onde está Atlas?"

"Dormindo."

"Ele... comeu um pouco das amostras de bolo."

"O que vocês estavam fazendo lá em cima?"

"Olhando umas coisas de casamento."

"Obrigada por me darem espaço."

"Claro, nem precisa dizer."

"Sobrou bolo?"

Katie e eu trocamos olhares cheios de culpa. Como podíamos não ter guardado nem um pedacinho de bolo de casamento para Jill? Por outro lado, como podíamos saber se ela ia querer comer? Otimista como sempre, achei que aquilo era um bom sinal, procurei um pirex grande e comecei a fazer bolo de cenoura.

"O que ele disse?"

Ela, que não tinha se movido do canto da sala nem tirado as mãos do rosto, deixou-se cair ao chão ao ouvir a pergunta, em posição fetal, abraçando os joelhos e se tornando uma grande bola de Jill.

"Nós só... conversamos", murmurou por trás dos joelhos, "falamos do emprego dele, do apartamento, da vida dele. Ele se desculpou por falar com minha mãe pelas minhas costas. Estava preocupado comigo — não com Atlas. Pediu desculpas por não ter telefonado antes. Disse que queria ter ligado quando Atlas — ele se refere a ele como 'o bebê', como se não tivesse nome — nasceu, mas achou que não deveria, e depois só ficava mais difícil, e ele não podia mais ligar porque era tarde demais... Além do mais, ligar para dizer o quê? Ele se ofereceu para me mandar dinheiro, o que é ridículo. Perguntou como eu estava, o que também é ridículo. Perguntou sobre Atlas, mas não parecia que quisesse mesmo saber. E como se responde à pergunta 'Como vai o bebê?'. O que eu deveria dizer? 'Bom, ele vomitou hoje cedo, mas parece estar melhor esta noite, ou pelo menos estava até minhas amigas darem bolo para ele.' Ele nem conhece Atlas, então o que quer dizer com 'Como vai o bebê?'."

"Estranho", disse Katie. "Não foi isso que sua mãe contou."

"O quê?"

"Que ele não estava interessado em Atlas. Pelo que ela contou, ele parecia desesperado por notícias e fotografias, e estava pensando em morar aqui ou pedir você em casamento ou algo assim."

"Ela deve estar sonhando", respondeu Jill desdenhosamente, e me perguntei o que Diane, sendo alguém cujo desejo mais profundo era a felicidade de Jill e Atlas, gostaria que acontecesse para a situação se resolver. "Ele mal tocou no assunto do bebê."

"Talvez ele não se ache no direito", eu disse. "Talvez esteja nervoso e assustado. Provavelmente se sente constrangido e culpado."

"Ah, você está do lado dele, é?"

"Não", de jeito nenhum, claro que não. Não, não, não, não. "Só estou dizendo que ele provavelmente não estava tentando ser um babaca. Provavelmente não é um babaca. Ele pareceu um babaca porque essa é uma situação difícil."

"Você está do lado dele, *sim*. Foi uma situação difícil porque ele quis assim. Foi ele que nos deixou, foi ele que foi embora. Foi ele que não telefonou para mim, mas começou a namorar a minha mãe às escondidas."

"Como é que ficaram as coisas, então?", perguntou Katie, mudando de foco.

"Ele disse que ia ligar de novo daqui a um ou dois dias. Eu não disse nada. Depois desligamos." Longa pausa. De repente: "Tenho que sair", ela disse calçando os sapatos, pegando as chaves e o celular e abrindo a porta. Ela botou a cabeça para dentro de casa e disse: "Não toquem no meu bebê".

Desistimos do jantar. Comemos pelo menos metade da massa do bolo que eu estava fazendo para Jill, que não estava ali para comê-lo. Assamos a outra metade e decoramos com o nome dela e uma carinha sorridente, esperando que ela também sorrisse, não que parecesse que estávamos tirando sarro da cara dela. Era estranho Jill agora dizer que Daniel a havia abandonado, quando na época ela insistira que estava tudo bem mesmo se ele fosse embora e que não o queria por perto de qualquer maneira se ele não quisesse ficar. Era estranho que ela estivesse tão furiosa por Daniel não perguntar por Atlas quando, na noite anterior, ficara em pânico achando que ele ia pedir a custódia do bebê. E era estranho que ela tivesse achado que eu estava do lado dele, quando eu estava obviamente do lado dela, de Atlas, do meu. De uma maneira ou de outra, Jill e Atlas não podiam ser separados. De uma maneira ou de outra, Katie estava indo embora. Quer Daniel voltasse ou não, tudo o que eu tinha por certo era a amizade, a chance de juntar os caquinhos. Daniel poderia sumir de novo, ou obter custódia parcial. Poderia se casar com Jill, vir morar conosco e se tornar parte da família. Mas, no que dizia respeito a Atlas, eu não tinha garantia nenhuma.

Liguei para Nico para que ele fosse um observador imparcial que sem dúvida estaria do meu lado.

"Você é uma amiga maravilhosa", ele me disse.

"Obrigada."

"Além de uma mãe fantástica", acrescentou.

"Obrigada."

"E você está fazendo muito, mas muito mais do que deveria. Jill jamais poderia estar chateada com você. Ela deveria estar de joelhos, beijando seus pés em gratidão."

"Também acho."

"Você é uma mulher maravilhosa, Janey — a pessoa mais gentil que já conheci. Qualquer pessoa sortuda o bastante para ter você em sua vida — sobretudo todos os dias, a um corredor de distância — deveria lhe agradecer para sempre", disse Nico. E era por isso, obviamente, que eu tinha telefonado para ele. Nico acrescentou: "Eu entendo Dan. Entendo como é perceber que cometeu um erro e querer voltar atrás, mas não conseguir".

"O que você quer dizer?"

"Nem sempre conseguimos fazer tudo certo da primeira vez. E nem todos os erros podem ser desfeitos. Somos jovens demais para nos dar conta do que temos, e quando isso finalmente acontece nos convencemos de que é tarde demais, e pronto. Dan tem sorte. Atlas é sua passagem de volta; com esse bebê, ele tem uma desculpa para voltar."

"Mas ele quer voltar pelo bebê", eu disse.

"Não, não é por isso que ele quer voltar. Ele está disposto a voltar apesar do bebê. Não é a mesma coisa. Ele quer voltar por causa de Jill, pode anotar o que estou dizendo."

"E como você sabe disso?", perguntei. Mas ele não sabia explicar.

Mais tarde, eu estava no quarto de Atlas tentando enfiar toda aquela parafernália de casamento de volta ao saco de onde havia saído milagrosamente. Em geral não sou escrupulosa com minha própria bagunça, muito menos com a dos outros, mas tive uma visão horrível de que alguém ia consolar Atlas no meio da noite e escorregava num daqueles quatro milhões de folhetos de casamento no chão. Eu estava sozinha em casa, exceto por Atlas, e o consolei em voz alta, embora ele estivesse dormindo e não conseguisse entender de qualquer maneira. "Vai ficar tudo bem", prometi a ele em sussurros. "Vamos te amar para sempre e estaremos sempre do seu lado quando você precisar de nós. Não vamos a lugar nenhum. Nunca vamos deixar que nada ruim te aconteça. Sua mãe não é maluca de verdade, ela só está passando por um momento difícil. Seu pai não tem um mau coração, ele está apenas... confuso. E sua mãe não está com raiva de mim ou da sua avó. Ela também está confusa. Você é um menino de sorte, é muito amado. Mora com um bando de malucas, mas é muito amado." Ele dormia incólume, despreocupado. Eu tive inveja, uma inveja visceral, do seu descanso, de sua ignorância, de sua impotência.

E da literalidade com que ele vivia sua vida, enquanto a minha era um atoleiro de metáforas — mais uma vez. Talvez Ethan estivesse certo — Jill e Katie, Daniel e Peter não eram contrapontos textuais, afinal de contas. Talvez Jill e eu fôssemos como espelhos, com nossos amantes à deriva, pródigos, dando sinais de que tinham mudado de ideia. Confusos, perdidos.

"Obrigada pelo bolo", disse Jill atrás de mim. Ela segurava o prato com uma das mãos e enfiava pedaços de bolo goela abaixo com a outra. "Mmhhum hhm." Achei que queria dizer "muito gostoso", mas podia ser qualquer coisa. "Olha só quem eu achei no maior dos agarros na varanda", ela disse depois de engolir, puxando uma Katie toda envergonhada pela manga da camisa. Katie tinha telefonado para Peter uma hora atrás para caminhar, mas aparentemente eles não tinham conseguido ir longe. "Ele veio me buscar, e nós nos distraímos", explicou.

"Que sacola enorme", observou Jill, com os olhos vermelhos mas sorrindo, castigada, tentando fazer as pazes.

"Planejar um casamento dá uma trabalheira danada", disse Katie, séria, embora nem eu nem Jill engolíssemos aquilo. Ela adorava organizar festas, e achava que essa talvez fosse sua verdadeira vocação. Se o pai catedrático com dois doutorados de Katie não tivesse feito o maior escândalo da história de Salt Lake City, ela estaria ganhando a vida como organizadora de casamentos. "Com tanta coisa acontecendo, eu me esqueci de contar que escolhemos uma data. Vinte e nove de junho. Resolvemos nos casar assim que o primeiro curso de verão acabar, assim ninguém vai ter conflito de horário."

"Não acho que as datas do curso de verão sejam as mesmas todos os anos", disse Jill. "Você perguntou na secretaria?"

"Não, não é no ano que vem. É neste ano."

Nós nos entreolhamos como se ela tivesse perdido completamente o juízo.

"Mas isso é daqui a um mês", disse Jill.

"Eu sei", respondeu Katie animada. "Não é maravilhoso?"

"Por que a pressa?"

"Não estamos com pressa. Só não vemos motivo para esperar. Nosso bispo tem a data disponível. A cerimônia vai ser no jardim, e não na igreja em Utah, assim todos vocês podem ir. Uma boa organizadora de casamentos consegue preparar uma ótima cerimônia com pouquíssimo tempo. E eu sou uma ótima organizadora de casamentos."

"Vocês estão é loucos para transar", disse Jill. "Estão morrendo de tesão, por isso estão com essa pressa toda."

"Por que o saco enorme, então?", perguntei, olhando para aquele metro de saco encostado na parede, até onde eu tinha conseguido arrastá-lo (levantá-lo estava fora de questão).

"O que você quer dizer? Temos que planejar o casamento."

"Mas você não vai ter tempo de encomendar os convites, o bolo ou as flores. Os buffets, os salões, os fotógrafos já estão todos ocupados. Essas coisas têm que ser feitas com meses de antecedência. Minha prima mandou fazer o vestido um ano e meio antes de se casar."

"Você vai ver", disse Katie. "Nós, mórmons, somos muito diligentes. Somos ótimos em organizar casamentos espetaculares de última hora."

"Porque estão sempre loucos de tesão", disse Jill.

27

Outra coisa importante sobre os contos é que eles são curtos. Romances, filmes e até peças de teatro podem derrubar você e obrigá-lo a ficar no chão até que você pare de resistir. Você passa a conhecer intimamente as vozes, os personagens, os temas intrincados e as tramas complexas. Vivemos com um livro por semanas, carregando-o para cima e para baixo, pensando nos personagens como se fossem nossos amigos, preocupando-nos como se suas preocupações fossem nossas. Isso não acontece com os contos, porque assim que começamos a conhecer os personagens, as vozes, as tramas e as complicações, a história acaba. Resolvido ou não, claro ou ainda completamente oculto, não há mais nada ali... a não ser que você esteja tendo aulas sobre o assunto, e nesse caso você vai ter mais uns cinco ou seis contos para ler por noite. O resultado é perturbador. Basta se envolver com uma história e pronto, acabou, está na hora de passar para outra, assim, sem piedade. É como aqueles encontros rápidos. O curso de contos transforma todos em promíscuos.

Meus alunos fazem um trabalho curto por dia durante o curso de contos. Embora curtos, eles têm um efeito arrasador sobre qualquer cérebro e, lá pelo fim da semana, ninguém — nem eu, nem meus alunos — sabe mais do que está falando. O que estamos lendo, o que estamos aprendendo, o que estamos escrevendo, o que vamos fazer a seguir — tudo vira uma maçaroca mental até termos discussões em que os personagens de Alice Walker se embrenham pelas histórias de Eudora Welty, com heróis descritos como "Aquele cara do doce, o nome dele começa com J...", e comentários do tipo: "Adorei o que você escreveu, mas o acontecimento que menciona no parágrafo três não é dessa história, mas daquela outra que lemos na terça-feira". O departamento insiste que três créditos são três créditos, por mais atravancados que sejam, e que temos de cumprir em uma semana o que normalmente leva três, por mais tentados que estejamos a pular conteúdo.

Por outro lado, ler e avaliar os trabalhos sobre contos costuma ter o efeito inverso. Não sobra tempo para muita coisa — para planejar o casamento, para o drama com Daniel, para pensar em Nico, para brigar com as amigas, para ficar sozinha com Atlas por mais de uma hora de cada vez. Eu continuava a correr com Ethan e a almoçar com Jason uma vez por semana para contar as fofocas e ver a última ultrassonografia (e uma foto de Jason e Lucas sorrindo, cada um de um lado de uma barriga — a foto do "antes", como Jason a havia descrito quando a entregava para mim). Fora isso, era só dar notas. E embora todo mundo diga (com razão) que dar notas é a pior parte do trabalho, era também uma distração do resto.

No final da segunda semana, as coisas pareciam bem. A organização do casamento ia a todo vapor e, o mais importante, Peter e Katie ainda pareciam gostar um do outro. Daniel ligou mais uma vez, mas só mais uma vez. A conversa tinha sido melhor. As coisas ficaram mais calmas. Nenhuma explosão. Meus alunos acharam que tinham passado pela pior parte e que agora ia ser moleza. Eles estavam certos. Depois da maratona de poemas e contos, restavam-lhe drama, filmes e romances — cujo significado é mais fácil de descobrir, porém mais difícil de entender. Na sexta nos despedimos como velhos amigos, desejando-nos longos, não apenas bons, fins de semana. Fui correr com Ethan, depois ele foi comigo até em casa. O tempo todo, enquanto meus pés pisavam a calçada e minha respiração tentava manter o ritmo, duas palavras se repetiam em minha mente. Tudo bem, tudo bem. Tudobemtudobemtudobem. Vai ficar tudo bem.

E realmente ficou. Em casa, Katie e Jill estavam sentadas à mesa da cozinha folheando os fichários com modelos de convites, enquanto Atlas, no chão, mordiscava vasilhas de plástico. Ethan e eu nos sentamos e começamos a olhar convites também. Depois passamos aos vestidos de noiva. Já estava chegando a hora do jantar e, como eu não estava a fim de cozinhar, Jason telefonou e se ofereceu para trazer sobras do restaurante com Lucas, Peter chegou com cafés gelados para todos nós e refrigerantes para ele e Katie, Daniel não telefonou e Atlas foi para a cama sem reclamar, então tudo ficou bem.

Foi aí que o telefone tocou. Era minha mãe, e minha avó estava no hospital.

"Tudobemtudobemtudobem", repeti várias vezes, durante toda a viagem rumo ao norte, embora dessa vez fosse mais uma prece fervorosa do que uma observação da situação. Minha mãe, preocupada com minhas semanas insones corrigindo trabalhos, implorou para que eu esperasse até de manhã para ir para lá.

"Não tem por que você vir agora", disse. "Ela está bem, está dormindo. Nem vai saber que você está aqui."

"Mas eu vou", respondi.

"Você ainda nem tomou banho desde que chegamos da corrida", disse Ethan. "Não comeu, você precisa comer alguma coisa."

"Nunca mais vou ter fome", respondi.

Ao longo de toda a viagem, tudobemtudobemtudobem. Dirigir à noite é assim mesmo, propício a mantras curtos enquanto os quilômetros passam, enquanto os eixos do carro se seguem um ao outro pelas pistas do asfalto, sobre as divisões entre as faixas e os refletores, à medida que as luzes da rua, a intervalos regulares, iluminam um trecho da estrada e depois outro e alternam escuridão e claridade como se por parte do tempo fosse possível apenas adivinhar aonde se está indo, onde se está. Escuro claro solavanco solavanco tudo bem tudo bem. Ela não tinha perdido a consciência, o que era uma boa notícia. Não tinha parado de respirar ou sofrido um ataque do coração, não tinha sido levada às pressas em uma ambulância, resgatada de um restaurante apinhado ou ressuscitada no chão de algum lugar público por um estranho. Ela teria odiado essas coisas. Ela fora ao médico na segunda. Ele telefonara naquela tarde e pedira que se internasse no hospital para fazer alguns exames. Ela dirigiu sozinha até lá, calmamente, cuidou de toda a papelada e só telefonou para minha mãe quando já estava no quarto, de camisola. Minha mãe ficou histérica, mas isso era tão típico da minha avó que era um bom presságio de que tudo ia ficar bembembem. Só que, quanto mais eu dirigia, mais começava a achar que se o médico liga para dar resultados de exames e em vez disso pede que você se interne no hospital para fazer mais exames não pode ser bom sinal.

Cheguei lá e encontrei meus pais. Chorei, eles choraram. E, quase que imediatamente, o médico chegou. Foi como num daqueles cartuns em que uma mulher pragueja contra um cachorro, explica como está furiosa e o que vai acontecer se ele fizer aquilo de novo, mas tudo o que o cachorro escuta é "blá, blá, blá, blá". Eu era esse cachorro. O médico disse um monte de coisas, sempre de forma gentil e paciente, mas a única coisa que ouvi foi "câncer".

Depois que o médico e meus pais foram pegar café, entrei no quarto onde ela de fato dormia. Sob as cobertas, de camisola e pulseira do hospital, ela parecia... velha. Foi esse cenário que finalmente fez com que eu percebesse como ela estava diferente da imagem que eu trazia em minha mente, da minha infância, um retrato falado de mais de vinte anos, muito maior, mais colorido e robusto do que a mulher dormindo cuja mão eu segurava, que tinha o rosto encovado e lívido como os lençóis, a sobrancelha enrugada, o corpo franzino que mal criava forma sob os cobertores. Há quanto tempo ela estava assim? Como ninguém havia notado? Ela sempre fora idosa — avós são idosas por definição —, mas eu achava que não era isso que a palavra significava. Acariciei sua mão, sussurrando — mesmo que, sem os aparelhos auditivos, ela não conseguisse ouvir nada que não fosse dito em alto e bom som — "tudobemtudobemtudobem".

*

Telefonei para casa. Jill atendeu no primeiro toque.

"Está tudo bem?", ela perguntou.

"Não está nada bem."

"O que aconteceu?"

"Ela tem câncer." Ouvi cochichos quando essa informação foi repassada a Katie e quem mais estivesse ali.

"Ah, Janey, sinto muito. O que mais eles disseram?"

"Sobre o quê?"

"Sobre o estado dela."

"Ela tem câncer", repeti.

"Eu sei, querida, e isso é terrível. Mas eles disseram o que vão fazer agora?"

"Agora?"

"Dá para operar? Dá para tratar? Ela vai ter que fazer quimioterapia, vai..."

"Eu não sei." Vai ver era isso que o médico estava falando. A parte boa, se é que existia alguma.

"Me deixa falar com ela." Era Katie. Depois mais cochichos em torno do telefone.

"Janey, sinto muito mesmo. Como ela está? Vamos fazer tudo o que pudermos. Você precisa de alguma coisa? Peter e eu podemos levar umas roupas para você amanhã. Podemos ir até aí só para ficar com você."

"Não, meus pais estão aqui. Vou pegar umas roupas emprestadas da minha mãe. Vou para casa logo, logo. Tenho aula na segunda."

"Podemos substituir você na aula", disse Katie. "E ajudar com qualquer outra coisa de que você precise. Vamos rezar por sua avó", ela acrescentou, e isso me pareceu, sem brincadeira, a melhor ideia que eu tinha ouvido nos últimos dias, talvez nas últimas semanas.

Cinco minutos depois, meu telefone tocou. Era Ethan.

"Janey, sinto muito." Todo mundo sentia muito.

"Você foi rápido."

"Pedi a elas que me ligassem quando tivessem notícias suas. Eu não queria incomodar, mas fiquei preocupado, você está bem?"

Se *eu* estava bem? *Eu*? Ninguém havia perguntado por mim, nem eu mesma, e como a resposta era um NÃO definitivo, gritante, comecei a chorar imediatamente. Jill teria me enchido de perguntas (Você está perdendo a calma? O que aconteceu? No que você está pensando? O que mudou?). Katie teria divagado até cair dura para nos distrair. Mas Ethan simplesmente esperou em silêncio. Quando terminei, ele disse, muito delicadamente: "Minha avó viveu com câncer por anos. Muitos anos". E me contou sobre novos tratamentos e novos remédios, sobre como a medicina estava avançando no tratamento dessa doença, como a avó dele não sofria, não tinha dor. Foi reconfortante saber que havia coisas que podiam ser feitas, que havia motivos realistas para ter esperança. E principalmente era reconfortante ouvi-lo explicando tudo a mim de forma tão suave ao telefone.

"O que você vai fazer agora?", ele perguntou.

"Vou voltar para a casa dos meus pais. Tentar dormir. Voltar ao hospital pela manhã."

"Que tal você me ligar mais tarde? Para conversar um pouco mais antes de ir para a cama? Talvez ajude você a dormir."

"Vai ser tarde."

"Você não vai acordar ninguém aqui."

"Só você."

"Só eu", ele admitiu. "Mas não tem problema."

28

Na manhã seguinte, quando meus pais e eu chegamos ao hospital dez minutos antes do horário de visitas começar, com flores, sorvete, batatas fritas, sanduíches de queijo e pretzels com cobertura de chocolate — os favoritos da minha avó —, Katie e Atlas já estavam na recepção, Atlas dormia profundamente no colo dela, que dormia profundamente com a cabeça encostada na parede e a boca aberta. Ri tão alto que acordei Atlas, cujo rosto se iluminou ao me ver. Ele esticou os bracinhos em minha direção, pedindo colo. Tarde demais. Na fração de segundo que levei saboreando aquele momento, perdi minha chance. Minha mãe já tinha se apoderado dele e beijava suas bochechas, sua barriga, seus pés. Ele ria deliciado e tentava tocar a boca dela, todo sorridente, rosinha e muito feliz. Katie levou mais tempo para acordar.

"O que vocês estão fazendo aqui?" Eu estava felicíssima em revê-los.

"Achamos que você gostaria de companhia", explicou Katie. "E que talvez sua avó precisasse de um pouco de Atlas."

"Onde está Jill?"

As sobrancelhas de Katie dançaram um pouco. "Com Daniel", ela sussurrou. "Saiu tarde lá de casa ontem à noite, depois que falamos com você. Ficou fora a noite toda. Ligou às cinco da manhã para perguntar se eu podia ficar com Atlas durante o dia também. Estávamos acordados, então pegamos o carro e viemos para cá."

"Como foi que isso aconteceu?", sussurrei de volta.

Katie não sabia. "O telefone dela tocou lá pelas onze da noite, e ela saiu."

"Vocês vão me trazer esse bebê ou vão ficar aí no corredor jogando conversa fora?", berrou minha avó do quarto.

Ela não era mais a mulher cuja mão eu segurara na noite anterior. Sentada, apoiada em travesseiros fofos em uma cama feita, vestida e com os cabelos penteados, as bochechas rosadas de maquiagem e usando sapatos, com as pernas cruzadas na altura dos tornozelos (acho que o pecado de colocar sapatos na cama era o de menos comparado ao pecado ainda maior de parecer fraca diante da neta). Na confusão de colocar as flores e a comida em seus lugares, pegar água para o vaso e gelo para as bebidas, muitos abraços e beijos, percebi que seus olhos brilhavam de ternura, que ela parecia consigo própria novamente. Ignorando as perguntas de como estava, ela me olhou nos olhos e disse: "Estou bem, minha querida". Decidida, convencida, quase irritada se alguém lhe sugerisse o contrário. "Agora me dê aqui esse bebê." Minha mãe passou Atlas para seus braços.

E, enfim, ficou tudo bembembem. Minha avó balbuciava para Atlas, que balbuciava de volta. Meus pais perguntavam a Katie sobre Peter, Ethan, sobre a história de Jill, Daniel e Diane, sobre o bebê de Lucas e Jason, sobre o casamento, sobre as aulas. Minha avó se metia aqui e ali, sem tirar os olhos de Atlas. Ela conhecia uma costureira que podia fazer um vestido de noiva de última hora. Tinha certeza de que Diane tinha as melhores intenções ("Às vezes é difícil ser avó", ela disse. "Vocês vão ver.") Achou ótimo que dois homens possam ter um bebê hoje em dia e disse que ninguém tem nada a ver com isso. Ela estava dando pedacinhos de sanduíche de queijo para Atlas — empurrando-os em sua boca e depois recolhendo-os do queixo para tentar novamente, imitando os movimentos de Atlas com a própria língua.

Quando o médico chegou, desatamos a recolher os restos de comida, limpando o canto da boca com guardanapo, removemos as caixas de comida e o lixo, apagamos os traços de risos de nossos rostos como se tivéssemos sido flagrados comendo em sala de aula, rindo muito alto na biblioteca ou trocando bilhetinhos durante uma palestra sobre a origem etimológica de verso e vertigem dada por um professor importante de poesia vitoriana (a coisa mais chata do mundo, juro). Não que eu tenha feito uma dessas coisas na vida.

"Que bom que você está se sentindo melhor", disse o médico para minha avó, embora para mim ele tenha soado insincero e parecesse dizer: "Que bom que você está se sentindo melhor, porque o que tenho a dizer vai acabar com o resto da sua vida". Ou "Como é que vocês conseguem rir com estas notícias horríveis? Vocês nunca mais vão rir ou ficar felizes de novo". Ou "BLÁ, BLÁ, BLÁ, BLÁ, BLÁ". O que ele realmente disse foi: "Temos que esperar pelo oncologista, que só estará aqui na segunda-feira, e pelos resultados de alguns exames que devem ficar prontos na segunda também. Preferimos que você permaneça aqui durante o fim de semana para descansar e para que fiquemos de olho em você".

"Se alguém pensa que vou ficar mais um minuto neste hospital, sinto muito, mas vou ter que desapontá-lo", disse minha avó calmamente. "Como o senhor pode ver, já estou pronta para ir embora. Minha família está aqui para me levar para casa. Pode me telefonar quando tiver os resultados. Enquanto isso, vou descansar em casa, muito obrigada."

O médico pareceu surpreso, provavelmente porque não era comum que falassem assim com ele, muito menos uma senhora frágil e pequenina. Eu queria que sua determinação de ir para casa fosse prova de que ela estava saudável, que o tipo de câncer que tinha era tratável, daqueles que duram anos e não causam sintomas, mas uma vozinha irritante alojada bem onde o cérebro encontra a coluna ficava me importunando: 1) sua determinação de ir para casa também podia ser um mau sinal, um reconhecimento de que não havia mais nada a ser feito e ela preferia passar o resto de seu tempo em casa, onde havia tanto a fazer, e 2) não importa quanta dor ela sentisse, minha avó ia respirar fundo e ignorar. Ela ia fazer as coisas do jeito dela.

Levamos minha avó para casa. Meus pais passaram a tarde se certificando de que ela tinha tudo de que precisava. Katie e Atlas voltaram para casa. Telefonei para Nico e pedi que ele me encontrasse na praia, em Stanley Park. A nossa praia. "Vá sozinho", pedi. Esperei por ele recostada no tronco de árvore onde nos beijamos pela primeira vez (seria mesmo aquele?). Eu admirava a baía, a luz do sol dançando sobre a água, sobre os caiaques, táxis aquáticos e turistas, em direção às montanhas. Era lindo. Eu poderia ter sentido a majestade da natureza, os mistérios de Deus, a insignificância da vida e dos seres humanos e o breve lapso de tempo que se sobrepõem a nós. Mas não. Eu só me sentia amargurada, furiosa, isolada, vil e infeliz.

"Você quer chorar?", perguntou Nico me abraçando.

"Não."

"Quer beber alguma coisa?"

"Não."

"Ela vai ficar bem, Janey", ele disse — até que enfim. "Ela é muito forte, e ainda tem força para lutar."

"Sim", respondi.

"Você também vai ficar bem", ele continuou. "Você também é muito forte. E é amada por muita gente."

"Sim, é verdade", concordei.

"O que posso fazer por você?"

"Sente-se aqui comigo", pedi. "Não temos que falar nada, não quero dizer nada."

Ficamos sentados, sem falar nada, apenas recordando, pensando em outras coisas. Morando com mulheres e um bebê, fica fácil esquecer como é bom simplesmente ficar sentada, sem fazer nada. Nico por fim disse, apertando minha mão suavemente: "Sabe do que precisamos? Comer alguma coisa gostosa. Vamos ao restaurante indiano".

"Tudo bem", respondi. Estava muito quente para comida indiana, mas a infelicidade fez de mim uma pessoa muito maleável.

*

No meio da noite, de volta à casa dos meus pais, quando todos dormiam em um silêncio profundo, o telefone tocou (não: gritou, esperneou, destruiu tudo em seu caminho). Antes mesmo de conseguir acordar, meu cérebro já dizia AINDA NÃO. Prendi a respiração e, deitada em minha cama de infância, ouvi "Muito obrigada" e "Estamos a caminho", o que significava que pelo menos nem tudo estava perdido. Minha avó tinha ido ao banheiro durante a noite, caído e, sem conseguir se levantar, bateu no chão até os vizinhos do andar de baixo saírem da cama para ver o que estava acontecendo com aquela maldita mulher e matá-la ou socorrê-la, dependendo do que encontrassem. Eles chamaram a ambulância e, apenas onze horas depois de ter ido embora, minha avó estava de volta ao hospital.

Conseguimos levá-la de novo para casa às oito da manhã. Quadril, mão, pulso e ombro machucados, mas fora isso tudo bem. Advertências de mais médicos. Os remédios que ela estava tomando faziam com que se sentisse fraca e tonta. Ela não deveria andar sem um andador. Não deveria ficar sozinha. Se não pudesse ficar no hospital (e ela não ia ficar), deveria ter uma enfermeira vinte e quatro horas por dia. Se não admitia ter uma enfermeira (e ela não admitia), então um de nós tinha que estar sempre ao lado dela.

Foi assim que perdi minha semana favorita do curso de verão, minha parte predileta de introdução à literatura. Drama é o gênero de que mais gosto não apenas porque minha vida é cheia de dramas, mas a de todo mundo. O curso não trata só de peças de teatro, mas também de representação, simulação e significado, não apenas com palavras, mas também com coisas mais reais, mais palpáveis — cenários e figurinos, gestos e modulação de voz. É no drama que retomamos o controle. Tornamo-nos diretores. Aceitamos o drama de nossas vidas. Aceitamos a oportunidade de contar nossas histórias, de escrever nossos próprios finais, de tirar nossas próprias conclusões. Nossas atribulações, nossos momentos difíceis se tornam oportunidades de superação. Drama sempre foi minha parte favorita do curso. Contudo...

"Volte para as suas aulas", disse minha avó.

"Não enquanto você estiver mal", retruquei.

"Estou bem, minha querida."

"Eu também."

"Você tem que trabalhar."

"Literalmente centenas de pessoas podem me substituir esta semana."

"Você quer dizer figurativamente?"

"Deixa pra lá."

Minha mãe e eu montamos um esquema para a semana. A princípio, íamos nos alternar, mas isso acabou não sendo necessário durante o dia. Minha avó era muito popular. Parecia que todos os moradores do prédio eram seus amigos. Durante o dia, era uma vai e vem contínuo de visitas. Duas irmãs, pelo menos uns dez anos mais velhas que minha avó, moravam no final do corredor e levavam outra amiga para ficar horas jogando bridge com minha avó. Um jovem casal que morava dois andares abaixo dela apareceu um dia com café da manhã para umas cinquenta pessoas — pão, café, ovos, geleia. Eles ficaram conversando com ela até a tarde, quando ficaram com fome de novo e pediram pizza. "Quando nos mudamos para cá", explicou a moça, que pedia a pizza e por isso cobria o bocal do telefone com a mão, "não conhecíamos ninguém. Achávamos que ficaríamos amigos de gente da nossa idade, mas todo mundo só cumprimentava no elevador e olhe lá. Sua avó nos levou lasanha e salada uma noite, um mapa marcado com seus parques, cinemas e restaurantes favoritos, e se ofereceu para regar as plantas quando não estivéssemos. Ela é uma mulher maravilhosa." Concordei com a cabeça. Mas será que eles não tinham que trabalhar? Ou estavam de férias? "Ah, não, de jeito nenhum", ela respondeu. "Quando soubemos que sua avó estava doente, tiramos o dia de folga."

O guarda noturno do prédio surgiu uma manhã depois do trabalho com DVDs debaixo de um braço e uma garrafa de vinho sob o outro. Outra manhã foi uma mulher de uniforme de enfermeira que bateu à porta, com aparência cansada de quem tinha acabado de sair de um longo turno, carregando um filhote de cachorro sob o braço. "Achei que ele poderia animá-la um pouco", ela explicou enquanto o cachorrinho fazia a maior festa com minha avó. "Ela sempre anima todo mundo. É a pessoa mais amável do prédio." Foi assim o dia todo e a noite toda. Vizinhos aparecendo com flores, comida, presentes e histórias. Ela sorria para todos, recebia todos com carinho em sua casa, fazendo de tudo para que tivessem algo para comer e beber. Eu ficava sentada, observando tudo, comendo e bebendo, e às vezes ia almoçar fora, passava na biblioteca ou tomava um café e trabalhava por algumas horas. Eu alternava as noites com minha mãe.

Essas noites — apenas três — foram insones, mas as que passei com meu pai em casa também foram, então dava na mesma. Embora fosse difícil passar por mais uma semana dormindo tão pouco, essas noites foram, de alguma maneira, restauradoras, calmas e serenas. Eu ficava de vigília no outro quarto, fora do caminho, mas perto o bastante para estar pronta ao menor movimento. Minha avó, embora tivesse concordado que eu ficasse lá por algumas noites, jamais, nunca ia me acordar para dizer que precisava ir ao banheiro. Simplesmente não era do seu feitio. Por isso eu ficava acordada. Na verdade, ela dormiu direto por duas noites. Na terceira, foi ao banheiro sozinha sem problemas. Mesmo assim eu não queria arriscar, e não era só o medo de que ela caísse. Volta e meia eu ia ao quarto dela para me certificar de que continuava respirando.

Não foi durante as madrugadas, contudo, que algo aconteceu. Foi mais cedo, logo antes de ela ir para a cama. Na primeira noite, ela se preparou para ir dormir e me chamou. Quando cheguei ao quarto, ela botou a mão sobre a cama e me perguntou baixinho: "Você fica comigo até eu adormecer?".

"Sério?", perguntei, surpresa com essa demonstração de vulnerabilidade por parte da minha avó.

"Na verdade, não", ela debochou. "Era isso que você costumava dizer quando eu te colocava na cama, quando era uma menininha. 'Fica comigo até eu adormecer?' Você era uma gracinha."

"Eu demorava muito para dormir?", perguntei, aninhando-me ao lado dela na cama mesmo assim.

"Em geral bastava apagar a luz." Realmente, eu nunca tive dificuldade para pegar no sono.

"Escute, meu bem", ela começou. "Quando chegar a hora — e não estou dizendo que seja agora, mas quando for a hora — você tem que me deixar ir embora."

"Do que você está falando?"

"Nada de medidas heroicas ou desesperadas. Nada de tubos de alimentação ou aparelhos de respiração."

"Tá bom, vamos mudar de assunto."

"Nada de preces ao lado da minha cama. Nada de promessas ridículas para Deus que só vão trazer aborrecimentos e culpa para o resto da sua vida. Nada de choro e desespero, de ficar sem comer. Não quero nada disso."

"Está bem", respondi, da forma mais evasiva possível.

"Estou falando sério, mocinha." Ela se sentou na cama e realmente parecia séria. "E não deixe que sua mãe faça nada disso também. Fique de olho nela. Que ela passe duas semanas triste depois que eu morrer e só, está bem?"

"Como é que vou fazer isso?"

"Você vai descobrir como", ela respondeu. "Quando eu me for, você tem que ser a corajosa nesta família. Sua mãe é muito emotiva. Estou contando com você. Não quero que ela fique triste por anos. Não quero que entre em depressão."

"Vou fazer o possível", prometi.

"Sim, por favor", disse minha avó se virando de lado para dormir. "E não ache que estou brincando."

Não achei que ela estava brincando. De jeito nenhum.

Na segunda noite, logo depois que a beijei e apaguei a luz, minha avó me chamou e pediu que eu acendesse a luz novamente.

"Na primeira gaveta da minha escrivaninha", ela disse, "tem uma coisa para Atlas."

Não deixei que ela continuasse. "Então você mesma pode dar a ele quando ficar melhor."

"Quero dar agora."

"O que é?"

"Abra e veja", ela disse. Era uma caixa de veludo preto (ele já ficaria enlouquecido só com a caixa), que ela abriu para revelar abotoaduras de pérola com ônix e ouro. Lindas.

"Eram de seu avô", ela disse. "Quero que Atlas fique com elas."

"Isso é muito gentil de sua parte", eu disse. "Quando ele ficar mais velho, você pode dar a ele. Ele vai adorar."

"Jane Eleanor Duncan, por que você está tão decidida a me forçar a falar a verdade?"

"Você não está morrendo", eu disse. "Pode ficar bem. Talvez viva com câncer pelos próximos vinte anos. Foi assim com a avó de Ethan. Ele disse que há remédios milagrosos hoje em dia. Por que vou ficar repetindo para mim mesma que você vai morrer se pode ficar bem?"

"Porque eu posso estar morrendo", ela explicou. "E, se estiver, não terei outra chance de dar essas abotoaduras a Atlas. Ele é meu único bisneto — não será para sempre, mas provavelmente será o único que conhecerei —, e quero que ele fique com as abotoaduras do bisavô. Como não posso fazer isso em coma e como não posso fazer da tumba, estou dando as abotoaduras para você agora."

"Podemos mudar de assunto?"

"Você pode, mas eu não. Quando se está morrendo, é difícil pensar em outra coisa. Quando se está morrendo, é preciso cuidar de um monte de coisas, é estafante."

"Você acha isso engraçado?"

"Um pouquinho. Você não?"

"Não, nem um pouco."

"Ah, querida, está tudo bem. Se eu tivesse trinta anos, aí seria uma tragédia. Se eu estivesse a dois dias da aposentadoria ou minha esposa estivesse prestes a dar à luz nosso primeiro filho, se eu não tivesse vivido o bastante para conhecer você, aí seria uma tragédia. Mas, meu amor, estou com oitenta e sete anos. Vi minha filha crescer. Vi a filha dela crescer. Vivi tempo o bastante até para conhecer Atlas. Não tive dor, não fiquei doente. Não acho que vou passar uma década em estado vegetativo sem saber meu próprio nome.

Não é uma tragédia, meu bem, é apenas triste. Às vezes a vida é triste, mas não é nada com que não possamos lidar. Às vezes é até bom ficar triste, porque significa que fomos felizes antes e vamos voltar a ser."

"Ainda não estou pronta para aceitar esse tipo de coisa", eu disse, chorando.

"Eu sei que não, querida, mas já está na hora, não acha?"

Não me pareceu justo que ela (idosa e doente) tivesse que confortar a neta (jovem e saudável). Ela é que tinha que aceitar algo terrível, ela é que precisava que eu fosse forte. Mesmo idosa e doente, talvez sobretudo idosa e doente, ela continuava a ser o adulto e eu, a criança; ela era a avó, e eu ficava aninhada junto a ela, deixando que massageasse minhas costas. Ela continuava a ser a mulher forte, estoica e serena que eu conhecera quando menina. Acho, e espero, que isso era reconfortante para nós duas.

A última noite que passei lá, a última noite antes de voltar para casa, começou assim: "Não fique achando que esta é a minha última noite. Não é porque você vai voltar para as aulas que vou morrer amanhã. Nada de pieguice". Então nos sentamos para assistir ao jogo na TV, tomamos refrigerante e fingimos que minha avó, que sempre queria que eu cozinhasse para ela, não queria que eu fizesse nada aquele dia porque tinha comido muito no almoço (na verdade, ela não comia nada sólido havia dias). No meio do jogo, ela ficou pensativa e, sem tirar os olhos da tela, perguntou: "Ethan gosta de beisebol?".

"Gosta", respondi surpresa.

Ela apertou os olhos. "Yankees?"

"Mets."

"Bom." A maioria das pessoas herda o time dos pais, mas meu pai e eu nunca fomos grandes fãs de esportes. Mas beisebol não é apenas um esporte, é uma narrativa, e minha paixão não vem do meu pai, mas de minha avó. Ela e meu avô moraram em Baltimore antes de mudar para Vancouver quando minha mãe nasceu, e eles sempre perdiam dinheiro apostando nos cavalos. Em algum momento, fizeram uma decisão consciente de largar os cavalos e acompanhar o beisebol — primeiro pelos Orioles, depois os Expos, quando se mudaram para o Canadá. Nasci na tradição dos Expos. Não importava que eles nunca ganhassem nada e tivessem uma torcida pequena. Minha avó e eu costumávamos passar uma semana em Montreal todo verão, onde eu praticava francês e me sentava no Estádio Olímpico com cinco mil outros torcedores. Minha avó adorava os Expos, os Orioles e os Mariners, que ela via no canal de TV de Seattle, mas acima de tudo odiava os Yankees. E essas coisas são hereditárias.

Ela pareceu contente em saber que Ethan não torcia pelos Yankees, mas não falou mais nada. No final do jogo, no entanto, ela disse: "Também tenho uma coisa para Ethan, mas ele ainda não está pronto. Quando estiver, você pode dar a ele. Mas ainda não".

Foi difícil saber o que dizer. Contentei-me com um "O que é?".

Ela apontou para a escrivaninha. "Na gaveta de cima. O relógio do seu avô."

"Você deu esse relógio para o papai há anos."

"Aquele era o relógio bom. É outro."

Peguei o relógio na gaveta. Abrimos a caixa juntas. O mostrador era uma bola de beisebol prateada. Os ponteiros eram bastões de beisebol de prata. A pulseira era de couro e tinha aquela costura vermelha enviesada das bolas de beisebol. Era a coisa mais legal que eu já tinha visto. Na parte de trás, lia-se: "De sua fã número um". Eu queria aquele relógio para mim.

"Não é para você, não se esqueça", disse minha avó, como se estivesse lendo minha mente.

"Como é que nunca vi este relógio antes?"

"Não é para mim também, é grande demais para nós", ela explicou, colocando o braço junto ao meu, comparando nossos dedos e nossas unhas, longos e finos, nossos pulsos estreitos. "Abro essa caixa quase todo dia. Ela me traz de volta seu avô. Vejo o braço dele nesse relógio, sua mão, seus dedos. Era o relógio que ele usava todo dia, não o relógio bom. Eu o via chegar em casa com aquele relógio, jantar com ele, brincar com sua mãe. Vejo seu avô me tocando com esse relógio."

"E por que quer que Ethan fique com ele?"

"Pelo mesmo motivo."

"Porque vê Ethan tocando você com ele?"

"Porque talvez eu não esteja mais aqui quando chegar a hora."

"A hora de quê?"

"Acho que você sabe."

"Por que você mesma não dá o relógio a ele? Ethan é muito mais velho que Atlas, não vai enfiar na boca nem nada."

"Não posso fazer isso."

"Por que não?"

"Pelo mesmo motivo."

"E qual é o motivo?"

"Acho que você sabe."

Naquela noite, enquanto minha avó dormia, pensei no que ela achava que eu sabia. Ela achava que Ethan estava apaixonado por mim e que íamos nos casar e passar o resto de nossas vidas juntos e felizes, que iria ao casamento em espírito e por isso tinha que oferecer esse tesouro de família agora, porque íamos ter filhos, os bisnetos dela, que seriam meios-irmãos de Atlas, o único bisneto que ela tinha conhecido. Pelo menos era o que ela queria achar. Mas minha avó nem conhecera Ethan. Eu não achava a mesma coisa. Não achava que ele quisesse se casar comigo. Eu não tinha certeza se Atlas estaria sempre em minha vida. Achava que talvez nunca tivesse filhos. E, ao mesmo tempo, achava que, se um dia realmente me casasse, é claro que minha avó estaria lá, porque não fazia sentido ter um casamento sem ela. Achava que, se um dia tivesse filhos, minha avó certamente ia conhecê-los, porque ela não estava morrendo e estava tudo bem. Era uma estranha colisão de pessimismo sombrio, incapacitante, e otimismo cego, ignorante: ninguém me ama e nunca vai me amar, e se eu não admitir que minha avó está doente ela vai viver para sempre. Tudo vai ficar bembembem.

Um pouco depois da meia-noite, meu telefone tocou, tirando-me do meu sono. Era Ethan.

"Ah, Janey, desculpe, eu não queria acordá-la. Você disse que ia ficar acordada a noite toda. Eu só queria saber como você está."

"Eu não estava dormindo", respondi, sonolenta.

"Você ainda está dormindo", ele respondeu, rindo. "Como vão as coisas por aí?"

"Bem. Muito bem." Soooono.

"Como está sua avó?"

"Ela está bem. Ficando mais forte, vai ficar bem."

Ele pareceu ter achado isso estranho e mudou de assunto. "Fui eu que te substituí hoje. Katie tinha uma prova de vestido na mesma hora."

"Mas você não leciona a mesma coisa que eu."

"Fizemos uma aula dupla. Falamos de alfabetização na Renascença inglesa em contraste com a Revolução Industrial, duzentos anos depois. Muito literário e muito histórico. Foi bem divertido. Interdisciplinar. Sentamos debaixo de uma árvore e conversamos muito. Depois formamos duplas com um de cada turma e eles discutiram o impacto da imprensa na história e na literatura e como as duas se relacionam com tecnologias posteriores. Foi mesmo interessante. Quem sabe fazemos isso de novo semana que vem, quando você voltar."

"Minha avó acha que vamos nos casar", falei, sonolenta.

"Quem?"

"Você e eu."

Houve uma pausa durante a qual ele não disse nada e eu talvez tenha cochilado.

"Certo", ele sussurrou.

"Certo", balbuciei. Desliguei o telefone e voltei a dormir.

29

Foi uma longa, exaustiva, infeliz volta para casa. Chovia, o trânsito estava péssimo, eu tinha uma montanha de trabalho a fazer, Katie e Ethan tinham me substituído nas aulas, mas não deviam ter corrigido os trabalhos, e eu não conseguia me concentrar nas aulas ou em mais nada. Só pensava na minha avó. Eu estava com medo da vida sem ela, não sabia como seria possível viver sem ela. Estava com medo de dormir ao volante e meus pais ficarem bravos comigo porque insistiram que eu esperasse. Eu temia não estar ajudando Katie o bastante com o casamento — que espécie de melhor amiga eu era? Temia que Atlas tivesse se esquecido de mim naquela semana que passei fora. Também temia que Daniel tivesse chegado e levado Atlas embora, ou levado Atlas e Jill embora. Temia ter que tomar decisões. Estava preocupada com os trabalhos que tinha que corrigir e com o que ia ensinar nas aulas da semana seguinte, e como ia fazer para inventar alguma coisa. Estava preocupada com o que ia vestir no casamento de Katie. Será que precisava ser um vestido formal ou um vestidinho de verão serviria? Ou uma saia com uma blusa chique? Como decidir essas coisas sem consultar minha avó, que sabia tudo de etiqueta e outras bobagens do gênero? Eu estava preocupada com Jason e Lucas, que iam ter um bebê, com Jill, que tinha um bebê, com Katie, que provavelmente teria quinze bebês a qualquer momento e até com Daniel Davison, que tinha um bebê, e comigo mesma, que talvez nunca tivesse um bebê. Fiquei muito, muito preocupada porque, no meio da noite, das profundezas da minha primeira noite de sono em duas semanas, eu contara a Ethan que minha avó achava que íamos nos casar. Nunca se deve falar com ninguém no meio da noite, e sempre se deve esperar pelo menos quinze minutos entre acordar e atender uma ligação.

Meu telefone tocou quando eu estava estacionando o carro, e meu coração pulou pela boca quando vi o número dos meus pais. Minha mãe, sem pensar que podia haver trânsito e achando que eu já deveria ter telefonado havia horas para avisar que tinha chegado em casa, estava em pânico por minha causa. Minha avó estava bem. Eu estava bem. Tudo (ou nada) estava bem.

"Vá para a cama", ela disse.

"Ainda estou no carro."

"Vá para dentro e durma."

"Tenho um monte de trabalho para fazer."

"Deixe o trabalho para amanhã. Seus alunos podem esperar mais um dia pelas notas, não tem problema nenhum."

"Não vou mesmo conseguir dormir."

"Fique deitada e veja no que dá", ela sugeriu.

Dentro de casa, eles estavam terminando o jantar de domingo. Eu tinha me esquecido. É incrível como o mundo — mesmo o mundo mais imediato — continua a existir quando o seu mundo parece ter parado. É impressionante como as pessoas conseguem comer mesmo se você não cozinha para elas (se bem que parecia que elas tinham pedido comida japonesa), e até Atlas ainda estava acordado. Todo mundo se levantou quando cheguei. Ficaram à minha volta, perguntando como eu estava, como minha mãe estava e como minha avó estava. Atlas, no colo de Peter, esticou os bracinhos em minha direção. Tio Claude montava na minha perna. Três pessoas tentaram me dar comida. Eu estava feliz em revê-los. Era como voltar para casa, a mesma sensação de voltar para a casa dos meus pais, e eu tinha vivido com meus pais por dezoito anos. Mas eu estava cansada demais. Pedi desculpas e dei explicações, comi um pedaço de atum e fui para a cama. Dez minutos depois, Ethan bateu à porta.

"Oi", ele disse.

"Oi."

"Eu só queria dar oi antes que você dormisse."

"Oi."

Ele se sentou na cama ao meu lado e acariciou meus cabelos suavemente por um tempo.

"Você está bem?", perguntou.

"Sim, só estou cansada."

"Tudo bem. Boa noite, vejo você amanhã de manhã."

Fechei os olhos. Bateram à porta de novo. Era Jill.

"Você está bem?"

"Sim, só estou cansada." Meu mantra.

"Pobre Janey." Ela se sentou na cama. "Tem alguma coisa que eu possa fazer?"

"Não, obrigada, só preciso dormir."

"O que está acontecendo entre você e Ethan?"

"Como assim? Nada. Por quê?"

"Porque, entre outras coisas, ele veio aqui logo depois que você foi para a cama."

"Vai ver ele tinha que ir ao banheiro."

"Ah, é, deve ser isso."

"Como vão as coisas por aqui?"

"Tudo indo. Nada de novo."

"E Daniel?"

"Eu te conto amanhã."

"Bom." Sorri e abracei a cintura dela. Ela beijou minha cabeça e deu boa--noite. Fui dormir. Bateram à porta de novo. Era Jason.

"Tenho uma reunião amanhã de manhã, então resolvi ficar", disse se enfiando na cama comigo.

"Tem um sofá lá embaixo."

"Katie e Peter estão se agarrando lá. A que horas toca o despertador?"

"Oito."

"Ótimo, até amanhã."

Eu estava cansada demais para brigar com ele. "Boa noite, Jason."

"Boa noite. Janey? Você está bem?"

Comecei a chorar. Não sei por que exatamente naquela hora, e não quando me despedi da minha avó naquela manhã, durante a longa viagem de volta ou na calçada, quando ouvi a voz da minha mãe, quando entrei em casa, quando Atlas esticou os braços em minha direção, quando Ethan foi me dizer o que quer que fosse que ele queria dizer, ou quando abracei Jill. Jason tentava me acalmar, colocou minha cabeça em seu ombro, deu-me lenços de papel, disse que tudo estaria melhor amanhã e que eu precisava era dormir, que tudo ia ficar bembembem. Ele disse que minha avó era uma das pessoas mais fascinantes que conhecera. Disse que queria que a avó dele — com quem ele não falava desde que ela o havia excomungado porque ele era gay — fosse como a minha. Disse que ela era uma das pessoas mais fortes que ele conhecia e que sempre conseguia o que queria. Disse que, se ela estivesse aqui, me mandaria dormir. Funguei, assoei o nariz e agradeci. Limpei os olhos, o nariz e tentei dormir de novo. Jason perguntou: "Janey, o que está acontecendo entre você e Ethan?".

30

Quando eu estava estacionando e o telefone tocou, você achou que minha avó tinha morrido? Achou que no exato instante em que eu completava uma viagem soturna e chuvosa, plena de ruminações escuras e chuvosas, quando eu chegava enfim à minha casa toda iluminada e cheia de amor, minha mãe tinha telefonado para me dar a notícia horrível e inevitável (sem mencionar que eu obviamente não teria ido embora se o estado geral da minha avó não tivesse melhorado muito, e que isso seria uma enorme coincidência)? Caso sua resposta seja sim, fique sabendo que é por causa dos filmes, conforme expliquei aos meus alunos na segunda-feira de manhã.

Os filmes são a penúltima parte do curso. Se essa for a primeira matéria do semestre, os alunos acham que é uma piada. Além disso, eles não sabem analisar filmes no começo. Eles têm que começar analisando poemas porque poemas são obscuros. Nós os lemos sem saber o que significam, e por isso temos que nos esforçar para entendê-los. Os filmes, ao contrário, parecem fáceis de entender. Todo mundo entende o que eles querem dizer, porque eles não querem dizer nada: simplesmente são. É isso que os alunos acham no começo. É preciso esperar por quase todo o curso para que vejam que, da mesma maneira que os poemas não fazem sentido até que se entenda seu significado, isso acontece com textos que parecem simples, que parecem ter significados óbvios e superficiais desde o início. Além disso, se não pararem para descansar um pouco, não aguentam até o final do curso, e os resultados dos exames finais mostram isso. Por esses motivos, os filmes são a penúltima matéria do curso.

Tudo isso para explicar que estávamos na penúltima semana. Tínhamos completado apenas três semanas, é verdade, mas por outro lado só faltavam duas para terminar. Estava quase acabando. Os alunos ficam bem próximos nos cursos de verão, porque as turmas são pequenas e eles passam muito tempo juntos. Quando chegamos à parte dos filmes, alguns fazem pipoca para a turma toda. Dois alunos que tinham se conhecido havia três semanas estavam completamente apaixonados, de mãos dadas no fundo da sala, e planejavam, eu receava, se beijar durante o filme. Outros já tinham encontrado sua turma, riam uns com os outros, cochichavam, passavam bilhetinhos. Era como dar aulas para o ensino médio, mas tenho que admitir que era divertido.

Assistimos a *Amnésia*, que é um filme de suspense contado de trás para a frente, de modo que a cena final é a primeira cronologicamente. O que importa na trama, portanto, não é *o que* acontece, mas *por que* acontece. Esse é o mistério. Isso é o que importa, e é isso que ficamos desesperados tentando descobrir. Meus alunos disseram que é tudo por causa da maneira como o filme é contado — de trás para a frente —, e que saber o que aconteceu é inútil sem conhecer o contexto. A moral da história, para eles, era que saber o que aconteceu não significa nada — literalmente, não tem significado algum — até que se entenda o motivo. Meu argumento era que toda literatura é assim, porque a vida é assim — o mistério não é *o que*, mas *por que*. Meus alunos discordaram. Eles disseram que na vida entendemos os motivos o tempo todo porque vivemos todos os dias e habitamos nossas próprias mentes; o que queremos saber desesperadamente é o que vai acontecer.

"Por exemplo?", perguntei.

"Seu namoro vai acabar mal ou vai dar em casamento?", disse a metade feminina do casal do fundo da sala (a outra metade ficou tão vermelha que eu conseguia vê-la à distância).

"Será que uma transa desprotegida e regada a álcool vai resultar em alguém levando um fora?", perguntou um dos grupinhos, e fiquei aliviada que todo mundo caiu na gargalhada, indicando que tinha acontecido com alguém que eles conheciam, mas não com um deles.

"Nesse caso, não seria o motivo a parte mais importante?", indaguei.

"Não. Nós sabemos o motivo. O cara é galinha. Ela é galinha. Os dois bebem demais. Ela tem um namorado à distância desde a escola. Isso não é um mistério. O que vai acontecer depois é."

Era um argumento válido. E eis por quê: eles tinham dezenove anos. Quando se tem dezenove, a vida é cheia de mistérios do tipo o-que-vai-acontecer, e os motivos parecem óbvios e irrelevantes. Não que eu seja uma senhora de meia-idade, mas me parece que basta uma diferença de poucos anos para que haja uma mudança drástica do *o que* para *por que*. E não porque eu sabia o que ia acontecer na minha vida, tampouco porque minha vida não tivesse sua cota de complicações, situações mal resolvidas, perguntas sem respostas e problemas aparentemente insolúveis. Por algum motivo, contudo, nada daquilo parecia importante para mim. Eram as razões pelas quais fizemos o que fizemos, escolhemos aquilo que escolhemos, cuidamos e amamos, as motivações por trás de nossas ações — as quais, de qualquer forma, pareciam simplesmente acontecer, querendo ou não, e eram portanto completamente irrelevantes. Por que avaliar o que não se pode controlar, em vez do que se pode controlar? Qualquer um teria sido muito instrutivo, dado o que aconteceu em seguida, se eu tivesse me lembrado dessa sabedoria, ou de qualquer outra, na época. Na hora do aperto, acho que todos voltamos a ter dezenove anos.

E talvez também seja por isso que assistimos a filmes, para recapturar a simplicidade de uma época de nossas vidas em que todos os motivos eram óbvios e faziam sentido, e o único mistério era o que aconteceria a seguir. Vamos ao cinema quando estamos cansados demais para ir jantar e conversar. Alugamos filmes quando precisamos dar um descanso a nossas mentes depois de ler/escrever/dar aula/pensar/trabalhar o dia todo. Filmes são feitos de ação, mas ocupam o lugar da ação na nossa vida. E enquanto esperamos que a maioria dos textos siga uma ordem lógica de um ponto a outro, apesar de desejarmos que os finais dos livros sejam de alguma forma prenunciados no começo e simbolizados em seus cenários, nos filmes tudo o que queremos é distração e surpresa.

Em casa, encontrei distração, se não surpresa. Katie e Jill estavam brigando. Dava para ouvi-las de longe.

"Você não pode pedir a Janey, ela tem que descansar."

"Não estou pedindo a ela, estou pedindo a você."

"Não posso, tenho prova do vestido esta tarde."

"Quantas vezes você precisa refazer essa merda de vestido?"

"Não vou refazer, só preciso ter certeza de que está tudo certo. É o meu vestido de casamento, é importante que fique perfeito."

"Não, não é importante, Katie. É apenas um vestido. Mas estou falando da minha vida. Do amor da minha vida, talvez. O pai do meu filho."

"Dan muda de ideia toda semana. Eu vou me casar uma única vez na minha vida."

"Dan só mudou de ideia uma vez, talvez nem isso. Mas nunca vou saber se não nos encontrarmos."

"Leve Atlas com você."

"Ele ainda não está pronto."

"Atlas ou você?"

"Daniel."

"Acho que está mais do que na hora de ele ficar pronto, não acha? Aliás, ele já está até meio atrasado."

"Estou tentando, mas tem que ser uma coisa de cada vez. Atlas está muito irritadiço esses últimos dias, e não quero assustá-lo."

"Por que esse fingimento todo de repente?"

"Não estou fingindo nada."

"Você está fingindo que não tem problema nenhum se ele não quiser ver

Atlas. É como se você estivesse saindo com um cara e escondendo que tem um filho. Se ele quer voltar, por que não quer ver o filho?"

"É isso que você quer, não é, Katie? A família nuclear perfeita, todos juntos novamente, não é? Pois isso não vai acontecer de um dia para o outro, estou trabalhando nisso."

"Acho que trabalho não tem nada a ver com isso. Para mim é só ir a festas, encher a cara e transar."

"Você não sabe o que fazemos", rebateu Jill. "E não dou a mínima para o que você acha disso."

"Desde que eu deixe minha vida de lado para cuidar do seu filho."

"Ah, agora ele é meu filho."

"Não só agora, Jill."

"Eu fico com ele", eu disse ao entrar em casa, quando percebi que não tinha tempo para esperar do lado de fora até que a discussão terminasse.

Katie olhou com ódio para Jill.

"Não tem problema nenhum, eu quero ficar com ele, estou com saudades", afirmei.

"Tem certeza de que não tem problema?", perguntou Jill toda amorosa. Katie revirou os olhos e Jill saiu porta afora quase que imediatamente.

Olhei para Katie. "Eu só fiquei uma semana fora."

Ela balançou a cabeça. "A primeira vez que eles saíram foi na noite que você foi embora, eu comentei com você. Ele ligou tarde da noite, ela saiu e me ligou de madrugada perguntando se eu podia ficar com Atlas no dia seguinte também, mas quando fui dormir ela ainda não tinha voltado. E tem sido assim a semana toda. Ela telefona, passa em casa rapidinho, logo sai de novo. Nunca leva Atlas junto e praticamente não o viu a semana toda. Não quer saber se vai ser um problema para mim e sempre fica até muito mais tarde do que o combinado. Ela espera que eu esteja à disposição a toda hora. Tive de telefonar para Jason duas vezes quando fui substituir você. E vou me casar em menos de duas semanas."

"O que está acontecendo com eles?"

"Não sei. Ela não quer falar a respeito. Eu pergunto e ela me ignora. Domingo à noite, no jantar, foi a primeira vez que a vi por mais de cinco minutos na semana toda. E ela chegou em casa pouco antes de você chegar. E saiu de novo depois que você foi dormir."

Como de hábito, passei menos tempo pensando na minha reação de fato do que em como ela deveria ter sido. Talvez eu estivesse cansada demais para sentir algo tão exaustivo como indignação justificada. Não era justo esperar que Katie fizesse tudo sozinha, desmerecer o casamento dela só porque Jill achava que era tudo rápido demais, deixar Atlas comigo quando eu tinha tanto trabalho para fazer. Era injusto deixar as necessidades de Atlas de lado em favor das necessidades de Daniel, ser tão grosseira e egoísta. Por outro lado, era um momento fundamental. Se Daniel queria voltar a fazer parte de nossas vidas, ela tinha que saber. Ela tinha que ouvir a história dele, e ele tinha que ouvir a dela. Eles tinham muito o que falar. Enquanto isso, tentaríamos não trucidá-la.

Jill não voltou para casa aquela noite e não telefonou. Katie, Atlas e eu fomos para a cama cedo sem comer nada, completamente exaustos, irritadiços e sentindo como se fôssemos ficar doentes. Na manhã seguinte, recebemos uma mensagem de texto de Jill dizendo que estaria em casa ao meio-dia, mas eu tinha que dar aula, e Katie e Peter iam a Portland ver alguns bufês. Ligamos para Jason, pedimos mil desculpas, e ele cancelou a reunião com o orientador para ficar com Atlas até Jill voltar para casa. Dei mais uma aula sobre filmes e passei a tarde na biblioteca corrigindo trabalhos e preparando aulas.

Às vezes é verdade que traumas domésticos, estresse na vida pessoal, parentes doentes, companheiros de casa irritantes, casamentos sendo organizados e a luz do sol prejudicam a produtividade acadêmica. E, às vezes, são as únicas coisas que contribuem para ela. Enfurnada nas estantes, digitando à luz do computador, li sobre teoria do cinema, tomei notas, tracei a estrutura das aulas e me esqueci de quase todo o resto. Essa sensação de controle é importante: algumas pessoas limpam a casa (quem me dera); outras organizam festas, eventos beneficentes ou para a igreja; outras param de comer. A motivação é a mesma. Posso não conseguir controlar mais nada, mas, se eu quiser saber sobre alguma coisa, saberei. É uma sensação de fortalecimento. Parece aquela sensação que temos depois de ter feito exercício. Fui andando para casa sentindo-me eximida e animada. Eu tinha aprendido algo novo, usara minha tarde de forma produtiva, preparara as últimas aulas sobre filmes, ficaria em dia com os trabalhos. É outro tipo de descarga de adrenalina.

Quando estava prestes a entrar em casa, meu telefone tocou. E foi aí que minha vida começou a parecer um filme.

31

Era Jason. Ele chorava tanto que não conseguia falar. Atendi o telefone e só ouvi silêncio. Se não tivesse visto o nome dele, não saberia quem estava do outro lado da linha. Meu coração pulou pela boca e meus joelhos falharam. Ajoelhada na grama, do lado de fora de casa, o que pensei foi: que simpático, Jason ficou tão triste com a morte da minha avó. Já vivendo sem ela, comecei a consolá-lo. Está tudo bem, bembembem, ou algo assim; ela gostava muito de você, teve uma vida maravilhosa, obrigada por amá-la tanto. Assim, sem pensar, sem prestar atenção, mas ele disse "não" tantas vezes que acabei tendo que ouvir. De repente, com uma onda de — fico envergonhada de admitir — alívio, percebi que não era por minha avó que ele estava chorando. Não era um choro de amigo, era de pai ou mãe. "Seu bebê?", perguntei, imediatamente arrependida por não ter sido mais delicada. "Não", ele conseguiu dizer ele, "o seu."

Não me recordo de dirigir até o hospital, mas devo ter feito isso. Quando cheguei, não conseguia me lembrar de ter saído de casa. Era exatamente como na noite que passei com minha avó toda enrolada nos cobertores, segurando a mão dela. Era como se eu estivesse de volta à emergência depois que ela caiu. Parecia a espera pelo parto de Jill, esperando para levar Atlas para casa, esperando que Daniel aparecesse. Mais do que isso, entretanto, parecia que era meu próprio câncer, meu próprio infarto, meu trabalho de parto doloroso, minha sofrida volta para casa. Senti como se nunca tivesse deixado o hospital. Senti como se toda uma vida tivesse se passado naqueles momentos agonizantes enquanto eu procurava rostos familiares na sala de emergência. E rapidamente, muito rapidamente, passou pela minha cabeça o triste consolo de que aquele era o melhor lugar do mundo para não conseguir mais respirar.

Encontrei Jason, com o rosto molhado e o olhar desesperado, tremendo tanto que eu podia ver do outro lado da sala, enfiado em um canto como se usando as paredes como proteção.

"Ele ainda estava dormindo quando cheguei lá, às dez, e passei a manhã toda trabalhando. Fui dar uma olhadinha nele ao meio-dia, mas achei que só estava dormindo. Aí Lucas telefonou, depois fiquei concentrado em Kant, e nem pensei em ver como ele estava de novo até..."

"Por que você estava lá até a tarde?" Como se isso tivesse qualquer relevância naquele momento. "Onde estava Jill?"

"Ela telefonou e perguntou se eu podia ficar um pouco mais. Disse que ela e Dan tinham que conversar mais."

"Ela ainda está com Dan?"

"Não consigo falar com ela, acho que desligou o telefone. Quando finalmente fui ver como ele estava, lá pelas duas da tarde, o berço estava coberto de vômito. Ele estava todo suado, mas continuava dormindo, então eu o sacudi um pouquinho. Quando o toquei, ele estava fervendo de febre e completamente ensopado. Aí ele começou a tremer todo, acho que estava tendo uma convulsão."

Mais choro. Ao vê-lo em pessoa, percebi o que não dava para notar pelo telefone. Não era choro de amigo nem choro de pai e mãe — era choro de um medo incontrolável, total, absoluto, da ponta dos pés aos fios de cabelo, hoje, amanhã e sempre. Eu sentia aquele medo se aproximando como se fosse uma tempestade e lutei para manter a calma por tempo suficiente para obter todas as informações de Jason, antes que aquele sentimento se apoderasse de mim também.

"Chamei a ambulância, eu não sabia o que fazer. Não podia nem colocá-lo no meu carro porque não tenho uma cadeirinha. O que eu ia fazer, colocar Atlas no chão do carro como se fosse uma sacola de supermercado e torcer para que ele não rolasse muito?"

Demos uns risinhos de nervoso, que poderiam parecer desinteresse, mas não eram nada disso.

"Onde ele está?"

"Não sei", respondeu Jason desconsolado. "Lá dentro. Eles o tiraram da ambulância e agora ele está lá dentro. Disseram para esperar aqui. Por que não sou o pai, acho."

Uma enfermeira saiu pela enorme porta, revelando um pouco do caos daquele lugar — camas, macas, pacientes tomando soro, pessoas correndo de um lado para o outro com pranchetas, curativos, monitores — mas nada de Atlas. Naqueles — quantos? — seis passos, talvez, que a enfermeira deu até chegar a nós, escutei as palavras: "Sinto muito. Não podíamos fazer mais nada". E: "Alarme falso. Há, há, há. É um erro comum. Ele está perfeitamente bem". E quase como um eco: "Câncer. É câncer. É sempre câncer". Em vez disso, ela me perguntou: "Você é a mãe?". Sem pensar, sem parar um segundo para pensar nas consequências, sem a mais leve impressão, nem no fundo do meu coração, de que não era inteiramente verdade, respondi: "Sim".

*

De volta ao caos, Atlas parecia branco e frágil como um ovo, com uma entrada de soro no bracinho, um tubo sob o narizinho, monitores acoplados ao peitinho inflando. Mais uma vez, só consegui prestar atenção às partes principais e horripilantes da explicação: talvez gripe, provavelmente há dias com sintomas que haviam sido ignorados, febre perigosamente alta, desidratação, consciência reduzida, esperando os resultados dos exames.

Há quanto tempo ele estava com febre? Quando comeu pela última vez, e quanto? Comida sólida, leite materno ou leite em pó? Quando fez cocô pela última vez? Quando a última fralda molhada foi trocada? Vômito ou diarreia? Estava irritadiço ou calmo? Chorava de verdade ou apenas gemia? Há quanto tempo estava dormindo? O médico precisava saber de tudo isso.

Só que eu não sabia. Eu estava em Vancouver. Estava cuidando da minha família quando ele desmoronou, quando tudo desmoronou, quando o mundo se desfez em pedaços. Sem mim, as pessoas não sabiam tomar conta de si mesmas. Ninguém sabia tomar conta de nada. Jill estava tão envolvida em seu próprio drama que não percebeu que o bebê estava desidratado, ardendo de febre. Katie estava tão obcecada com o casamento que não tinha tempo para um bebê que não era seu. Atlas tinha sido passado de mão em mão — não tenho tempo; tenho outras coisas para fazer, fique com ele. Sinais de alerta tocaram como sinos de igreja na noite silenciosa, como alarmes disparando na caserna, como cães uivando, bebês chorando, viúvas lamentando, anjos cantando e ninguém, ninguém, ninguém deu atenção a essa cacofonia. Sozinha com uma criança enferma, eu só podia admitir que não sabia de nada; não sabia por quanto tempo ele tinha dormido, quanto tinha comido, quanto tinha chorado. “Eu estava fora”, gaguejei.

“Quem estava com Atlas?”

“Hã... a babá?”

“O rapaz que o trouxe aqui? Vou pedir a alguém que vá buscá-lo.”

“Não, não, outra babá.”

“Então é melhor você achar essa pessoa.”

“Não posso... não agora, não posso falar com ela agora.”

“Os sintomas podiam ser observados há dias. Quanto tempo você ficou fora? Ninguém telefonou para você?”

“Não, acho que não...”

A médica me olhou desconfiada. “Tiramos sangue dele e fizemos um exame toxicológico. Você ainda está amamentando? Se estiver fazendo uso de alguma droga e o bebê a tiver ingerido é melhor que me conte agora. A rapidez é fundamental nesses casos. O pai está envolvido? Você pode me dar *alguma* informação?"

Ela estava conjecturando. Eu estava agindo de forma estranha, mas por quê? Estaria usando drogas e transmitindo ao bebê? Estaria usando drogas e acabara esquecendo de alimentá-lo? Teria deixado o bebê em casa sozinho por dias? Estaria usando drogas e fugindo da lei/de um pai violento/de um passado barra-pesada?

Eu não estava usando drogas, é claro, embora tivesse percebido de repente que não tinha absoluta certeza de que Jill não estava. Eu estivera longe com minha avó doente, uma desculpa perfeitamente razoável e idônea, mas uma desculpa que eu não podia dar porque eles não me deixariam ficar se eu não fosse mãe de Atlas, e como eu não podia deixá-lo lá sozinho ou dizer que eu era, sim, mãe dele, mas de uma maneira difícil de explicar, fiz o que me restava fazer. Fingi que minha estranheza se devia ao medo, não à ignorância, e menti.

"Desculpe, desculpe", respondi, sacudindo a cabeça, como se tirasse as teias de aranha do cérebro. "Ele estava dormindo desde o início da noite passada. Teve um pouco de diarreia, mas o livro sobre bebês diz que isso é comum. E vomitou um pouco. Ele não comeu desde a tarde de ontem — não, desde de manhã. Não estava chorando, e notei a febre... esta manhã, mas achei que ele só precisasse dormir. Não estou usando nada. Não acho que ele tenha ingerido nada." Pensando no pior. Melhor pensar nas piores hipóteses e deixar que o médico as leve em conta do que supor que é algo menos sério e ter ainda mais sinais de alerta despercebidos. Achei normal que ele estivesse tão cansado e irritadiço ontem à noite porque eu também estava cansada e irritadiça. Como eu não tinha vontade de comer, não fiquei surpresa que ninguém comesse. Ele não parecia ter febre. Não parecia estar doente. Eu estava com muita pressa naquela manhã. Tudo o que podia fazer eram suposições.

A médica me encarou por um longo tempo, indecisa, mas acabou por me classificar como uma mãe descontrolada e me disse para ficar com ele enquanto esperávamos os resultados dos exames, que talvez fosse demorar um pouco. Fiquei agachada ao lado da cama dele, entre querer ficar no mesmo nível que o corpinho quente dele e uma prece. Por favor, faça essa febre baixar; por favor, faça com que não seja nada; por favor, faça com que ele acorde, olhe para mim, sorria, ria, por favor faça com que fique tudo bem tudo bembembem. Eu não estava rezando a ninguém especial, não sabia como invocar Deus. Lembrei-me da minha avó, mas cogitei um acordo com o demônio. Eu seria capaz de abrir mão de Atlas desde que ele se salvasse? Se Jill se casasse com Daniel e o levasse para longe de mim, se eu nunca mais o visse de novo, mas ele ficasse bem, ainda assim aceitaria a troca? Trocaria minha avó por Atlas? Entre a vida dos dois, qual escolheria? Ele nem é sangue do meu sangue, e claro que eu não teria garantia nenhuma, não seria assim fácil. Se eu tivesse que deixar minha avó morrer, mas isso desse setenta por cento de chances a Atlas de sobreviver, em vez de ela continuar viva, com câncer, mas as chances dele caírem para trinta por cento... Meu cérebro se perguntava essas coisas, a parte de mim que não tinha poder nenhum de conceder desejos contra a parte de mim que não tinha nada de especial a oferecer em troca. Tentei passar meus braços em torno dele, sob o soro, sob os tubos, tentei acolher seu corpo no meu, fechei os olhos para este mundo — sonhos intermitentes, pesadelos intermitentes, centenas de pensamentos perturbadores, nenhuma energia restante para lutar contra os demônios que nos acossavam.

Acordei porque um homem corpulento com um bastão enorme sacudia meu ombro de forma pouco amistosa. "Por favor... a senhora precisa vir comigo." Meu coração parou de bater, mas Atlas... Atlas estava exatamente do mesmo jeito. Ainda quente, ainda dormindo, mas do meu lado, nada havia mudado. Não — tentei protestar, explicar, mas o sujeito estava me arrastando, e eu já estava fora da sala, tentando alcançar um Atlas fora de alcance. O homem, agarrando meu braço e me empurrando pelas costas, guiou-me por um corredor, atravessando algumas portas, e depois por outro corredor, até chegarmos a uma sala vazia, apenas com uma cadeira. Ambos permanecemos de pé.

"Qual é o seu nome?" Ele estava muito zangado e já não acreditava nas minhas mentiras.

"Janey Duncan."

"Você é a mãe do menino?", ele perguntou indicando a porta, na direção, imaginei, de Atlas.

"Sim." Mantive a voz baixa, mas ainda assim soava mais desafiadora do que objetiva, da forma como achava que deveria soar se fosse a mãe do menino.

"Por que o sobrenome dele é diferente do seu?" Quem havia passado o sobrenome de Atlas a eles? Provavelmente Jason, quando o levou ao hospital.

"Mattison é o sobrenome do meu marido", respondi calmamente, mas irritada o bastante por acharem que ele não era meu filho só porque nosso sobrenome não era o mesmo.

"Então por que há duas pessoas na recepção que afirmam ser os pais de Atlas Mattison?"

Eu não fazia ideia. "Duas pessoas?"

"É melhor a senhora me falar a verdade e explicar o que realmente está acontecendo aqui."

Mas como eu podia fazer isso? Eu tinha que continuar mentindo. Não tinha escolha. Não havia como explicar o que realmente estava acontecendo ali. Eu era mãe de Atlas de todas as maneiras que importam e, naquele momento, Atlas precisava da mãe.

"Sou a mãe dele", afirmei. "Não sei o que lhe dizer, não sei quem são essas pessoas."

Ele me olhou de cima a baixo e analisou meu rosto, apertando os olhos. Suspirou e disse calmamente: "Uma dessas pessoas está muito perturbada, gritando muito, e o sobrenome dela é Mattison. Ela acabou de deixar o prédio para buscar uma certidão de nascimento. Se ela estiver mentindo, peço perdão pelo aborrecimento, mas a senhora compreende que temos de ser cuidadosos, há muita gente doida por aí. Mas, se ela voltar com a certidão...". Ele parou ali, e fiquei sem saber o que aconteceria se ela chegasse com a certidão. Será que eu iria para a cadeia por sequestro? Não poderia ver Atlas? Aquele homem ia gritar comigo, bater em mim? Eu não fazia ideia. Mas também não estava nem aí. Era um detalhe ínfimo no cenário mais amplo das coisas, porque em primeiro plano estava Atlas, febril, doente e com convulsões, e eu não sabia por quê. Comparado a isso, nada mais importava. "Nós a manteremos informada", disse o guarda saindo da sala, sem ser gentil ou rude. "Por favor, não saia daqui." Sentei-me na cadeira e esperei. O que mais eu podia fazer?

O que eu sempre fazia: analisar. Por que eu mentiria? Principalmente se eles acabariam descobrindo tudo. Admitir a culpa assim que descoberta, fingindo achar graça de um acidente tolo, um mal-entendido inofensivo, um erro de julgamento inteiramente compreensível, embora inaceitável em retrospecto, mesmo uma desculpa malfeita, mal ajambrada, é sempre, sempre melhor e mais sensato do que tornar a mentira cada vez pior. E como sei disso? Porque dou aulas sobre filmes. Porque já vi esse filme antes. Só meninos de doze anos e os personagens acreditam que mentir mais ainda vai livrá-lo da mentira inicial. Na plateia, todo mundo (exceto os meninos de doze anos) grita para a tela, mesmo que somente em sua imaginação: "Seu idiota, você só está piorando tudo, VOLTE ATRÁS". Todos ficam inquietos e agitados por saber que bastava os personagens dizerem a verdade para tudo ficar bem, mas como eles não vão dizer a verdade, certamente vão morrer em no máximo uma hora — sem contar que só nos filmes mentir é um crime cuja pena narrativa é a morte. Eu estava em pânico, acho. E senti como se minha lealdade e amor por Atlas estivessem sendo questionados. Eu era mãe dele sob vários aspectos. E estava furiosa com Jill. Em grande parte, contudo, acho que sofria de síndrome da narrativa. Eu só pensava em filmes, e nos filmes o único jeito de seguir em frente é ir mais fundo.

Em geral, odeio hospitais. Todo mundo odeia hospitais, eu sei, mas é claro que é diferente quando é com você. Sinto como se, ao contrário de todo mundo, eu realmente *odiasse* hospitais. Para mim, eles parecem sujos, infecciosos, frios, insensíveis e perigosos porque a qualquer momento alguém pode entrar com uma ferida a bala, cair no chão segurando o peito ou tossir até sair sangue com pedaços de — sei lá — pulmão? E eu não quero ver nada disso. Não quero pegar o que causa essas coisas. Mas ali, naquele momento, o hospital era o lugar mais reconfortante em que eu podia estar. Eles estavam cuidando de Atlas e me mantinham longe de Jill. De Jill, Daniel, Katie, de todo mundo. E era assim que eu queria ficar — distante.

Telefonei para minha avó, só para ver como ela estava, só para que ela pudesse me consolar, mas assim que ouvi sua voz ao telefone percebi que não podia contar a ela que Atlas estava doente e que não sabíamos o que era, ou que eu estava sendo mantida refém em um hospital onde a qualquer momento alguém poderia jogar um pedaço de pulmão em mim. Não podia contar a ela que eu talvez estivesse prestes a ser levada presa por dizer ser mãe de um menino do qual eu não era, tecnicamente, mãe. Aliás, aquele homem não tinha perguntado se eu tinha dado à luz Atlas. Se ele fosse adotado, a resposta certa à pergunta "Esse menino é seu filho?" seria claramente sim. Se ele fosse filho da minha irmã, mas ela o tivesse deixado na porta da minha casa ao nascer enquanto se internava em um hospital psiquiátrico, mesmo que ela tivesse informado as autoridades, a resposta seria sim. Era tudo uma questão de detalhes. De qualquer forma, não dava para ter essa conversa com minha avó. Só de ouvir a voz dela, comecei a chorar sem parar. Mas era minha avó, que compreende sem entender, e disse "Ah, meu bem", com tanta ternura e carinho, prometendo que tudo ia ficar bem, que de alguma maneira acreditei nela.

Nesse meio-tempo eu havia passado da cadeira ao piso frio, recostada na parede, para pelo menos esticar as pernas e descansar a cabeça quando a porta se abriu. O homem grande estava lá, mas ele saiu da frente e duas pessoas claramente identificáveis como policiais entraram.

"Janey Duncan?"

"Sim?"

"Por favor, acompanhe-nos até a delegacia para responder a algumas perguntas."

"Estou sendo presa?"

Eles pararam no meio do caminho, parecendo surpresos.

"Há algum motivo para a senhora ser presa?"

"Não." Tentei soar firme, ou mesmo indignada.

"Venha conosco, por favor." Não era um pedido. Era uma ordem.

No carro de polícia, eles não falaram mais nada. Fui sentada no banco de trás, com as portas trancadas, por trás da grade de proteção, mas sem algemas. Ainda. Na delegacia, segui o policial número um, enquanto a policial número dois ia atrás de mim. Em uma sala tão lúgubre quanto a do hospital, mas com muito mais móveis (uma mesa e duas cadeiras), eles acenderam uma lâmpada forte como a luz do dia, bateram a porta e fizeram pose de policial de filme — ela sentada na cadeira, virada para a frente, ele de braços cruzados, apoiado na parede com um ar bravo e desconfiado.

"Você é mãe de Atlas Mattison?", perguntou a que estava sentada na cadeira, com calma, como se estivesse perguntando "Você gosta de sorvete de chocolate?".

"Não", respondi, de forma igualmente contida, como se tivesse respondido à pergunta sobre o sorvete.

Ela não pareceu surpresa. Obviamente já sabia disso. "Por que você disse que era?"

"Eles não me deixariam vê-lo se eu não fosse a mãe, e eu tinha que ficar com ele", respondi, permanecendo calma, controlada, até mesmo confiante.

"Qual é o seu parentesco com o menino?"

Uma pergunta difícil. Eu não sabia como responder. "Sou sua..." Sua o quê? Mãe não era mais uma opção. Babá nem começava a descrever a relação. Tia, prima, cunhada — até soavam mais próximas da realidade, mas continuavam não sendo definições corretas. Amiga parecia uma resposta fria, distante. E eu já não sabia se Jill confirmaria isso. "Dividimos a custódia dele", disse enfim. "Moro com Atlas e tomo conta dele." E então: "E eu o amo", acrescentei, embora ninguém tivesse me perguntado isso. Os policiais se entreolharam e depois olharam para mim, firmes e frios.

"Por que ele está doente?"

Só posso imaginar que meu rosto expressou toda a confusão com que meu cérebro processou essa pergunta, porque os policias amoleceram visivelmente antes mesmo que eu respondesse.

"Não tenho a menor ideia."

"Você deu alguma coisa ao bebê?", perguntou o que estava no canto.

"Não!" Mais uma vez perplexa, confusa, aterrorizada com o que eles estavam pensando.

"Quando você viu o bebê pela última vez?"

"Passei a semana toda em Vancouver, mas fiquei com ele durante a tarde de ontem e a última noite. Se alguém achasse que tinha algo errado durante a semana, teriam telefonado para a casa dos meus pais. Quando voltei para casa, ele parecia bem, e ninguém disse nada, então devem ter achado que não havia problema."

"Você não o viu hoje de manhã?", perguntou o policial do canto da sala.

"Não, acordei cedo para dar aula e passei a tarde na biblioteca."

"Onde você dá aulas?", perguntou a policial da cadeira.

"Na Rainier." Eles pareceram impressionados. Importante: se você for preso, ter um emprego que soe importante é bem útil.

"Quem é a mãe da criança?", perguntou o policial do canto.

"Jill. Jill Mattison."

"E o pai?"

Revirei os olhos. Devo ter rangido os dentes. Suspirei, balancei a cabeça e enfim admiti "Daniel Davison", conferindo o máximo de ambiguidade possível a essas duas palavras.

"E você e Jill são... amantes?", perguntou o policial do fundo da sala.

"Não!", respondi rindo, e eles parecerem confusos de novo. Entendi então a imagem que estava se formando na cabeça deles — Jill e eu éramos amantes e criávamos o filho dela com Daniel. Jill estava confusa, pensando em voltar para ele. Eu estava levando um pé na bunda, e minha namorada queria levar o filho que eu ajudava a criar como se fosse meu. Nada mais do que uma briga de namoradas, lésbicas tolas.

Percebi que essa história angariava a compaixão deles. Explicava por que o menino era meu sem ser de fato meu, por que eu o considerava meu filho embora não tivesse certidão para comprovar, por que eu havia mentido, por que Jill estava tão furiosa, e claramente me colocava na categoria das vítimas injustiçadas e inofensivas. Eu não queria abrir mão dessa vantagem, mas embora não estivesse muito distante da verdade, não era inteiramente fiel.

"Jill e eu somos melhores amigas", admiti. "Ela ficou grávida. O pai da criança a deixou. Estamos fazendo pós-graduação e não temos muito dinheiro. Eu e outra amiga, Katie, resolvemos ir morar com Jill para ajudar a criar o bebê. Nosso amigo Jason, que levou Atlas para o hospital, também ajuda. Nós nos revezamos tomando conta dele; para dar banho, alimentar e tudo o mais. Eu estava lá no nascimento dele, passei praticamente todos os dias desde então com ele. Eu o considero meu filho. Jill e Katie têm andado muito atrapalhadas ultimamente, então tomei a frente. Foi uma decisão conjunta. Eu não o trouxe ao mundo, mas ele é meu filho."

Uma explicação verdadeira, simples e curta. Aos meus ouvidos, parecia perfeitamente razoável. Aos meus ouvidos, isso me eximia de qualquer coisa.

Como alguém que o amasse seria capaz de deixá-lo sozinho na emergência? E como alguém podia duvidar que eu o amasse? E como alguém poderia me culpar por isso?

Eles pareciam convencidos, mas não comovidos. "Aguarde aqui", disse um deles, não sei mais qual. Eu estava olhando para a mesa, para o chão. Estava muito triste, sentia-me insignificante, sombria. Preocupada. Apavorada. Furiosa. E esperava.

32

"Que merda foi essa que você disse a eles?"

A porta se escancarou pouco depois e lá estavam Jill, vermelha de ódio, gritando, Daniel Davison e o policial do fundo da sala, que tinha uma cara aborrecida — não sei por quê.

"Que merda *você* disse a eles?", respondi cansada, exausta.

"A verdade. Que você estava mentindo e tentando nos manter longe do nosso bebê." A princípio, pensei que "nosso" significava dela e meu, mas depois percebi que ela queria dizer "nosso", dela e de Daniel. Jill vociferava em parágrafos. Era difícil acompanhar.

"Eles perguntaram se Janey queria sequestrar o bebê, eu disse que talvez sim. Perguntaram se ela pode ter dado algo para que ele ficasse doente, e eu disse talvez. Perguntaram se havia algum motivo pelo qual você quisesse nos afastar do nosso bebê, e eu disse que havia vários motivos. Contei a eles que você estava demonstrando um apego excessivo a ele e tinha ilusões de maternidade, e que estava chateada com o pai dele e queria me magoar. Perguntaram se você tinha ficado sozinha com ele nas últimas vinte e quatro horas, e eu disse que sim. Perguntaram se você poderia ter dado alguma coisa a ele para que ele ficasse doente e recebesse atenção ou para se sentir no controle, algo assim, e eu disse que era possível."

"E você disse tudo isso por demência ou por pura maldade?", perguntei, tentando soar ligeiramente desdenhosa, mas sem conseguir, de tanto que tremia. Eu mal conseguia olhar nos olhos dela, quanto mais ficar de pé.

"Eu não sei, Janey, e você? O que eu devia ter dito? Jason me telefonou e disse que estava tentando falar comigo havia horas. Atlas estava no hospital; ele não acorda e ninguém sabe por quê. Viemos correndo para cá, mas eles não nos deixaram chegar perto de Atlas porque só a família pode ficar perto, e a mãe dele já está lá. Eu disse que era a mãe, mas eles não acreditaram. Mesmo quando Jason confirmou, eles não me deixaram ir vê-lo. Quando fui para casa pegar a certidão de nascimento, começaram a fazer perguntas. E quando saí de casa ele estava bem, e agora ele está na emergência com você. O que você queria que eu pensasse?"

"Não fomos nós que mencionamos veneno ou a possibilidade de que você tinha feito ele ficar doente de propósito", explicou Daniel mais suavemente, meio constrangido, meio que me repreendendo, "mas quando eles mencionaram isso, ficamos assustados. Não entendemos como ele pôde ter ficado doente tão rápido. Você promete tomar conta dele e de repente ele vai parar no hospital, e não podemos nem vê-lo." Houve uma pausa na qual imaginei o policial do fundo da sala e a policial da cadeira por trás da parede de vidro dupla chamando reforços da brigada de proteção à ironia, na qual esse tipo de caso claramente se enquadrava. "Se você deu alguma coisa a ele, Janey, por favor, por favor, diga agora para que a gente tenha mais tempo. Os exames toxicológicos vão salvá-lo, mas seria melhor para todo mundo se você admitisse logo."

Era difícil saber por onde começar. Eu não tinha forças para urrar de ódio, de fúria, de silêncio cáustico e de verdade gélida ao mesmo tempo, então tive que me contentar com um deles. Não gosto de gritar. Não gosto de conflitos. Tentei engolir tudo em seco. E o que saíram foram lágrimas, ou risos, acho. Uma risada garantiria dignidade e a impressão de superioridade, mas já estava tudo perdido àquela altura.

"Você realmente acha que eu tentaria fazer com que ele ficasse doente?", esbravejei. Eu só queria deixar tudo claro.

"Nós não sabemos."

"Eu não envenenei Atlas, seus cretinos."

"E por que ele está doente, então?"

"Eu não sei. Vocês não sabem, e os médicos não sabem. Eles fizeram um exame toxicológico que não revelou nada. Estão fazendo mais exames. Ninguém parecia achar que ele tinha sido envenenado."

"Então por que Jason telefonou em pânico dizendo que Atlas estava no hospital e tinha sofrido convulsões?"

"Bem, ele tentou ligar para mim, mas o celular não pega na biblioteca. Katie está em Portland. Acho que sobrou você, a pior escolha, mas vocês são os pais dele, como aliás insistem em dizer. Acho que ele estava desesperado porque tentava falar com vocês há horas, mas ninguém atendia. Onde é que vocês estavam? Os dois têm celular. Pais de verdade deixam os celulares ligados quando o filho está com a babá."

"Você é que deveria estar com ele, não Jason. Achávamos que podíamos confiar em você", disse Daniel.

"Daniel, isso não é bem verdade." Tentei manter a voz firme. "Você não achava nada. Você foi embora antes mesmo de Atlas nascer. Não se preocupou com quem ia ficar com ele ou qualquer outra coisa. Você não fazia a menor ideia de quem ia ficar com ele hoje de manhã, simplesmente achou que tinha alguém para fazer isso. Você nunca viu seu filho. Você só resolveu se preocupar vinte minutos atrás. Nesse caso, não é um problema de achar ou de confiança. E você, Jill, não, não era eu que deveria estar com ele, era você. Dou aula de manhã desde o final de maio. Katie está em Portland, embora as manhãs também não fossem dela, por isso tivemos de ligar para Jason e pedir que ele ficasse com Atlas quando você simplesmente não apareceu. Eu disse que ficaria com Atlas ontem, embora não fosse meu dia de ficar com ele, e Jason disse que ia cancelar a reunião que tinha hoje de manhã, embora precisasse encontrar o orientador. Embora eu estivesse completamente exausta depois de passar uma semana com minha avó doente em Vancouver. Embora estivesse completamente acabada e atrasada com o trabalho. Embora Jason e Lucas tivessem milhões de coisas para preparar para o bebê deles. Mas você não sabe de nada disso, porque não sabe nada a respeito de cuidar de bebês — você tem outras pessoas que fazem isso por você. E você não sabe nada da vida das outras pessoas, porque a única que importa é você mesma."

"Nós nos revezamos para cuidar de Atlas, mas isso não significa que ele seja seu."

"Entendo perfeitamente que você precise de ajuda. Eu estava dando aula, Katie vai se casar, Jason vai ter um bebê. Onde você estava?"

"Isso não importa."

"Onde você estava?"

"Ela passou a noite na minha casa. E eu tirei o dia de folga", explicou Daniel. "Temos muito o que conversar, o que resolver, o que entender." Ele estava sério — muito sério, para dizer a verdade, como se o fato de que eles precisavam conversar fosse a coisa mais importante do mundo —, mas eu percebi um discretíssimo sorriso contido que me revelou por que eles não atenderam o telefone naquela tarde.

"Por que você disse que era a mãe dele?", perguntou Jill.

"Eu não queria que ele ficasse sozinho. E eles não iam me deixar ficar com ele se eu não fosse a mãe."

"Existe uma razão para isso", disse Jill.

"Ah, é? E qual é a razão?"

"Sabemos que você o ama, Janey. Deixamos que você tome conta dele, que fique com ele. Agradecemos a sua ajuda, mas ele não pertence a você." Jill baixou o tom de voz um pouco, passando do histérico e furioso ao condescendente e furioso. Ela continuava brava, mas isso era muito mais frustrante. Em minha mente, eu pegava uma das cadeiras e jogava em cima dela, talvez por cima da janela de vidro duplo. Vi cacos de vidro inquebrável chovendo sobre os policiais da ironia, que certamente concluiriam, ao ter presenciado essa cena, que eu estava livre para levar Atlas para casa e ir embora, só nós dois, para onde eu bem entendesse.

"Jill", eu disse, suspirando, "não sou sua babá. Não sou sua cozinheira ou empregada. Sou sua família e sua amiga, mas você não está agindo de maneira correspondente. Tomei conta de Atlas como se fosse meu filho, e você sabe disso. Fiquei com ele mais do que você. Mudei minha vida inteira para que isso desse certo, tanto quanto você. Não reclamei por dedicar mais tempo, atenção e dinheiro a Atlas do que os próprios pais dele. Fiquei do seu lado quando Daniel foi embora, e continuo do seu lado enquanto ele tenta resolver se quer voltar ou não. Eu fui a pessoa responsável aqui. Por isso, que se dane de qual barriga ele veio — ele é meu." Eu teria saído da sala naquele exato momento — era uma boa maneira de encerrar a discussão, e eu já não aguentava mais —, mas eu ainda estava detida, então tinha que continuar sentada lá.

Os policiais voltaram para a sala.

"Ligaram do hospital. É melhor vocês irem para lá." Vocês quem?

"Eles confirmaram que não houve má-fé. Vocês estão livres."

"E o que é?", perguntei.

"Não sou médico, minha senhora, mas eles poderão responder a todas as perguntas quando vocês chegarem lá. Agradecemos pela colaboração e pedimos desculpas pelo inconveniente."

33

Como eu tinha ido para a delegacia no carro de polícia, tive que pegar uma carona com Jill e Daniel de volta ao hospital. No estacionamento, eles se enfiaram no carro e eu fiquei lá, de pé, perdida que nem uma idiota. "Entra logo", disse Jill, chateada mas aparentemente disposta a compartilhar o mesmo carro comigo. Fiquei pensando em como tinha sido liberada tão rápido mesmo sem advogado, sem burocracia, sem telefonema, e Daniel achou que eu não tinha sido presa, apenas detida para interrogatório. Ele comentou que se eu ficasse desempregada e deprimida como ele, também poderia assistir a três ou quatro episódios de *Law & Order* por dia, para entender essas diferenças. Ele estava sendo engraçadinho. Como se nossas vidas não estivessem todas por um fio. Como se nosso filho não estivesse sofrendo de uma doença ainda desconhecida no hospital sem nenhum de nós por perto. Como se eles não tivessem causado minha prisão — ou detenção para interrogatório — por envenenar e sequestrar o filho deles, meu, nosso.

No hospital, Jason esperava com a cabeça entre as mãos, mais ou menos como eu o deixara, só que com reforços. Lucas e Ethan estavam lá. Os três se levantaram quando chegamos.

"Eles descobriram alguma coisa, mas não querem nos contar", disse Jason.

"Você está bem?", perguntou Ethan. Para mim.

Evitei olhar nos olhos dele e fiz que sim com a cabeça e disse um não inequívoco aos gritos que ameaçavam chegar e nunca mais parar.

Lucas foi ao balcão das enfermeiras calmamente e voltou. Depois esperamos. Jason queria perguntar o que tinha acontecido depois que fui levada pela polícia, depois que Jill chegou com o pai e a certidão de nascimento, depois que ela gritou para todo mundo ouvir que o bebê dela tinha sido roubado. Mas ele não sabia como começar um assunto desses de forma delicada. Enfim, um médico chegou. Estava na cara que ele sabia da situação, porque olhou para cada um de nós e disse: "Vamos procurar um lugar calmo para conversar".

Seguimos o médico pelo corredor até a mesma sala vazia em que eu tinha ficado antes. Ele fechou a porta e respirou fundo.

"Atlas está com meningite bacteriana." A princípio, a única coisa que ouvi foi que não era câncer, o que fez com que meus ouvidos se afinassem e eu conseguisse ficar atenta.

"... foi muito sensato, foi muita sorte trazer ele quando vocês o trouxeram. É uma doença que pode ser tratada, mas é muito, muito grave e pode até matar..."

Muito sensato, muita sorte. Muita, muita sorte....

"... antibióticos por via intravenosa por alguns dias, e ele vai continuar no soro por causa do vômito e da diarreia. É muito contagioso, por isso vou receitar rifampicina para todos aqueles que tiveram contato com ele nos últimos dias, por precaução. Há grandes chances de que ele se recupere completamente, embora ainda vá ficar fraco por algum tempo..."

"Boas chances?", interrompi.

"Algumas crianças sofrem efeitos colaterais a longo prazo — problemas cardíacos, danos ao cérebro, surdez. Não se preocupe com isso agora porque não é possível saber por enquanto. Estamos fazendo tudo que podemos por ele."

"Podemos vê-lo?", perguntei.

"Não esta noite. Volte amanhã e..."

"Mas e se ele precisar da mãe..." começou Jill.

"Não esta noite", respondeu o médico, firme. "Amanhã vocês resolvem essa história."

Resolver essa história. Ele não se referia à meningite, quanto à qual tudo que podia ser feito estava sendo feito. Ele se referiu a nós, à família, quem era a mãe e quem não era, quem podia vê-lo e quem não podia, quem tinha culpa e quem não tinha. Ninguém disse nada por um tempo. Depois Jill começou. "Vou ficar na casa de Dan esta noite", e fez um gesto na minha direção, "alguém pode levá-la para casa." Ela se virou e foi embora, com Daniel em seus calcanhares.

"Eu levo você", disseram Jason e Ethan ao mesmo tempo.

"Meu carro está aqui, só precisei de carona de volta para cá depois que ela mandou me prender."

"Quer beber alguma coisa?", perguntou Lucas.

"Não, obrigada, só quero ir para casa."

"Deixe seu carro aqui", disse Ethan. "Eu te levo para casa e te pego amanhã cedo e trago para cá antes da aula. A gente pode comer alguma coisa no caminho."

"Tenho que ir para casa."

"Vai estar tudo silencioso demais lá, e você vai ficar sozinha."

Eu não tinha pensado nisso. Aceitei a carona e arquivei o resto, grata por deixar pelo menos alguma coisa nas mãos de outra pessoa. Despedi-me de Jason e Lucas. Jason me abraçou e disse que não era culpa minha. Eu o abracei e agradeci por ser tão sensato e sortudo.

"Se você tivesse esperado...", eu disse.

"Nem vamos pensar nisso", ele respondeu.

Ethan nem tinha dado a partida e eu já havia desabado no assento do passageiro, soluçando, aos prantos, a camiseta encharcada, tremendo, socando o ar, tentando respirar, balançando para a frente e para trás, tentando parar. Ethan saiu do carro, veio para o meu lado, abriu a porta, ajoelhou-se no chão e me colocou em seus braços. Ficamos assim até eu terminar, até conseguir levantar do banco dobrada sobre mim mesma, tremendo e ensopada, Ethan me abraçando, me acolhendo, ar e terra, céu e terra, todas as direções ao mesmo tempo, com as mãos no meu cabelo, no meu pescoço, seus sussurros indiscerníveis em meus ouvidos. Finalmente, eu tinha colocado tudo para fora.

"Não vou conseguir sair para jantar", expliquei.

"Vamos comer na sua casa."

"Não estou com a menor disposição para cozinhar."

"Eu cozinho."

"Você cozinha?"

"Outras pessoas também sabem cozinhar, Janey. Eu consigo me alimentar quase todos os dias, para dizer a verdade. Às vezes você tem que deixar os outros prepararem o jantar", ele disse. "Janey, vai ficar tudo bem." Eu não acreditei em Ethan, mas foi simpático da parte dele dizer aquilo.

Quando chegamos em casa, a luz da secretária eletrônica estava piscando. Katie.

"Oi, sou eu. Não consegui falar com vocês no celular, mas queria saber como estão e avisar que chegamos bem. Experimentamos literalmente bilhões de entradas e amanhã tem mais. É uma loucura, mas estamos nos divertindo. Também queria avisar que Atlas teve diarreia ontem à noite e hoje de manhã, mas de resto parecia bem. Não deve ser nada de mais, só queria avisar. Bom, acho que falo com vocês amanhã. Liguem para mim, tchau."

34

Na manhã seguinte, Ethan e eu voltamos cedo ao hospital — ambos tínhamos que dar aula às dez. Ainda não havia ninguém lá. O médico da noite anterior tinha deixado uma lista de nomes. Todos podíamos voltar, a qualquer hora. Atlas ainda parecia muito pequeno, quentinho e letárgico, com as pálpebras meio fechadas e a boca meio aberta, mas a enfermeira me garantiu que ele não estava pior, o que, é claro, significava que ele estava reagindo.

Eu não estava muito confiante. De qualquer maneira, precisava dar aula. O bom de ser professor é que sempre se dá um jeito de dar aula, e quando se está lá não é possível pensar em mais nada. Você se vê diante de uma turma tendo que bancar o adulto sensato, com a cabeça no lugar, e acaba virando um, pelo menos durante aquele período. Não importa o que esteja acontecendo em sua vida, se você tiver que ficar diante de um grupo de pessoas e dizer algo, provavelmente pensará em algo a dizer.

Como eu estava pensando em gêneros literários, começamos assim. Como disse minha avó, só porque uma história é triste não quer dizer que seja uma tragédia. Todas as histórias são tristes, pelo menos um pouco. Pedi a meus alunos que pensassem em todas as lágrimas que são derramadas nos momentos mais felizes da vida — ao se formar na faculdade, ao se apaixonar, ao se casar, ao ter filhos —; nem todas essas lágrimas são de felicidade. Todas as histórias têm um quê de tristeza; tragédias são algo inteiramente diferente. As histórias existem por si só, independentemente do resto. Contar uma história é descobrir a que estilo ela pertence.

E como descobrimos a que estilo pertencemos?

"Depende do que acontece", disse Sarah Iverson.

Brent Haddon concordou. "Quando algo triste acontece, é uma tragédia. Quando coisas engraçadas acontecem, é uma comédia."

"Quando tem muito sexo, é um romance", palpitou Pete Fansom do fundo da sala.

Esperar muita participação e criatividade na quarta semana do curso de verão é um pouco demais. Mas eu insisti. A vasta maioria das histórias não se enquadra em nenhuma dessas categorias. Os finais são ambíguos. Em geral, vemos rapidamente como o que estava claro se torna confuso. Frequentemente, os personagens passam de uma situação estável, na qual se sentem razoavelmente no controle das coisas, para um estado de confusão, de tristeza, de divagação. E depois tudo termina. É claro que a literatura é assim porque a vida é assim.

Com os filmes é mais fácil. Na maioria dos gêneros, sabemos como o filme vai terminar. A diversão está em assistir aos acontecimentos. Sabemos que tudo vai acabar bem, apesar das indecisões, da infelicidade, das injustiças e da tortura. A maioria dos filmes não é uma tragédia. A maioria dos filmes tem um caráter redentor. Vemos os personagens enfrentando as partes difíceis sabendo que tudo vai ficar bem, que eles vão aprender pela dor o que não aprenderiam sem ela. E é agradável ver como isso se desenrola e viver indiretamente, por algumas horas, uma vida na qual, ao contrário da nossa, isso acontece. Meus alunos, espertos e antenados, apontaram exceções — é claro que havia muitas —, mas concordamos que eram mesmo exceções. Minha queixa era que parecia injusto que, embora minha vida fosse como um filme (parentes à beira da morte, doenças raras, brigas de família, detenções), meu final não seria.

"Talvez seja", disse Ethan quando voltamos ao hospital depois da aula.

"Não, não vai ser. Não pode ser."

"Por que não?"

"Porque não consigo nem imaginar isso. De que maneira toda essa confusão, essa mágoa, essa raiva, esse medo vão se tornar algo bom e útil? Impossível. Mesmo em minhas fantasias, não consigo imaginar um jeito de que tudo termine bem. Há muitas coisas acontecendo, é tudo muito vasto. Isso é o que eu queria dizer, é só nos filmes que tudo fica bem no final, que percebemos que tudo valeu a pena e aprendemos coisas importantes e nos tornamos pessoas melhores. Não vejo como isso pode acontecer aqui."

"É claro que não", disse Ethan. "Agora, não. Mas ainda não acabou, você não vai saber até chegar ao final."

"Não vou ver o final, não sou um narrador onisciente. Estamos falando na primeira pessoa."

"Claro."

"E, no final, eu vou morrer."

"Isso não é um tragédia, Janey", disse Ethan, sério de repente.

"E como é que você sabe?"

"Porque não tem nenhuma característica de tragédia. Parece uma provação, mas não uma tragédia."

"A vida não é assim. Nem a literatura é assim."

"Neste caso", ele prometeu, "é sim. Vai ser."

Quando cheguei em casa depois do hospital, Katie estava de pé no meio da sala, com ar de perdida.

"Oi."

"Oi."

"Como foi a viagem?"

"Ótima. Como está Atlas?"

"Reagindo. Você pode ir visitá-lo a qualquer hora."

"Como está sua avó?"

"Também está melhor, obrigada."

"Vou dar uma passadinha no hospital."

"Ótimo, acho que Atlas precisa de companhia. Vou para lá mais tarde."

"Claro, claro. Podemos pedir uma pizza e alugar um filme hoje à noite."

"É, boa ideia."

"Janey...?"

"Sim?"

"Onde estão nossos móveis?"

Havia um bilhete. Nos filmes, sempre há um bilhete. Nada de histórias mal resolvidas. Para ser sincera, eu já sabia o que o bilhete dizia antes de lê-lo e, embora ele oferecesse uma explicação, não havia razões, nem uma única. Pior ainda, era de Daniel. Nem por meio de cartas Jill falava comigo. Ou conosco.

> Queridas K e J,
>
> Não se preocupem — está tudo bem. Mas esta situação, se é que funcionou um dia, não está funcionando mais. Jill vai morar comigo. Fomos feitos para ficar juntos e sabemos disso agora. Vocês já devem ter notado que levamos a maior parte das coisas dela. Sabemos que vocês dividiam os móveis, mas achamos que Atlas deve ter o máximo de coisas que o façam lembrar de casa nessa transição. É claro que ele vai ficar conosco, e sei que vocês gostariam que ele ficasse o mais confortável possível. Entraremos em contato logo, vamos dizer onde estamos e como vocês podem entrar em contato, mas não agora. Acho que todos concordamos que precisamos de espaço. Eu aprendi, mais do que vocês imaginam, que o tempo e a distância podem curar todos os problemas.
>
> Até breve, Dan (e Jill)

"Que cretino", disse Katie.

Foi então que o abençoado telefone tocou. Nós duas pulamos para atender, com medo de que fosse do hospital e as coisas tivessem piorado, que Jill estivesse telefonando arrependida, para se desculpar, para fazer as pazes, ou temendo que a polícia tivesse resolvido me prender, no final das contas. Mas era meu pai, que tinha telefonado para dizer que minha avó tinha falecido.

35

Os judeus enterram seus mortos quase que imediatamente — em vinte e quatro horas, se possível —, uma prática sensata em um clima quente, numa época em que não existiam refrigeradores, mas um transtorno hoje em dia. Funeral, comida, velório, servem de distração, creio, mas quem realmente tem energia, disposição e capacidade de concentração a essa altura? Minha avó não se importaria, disse a mim mesma. Eu não me importava. Era muita coisa para fazer, resolver, e não sobrava quase tempo para dizer adeus. O argumento de minha mãe era que minha avó gostaria que tudo fosse feito conforme o figurino, e que um dia eu saberia apreciar uma semana inteira ouvindo as pessoas se recordando de uma mulher que eu ainda não tinha aceitado como morta.

Sob protestos, Katie me levou de carro até em casa. Ela não me considerou apta a dirigir ou a ficar sozinha, e como teria que ir ao funeral no dia seguinte, era melhor ir logo. No caminho, falamos de Atlas, Jill, Daniel e nós, mas nem uma palavra sobre minha avó. Horas depois, na mesa da cozinha dos meus pais, no meio da noite, nós quatro comemos bolo de chocolate, falamos dos planos de casamento e nos refestelamos com outras distrações, fugindo da realidade. Mais tarde ainda, quase de manhã, acordando de um sono que mal era sono, percebi aterrorizada que não tinha ninguém para me substituir na aula daquela manhã. Liguei para Ethan, desculpando-me imensamente por acordá-lo, e perguntei se ele poderia combinar as duas aulas novamente ou pelo menos avisar meus alunos sobre o que havia acontecido. "Não posso", ele disse sonolento. "Tenho que ir a um funeral amanhã."

Ele chegou com Jason, Lucas e Peter. Nico também foi, sem Caroline, e vi Diane, sozinha, no fundo da sala. Minha mãe olhou para todas aquelas pessoas e sussurrou: "Tem um monte de gente que te ama aqui". Não respondi porque se eu abrisse a boca não ia conseguir fechar. E porque era mal-educado admitir que meus amigos não importavam sem minha família — sem minha avó e Atlas.

Não posso descrever a cerimônia porque não consigo me lembrar de nada devido a todo o esforço para segurar o choro e aplacar minha mente. O enterro foi rápido, iluminado por um sol ofuscante, flores desabrochando e um dia lindo que teimava em alegrar os procedimentos. Passaram o kadish em hebraico fonético para que todo mundo pudesse ler, mas eu não li. Todas as pessoas deviam jogar um pouco de terra sobre o caixão, mas eu não joguei. Depois tínhamos que observar o caixão ser baixado à terra, mas permaneci olhando para os meus pés. Ouvi minha mãe chorando, cercada pelos amigos dela. Notei a presença de Ethan quando ele passou o braço pelas minhas costas, mas fingi que não e fiquei parada, sem me mexer ou admitir que ele estava li. Ethan não pareceu se importar com aquela demonstração de apatia. Também não pude deixar de notar, ao nos afastar, os sujeitos de macacão — não é possível que ainda sejam chamados de coveiros, mas por outro lado não podiam se parecer mais com coveiros se tivessem comprado os uniformes em uma loja de fantasias —, que já estavam — que audácia — jogando terra para tapar o buraco deixado pela minha avó, como se tal coisa fosse possível. E enfim, quando entrei no carro, os vi usando uma estranha engenhoca com roldanas e correias para baixar uma tampa gigantesca sobre o túmulo. Quando a tampa tocou a terra, o chão tremeu a dez metros de distância, de tão pesado que era. Devia ser para que ela não escapasse, mesmo se virasse um vampiro. E foi então que vomitei dentro do carro.

Na casa dos meus pais, bandejas de salgadinhos apareceram do nada. E, como Nick Carraway disse em *O grande Gatsby*, em meio à bem-vinda confusão de xícaras e bolos certa decência física se estabeleceu. As pessoas seguiram em frente. Elas pensaram: pronto, uma coisa a menos. Que cerimônia adorável... o que será que temos de sobremesa? Diziam uns aos outros: coitada dessa família, que tristeza... e você, como vai? As coisas são assim. Não fiquei chateada. Para dizer a verdade, se alguém me pedisse para falar de minha avó, acho que eu vomitaria de novo, por isso estava agradecida. Fiquei sentada do lado de fora, num cantinho tomando sol; minha estratégia era ficar bem quietinha, para que ninguém me importunasse.

Katie veio se sentar ao meu lado, trazendo um refrigerante, um sanduíche e uma bolacha, e me mostrou o celular. Duas chamadas perdidas de Jill. Atlas! Entrei em pânico, sentindo ânsia de vômito de novo.

"Tudo bem, não precisa comer nada, mas pelo menos tome um pouco de refrigerante."

"Você ligou de volta para ela? Pode ter acontecido alguma coisa com Atlas."

"Tentei, mas ela não atendeu. Se fosse algo ruim, teria deixado uma mensagem."

Não acreditei muito nisso, mas deixei para lá. O que eu poderia fazer?

"Volte lá para dentro", insisti com Katie. "Você tem que comer alguma coisa."

"Estou muito bem aqui fora com você."

"Quero ficar sozinha."

"Ninguém vai nos encontrar aqui."

"Não, eu quis dizer sozinha."

"Nós estamos sozinhas", disse Katie.

Também deixei isso para lá, pelo mesmo motivo.

Ficamos sentadas ao sol por algum tempo. Arranquei pedacinhos de grama e fiz uma pequena pilha. Katie inspecionava a pele bronzeada em volta das tiras da sandália, que fazia com que seus dedos parecessem sujos. A porta dos fundos se abriu e nem olhei para ver quem era, porque não havia ninguém que eu quisesse ver, mas foi pior que isso.

"Por que vocês não atendem o telefone?", começou Jill.

"Você veio!", observou Katie.

"Eu teria avisado que vinha se vocês atendessem o telefone."

"Desliguei o celular durante a cerimônia. Por que não mandou uma mensagem?"

"Eu estava dirigindo."

"Você poderia ter parado em algum lugar."

"Eu estava com pressa, estava atrasada."

"Você perdeu a cerimônia."

"Tinha uma fila enorme na fronteira."

"Poderia ter mandado uma mensagem de lá, então."

"Da fila na fronteira?"

"É."

"Nem pensei nisso, estava distraída."

"Eu liguei para você."

"Sério? Não ouvi o telefone tocar."

"Você estava ouvindo música? Muito alto?"

"Não estava assim tão alta. Eu estava..."

"Como está Atlas?", interrompi.

Jill olhou para mim como se tivesse esquecido que eu estava ali; olhou como se tivesse esquecido se estava falando comigo ou não. "Mesma coisa. Mas os médicos dizem que ele está reagindo à medicação conforme o esperado."

"Ele está sozinho?" Afinal, estávamos todos ali.

"Daniel está com ele."

“Sozinho?”, Katie e eu berramos juntas.

“Com toda a equipe do hospital. Além do mais, ele tem que começar a conhecer o filho.”

Aceitei essa explicação também, pelo mesmo motivo.

“Eu sinto muito”, disse Jill, finalmente. Finalmente.

“Estava na hora”, eu disse.

“Não, não estou me referindo àquilo”, ela retrucou. E mais carinhosa: “Sinto muito quanto à sua avó. Ela era uma mulher extraordinária. Uma avó extraordinária, uma bisavó extraordinária.”

“Ah...”, respondi. “Obrigada.” E, calmamente, disse: “Obrigada por vir. É bom tê-la aqui, minha avó gostaria que você estivesse aqui”.

“Não seja ridícula”, disse Jill. “É claro que eu viria.”

Ao anoitecer, estávamos na troca de turnos. Jill foi para casa ficar com Atlas e Daniel. Acho que foi gentil da parte dela dirigir até lá só para dar meia-volta e dirigir tudo de novo. As pessoas que passaram o dia conosco começaram a ir para suas casas, e aquelas que tinham passado o dia no trabalho — então chegaram em casa, jantaram e colocaram as crianças na cama — estavam começando a chegar. Meus pais tinham muitos amigos. Minha avó tinha muitos amigos. A presença dessas pessoas deveria ter sido um conforto para mim, mas não era.

Minha mãe me chamou do quarto dela.

“Encontrei isto na casa dela.” *Casa*. Como o apartamento da minha avó havia se transformado em *casa* assim tão rápido? Era uma linda caixinha de madeira amarrada com uma fita branca, trazendo um post-it com meu nome, na caligrafia da minha avó.

“O que é isso?”

“Não sei, você tem que abrir.”

Virei a caixinha para cima e para baixo, sacudi, virei-a de novo. “Acho que ainda não.”

Minha mãe suspirou. Entendido. Muito cansada para dizer alguma coisa. Qualquer coisa.

“Isso é tudo o que ela deixou pra mim?”

“Tem milhares de coisas na casa dela, você pode pegar o que quiser. Sei que ela queria que você ficasse com algumas joias, louças e a prataria. Um dia vamos ter que ir lá e separar tudo.”

“Mas esta caixinha deve ser o que ela mais queria que ficasse comigo.”

“Talvez ela só quisesse se lembrar de te dar quando a encontrasse, por isso colocou esse post-it.”

"Talvez."

Será que a morte é sempre assim, repentina? Por definição?

Ethan e eu nos aproveitamos da calmaria e fomos correr. Para que eu não explodisse. O sol ia se pôr, a temperatura estava agradável, com uma brisa leve, os aromas de verão, e o mundo que continuava, obviamente, a girar. Passamos pelas pessoas que continuavam vivendo suas vidas — cozinhando, cuidando do jardim, brincando com crianças, conversando com os vizinhos, lendo na varanda. Eu invejava essa normalidade mais do que tudo. As avós dessas pessoas não tinham morrido; seus bebês não tinham quase morrido, não tinham sido roubados por suas melhores amigas.

"É reconfortante ver todas essas pessoas normais, com suas vidas normais", eu disse, respirando com dificuldade enquanto desacelerávamos a marcha a caminho de casa.

"O que você quer dizer?"

Expliquei que as avós daquelas pessoas ainda estavam vivas, que seus bebês não tinham sido levados por outra pessoa.

"É bem provável que as avós dessas pessoas não estejam mais vivas", disse Ethan.

"Como assim? Olhe só para elas, estão felizes."

"Quem?"

"As pessoas." Gesticulei em direção às pessoas em geral, que naquele exato momento se limitavam a uma senhora sentada na varanda fazendo palavras cruzadas.

"Tenho quase certeza de que a avó dela já morreu", disse Ethan.

"Então por que ela está tão feliz?"

"O que faz você pensar que ela está tão feliz?"

"Ela está assoviando."

"Vai ver ela gosta de assoviar."

"Pode ser..."

"E provavelmente não aconteceu ontem."

"E não foi tão repentino."

"Como assim?"

"Quero dizer que não teria sido tão difícil se houvesse algum tipo de aviso, se não tivesse sido tão repentino. Pela manhã ela estava ótima, mas à tarde estava morta."

Ethan parou de correr e ficou olhando para mim, com as mãos no quadril, como se eu fosse maluca.

"Janey", ele disse calmamente, "avisei meus alunos semana passada que havia uma grande probabilidade de que eu perdesse uma aula esta semana por causa de um funeral. Eu já tinha passado o trabalho final para eles e tudo o mais."

"Como é que você sabia?"

"Querida..." Ele nunca tinha me chamado assim, então eu sabia que coisa boa não viria. "Ela tinha oitenta e sete anos, estava com câncer de pulmão, conversou com você sobre a morte, sobre seus últimos desejos, e tudo o mais. Você pareceu tão... arrasada quando chegou em casa. Achei que... que não ia demorar muito."

Eu estava chocada, petrificada. "Mas eles disseram que ela ia ficar bem."

"Eles quem?"

Foi quando me toquei — eu não conseguia me lembrar. "Mas eu não estava ao lado dela, ela não tinha piorado, não tinha entrado em coma. Ela não teve de ser levada às pressas para o hospital."

"Às vezes as coisas não são assim."

"Eu não pude nem dizer adeus."

"Você disse, sim", respondeu Ethan, mas eu não estava convencida disso. "Ela teve muita sorte, sob vários aspectos. Foi rápido, ela estava dormindo. Não sofreu muito. Ela não teve que passar pelo sofrimento de ver a família lidando com a morte dela. Foi melhor assim."

"Então é assim? Ela estava velha, morreu enquanto dormia, e isso é uma coisa boa? Eu deveria estar agradecida?"

"Eu sei que é muito triste e que você está arrasada, Janey. Você vai sentir muito a falta dela. Mas ela não teve nem que começar a sentir dor. Sabia que aquele momento ia chegar, mas não teve que conviver com essa ideia por muito tempo, e isso é uma coisa boa, sim."

Eu não conseguia olhar para ele. "Ela não sabia que a hora estava chegando. Colocou um post-it para se lembrar de me entregar uma caixinha da próxima vez que me encontrasse."

"E o que tinha na caixinha?"

"Não sei."

Caminhamos em silêncio até em casa. Quando eu ia entrar, ele me puxou pelo braço.

"Janey, desculpe. Eu estava tentando fazer você se sentir melhor, não pior, não sei o que estou dizendo, não fiz por mal. Eu só estava falando."

"Eu sei."

"Eu só quis... você disse que invejava as outras pessoas que pareciam tão felizes, e eu só quis explicar que elas também perderam alguém que amavam, mas se recuperaram. E você vai se recuperar também. Dessa história com Atlas e com sua avó."

"Eu não perdi Atlas."

"Não foi isso que eu quis dizer. Olha, eu só estou piorando as coisas, desculpe. Era tudo o que eu queria dizer."

Ele tentou me abraçar, mas eu me desvencilhei e entrei em casa para tomar um banho.

Mais tarde naquela noite, levei a caixinha da minha avó comigo para o banheiro. Katie e eu estávamos dormindo na cama de casal do quarto de hóspedes. Eu não queria acordá-la, mas eu tinha que saber. Abaixei a tampa do vaso, sentei e segurei em minhas mãos o último presente que ela me dera, sua última intenção em relação a mim, mas minha capacidade de entender aquilo tudo se esvaía. Coloquei o post-it cuidadosamente no bolso do roupão. Desamarrei o laço com cuidado. A tampa tinha uma dobradiça. Abri-a com muito, muito cuidado e delicadeza. Havia um bilhete, em um envelope minúsculo, com meu nome. Dentro do envelope havia um papelzinho quadrado verde e branco, cuidadosamente dobrado ao meio. Parecia ser um papel de embrulho. Os garranchos de minha avó diziam: "Eu não disse? Você vai ter que entregar esses presentes por mim. Saudades, minha querida! Adivinha quem?".

No envelope pequenininho estavam as abotoaduras e o relógio do meu avô.

36

Fui para o meu quarto, onde Ethan dormia na cama de solteiro que um dia tinha sido minha. Esgueirar-se por seu quarto de criança não é uma boa ideia, por vários motivos. Primeiro, porque estamos acostumados a escapar dele na surdina, e não a entrar. Em segundo lugar, há uma conotação desagradável de querer voltar ao útero, ou pelo menos à infância. Certamente, a ideia de voltar a ter cinco anos era tentadora naquele exato momento. Eu invejava minha vida regressa. Tudo era tão simples. Olhei para as paredes do quarto e me lembrei da minha avó e da minha mãe, rindo de mim enquanto eu vistoriava todas as amostras de papel de parede da loja. Depois me lembrei de quando elas não acharam mais graça, atravessaram a rua para almoçar e me deixaram sozinha com aquela decisão difícil. Valeu a pena, no entanto, pois aquelas tulipas vermelhas e roxas em fundo creme continuavam na moda. A menina ao meu lado que tinha insistido em sua escolha, sob os protestos da mãe, provavelmente tinha ficado com *Meu pequeno pônei* nas paredes para sempre. Ou vai ver que os pais dela trocavam de papel de parede com mais frequência que os meus.

Meu quarto, minha cama. Uma das minhas primeiras memórias é dos meus pais trazendo aquela cama e levando o berço embora. Eu não queria me livrar do berço, achando que os bichos de pelúcia, que moravam ali, teriam de ir junto. Meu pai então me mostrou que eu podia entrar e sair da cama quando quisesse, como uma mocinha. Ele deve ter se arrependido logo, porque passei muitas madrugadas dos três anos seguintes no quarto deles, mas eu amei aquela cama logo de cara. A melhor parte da volta das férias, da faculdade e mesmo da pós-graduação era poder ir para a minha cama.

E agora tinha um homem ali. Que coisa mais perturbadora. Tenho apenas cinco anos! Eu o sacudi.

Ele se levantou imediatamente. "Janey?", sussurrou.

"Quem mais?"

"Você me assustou."

"Desculpe. Chega para lá."

"Para onde? Não tem espaço aqui. Esta cama é pequena."

Empurrei ele de qualquer maneira, tirei o roupão, e me deitei ao lado dele de camiseta.

"Foi isto que minha avó me deixou", sussurrei, recostando-me na cabeceira e mostrando-lhe a caixinha.

"O que é isso?"

"São abotoaduras para Atlas. E algo para você."

"Para mim?"

"Ela achou que você ia gostar disso, e você vai."

"Por que eu?"

"Ela acha que nós vamos nos casar."

"Ah, é verdade. Eu tinha esquecido." Ethan não disse mais nada, tentando processar essa informação, ou pensando em uma resposta. "Bem", ele respondeu finalmente, "acho que devo dar uma olhada."

Ethan abriu a caixa, tirou o relógio e o segurou diante da luz que vinha da rua. "Uau, adorei. Ela estava certa."

"Ela queria que eu guardasse porque achava que não estaria mais aqui quando você estivesse pronto para receber isso. Ela estava certa. E você também."

"No que eu estava certo?"

"Não foi repentino. Ela sabia." Mostrei o bilhete a ele.

"Sinto muito mesmo, Janey."

"Por quê? Eu é que estava chateada, errada, e fui grosseira. Você foi gentil, legal e estava certo."

"Bom, desculpe por estar certo."

Ficamos sentados assim no escuro por um tempo, sem dizer nada, quase flutuando.

"Acho que devemos ir dormir", ele murmurou, dando-me um susto. Eu tinha me esquecido de que ele estava ali. Acho que adormeci com a cabeça encostada na cabeceira.

"Tá bem", respondi, mas não saí dali. Eu já estava na minha cama, afinal de contas.

Ele segurou meu rosto entre as mãos e apoiou a testa contra a minha.

"Você não teve uma semana muito boa", ele disse.

"Não", concordei.

"E a semana que vem não vai ser muito melhor."

"Não", concordei de novo.

"Talvez comece a melhorar na outra semana."

"Espero que sim."

E ele me beijou. Muito de leve no início, quase nem percebi que estivesse sendo beijada, depois mais um pouquinho, e sim, eu estava sendo beijada, sem dúvida nenhuma. Depois ele abriu a boca, e eu abri a minha, e nós as fechamos novamente como se tivéssemos mudado de ideia e fôssemos dizer que não deveríamos fazer aquilo e depois de novo para explorar um pouco mais e ver no que dava. E depois uns beijinhos de lado e outros em que ele passou as mãos do meu rosto para o meu pescoço e de volta ao rosto. E ele parou um pouco e se afastou do meu rosto e colocou as mãos no meu cabelo e olhou para mim por um longo tempo e me tocou delicadamente, um pouco triste, olhando e olhando. E sorrimos. E começamos a nos beijar novamente, como o beijo número dois, sabendo que estava mesmo acontecendo e era sério, não era por acaso... E ficamos assim por um tempo, um longo tempo, porque a primeira vez não se repete, e beijos roubados não são tão frequentes e não devem ser apressados. E esperando, e respirando, e respirando, e ouvindo, percebendo meu coração batendo (muito rápido) e minha respiração (muito superficial), sem pensar em mais nada, absolutamente mais nada.

Em algum momento, o que se há de fazer? Mais. Ou menos. Ir embora ou ficar.

"Eu sei que já disse isso antes, mas... acho que devemos mesmo ir dormir", sugeriu ele. "O sol já vai nascer."

"Não posso dormir com um garoto na minha cama."

"Tudo bem", Ethan disse. E ele se deitou de costas, e eu me deitei sobre ele (a cama era realmente muito pequena), e dormi pela primeira vez depois de muitos dias.

Poucas horas depois, voltei para a cama com Katie enquanto Ethan — e todo mundo — ainda dormia. Tentei ficar naquele estado entre a vigília e o sono, meio atordoada por aqueles beijos e suas implicações, ligeiramente entorpecida e tentando não pensar em minha avó, Jill, Atlas, pronta para voltar àquele sono límpido das manhãs de verão em que já está claro do lado de fora mas ainda é muito cedo para se levantar. Meu corpo finalmente havia dormido e agora queria mais, mas não era para ser assim. Deitada com a cabeça no travesseiro, fechei os olhos e teria caído no sono em minutos se Katie tivesse permitido. Apoiada no cotovelo, ela cochichou nos meus ouvidos: "Janey, o que está acontecendo entre você e Ethan?".

Não me movi e não abri os olhos, fingindo estar em sono profundo, tentando manter o sono perto de mim. "O que fez você pensar nisso a essa hora da manhã?"

"Você mesma, quando se esgueirou para a minha cama às cinco da manhã, como se eu não fosse notar. Onde mais você estaria?"

"Ah, é?"

"É, sim."

"Eu podia estar no jardim, chorando. Podia estar lá embaixo na sala, vendo TV, sem conseguir dormir. Podia estar na cozinha comendo alguma coisa."

"Você não come quando está triste. A janela está aberta, eu teria ouvido você chorando no jardim. Lucas e Jason estão dormindo no sofá na sala. E está na cara que tem alguma coisa acontecendo entre vocês dois."

Mantive os olhos fechados mas não consegui deixar de rir.

"O que faz você pensar assim?"

Ela se recostou nos travesseiros, também rindo. "O último mês da minha vida. Ver como ele olha para você. Ver como você olha para ele. Morar na mesma casa que você. Estar viva."

Contei a ela sobre a caixinha da minha avó, sobre como a abrimos no meio da madrugada, sobre o relógio e minha necessidade súbita de entregá-lo a ele. "Aí ele me beijou."

Katie soltou um gritinho. Um gritinho alto. Tapei a boca dela com minha mão.

"E aí?"

"Você sabe, você o beijou."

"Eu esqueci, conte tudo."

"Não." E depois: "Foi bom. Foi muito bom".

"O que isso quer dizer?"

"Não quer dizer nada." E depois: "Não sei o que quer dizer. Desculpe, Katie".

"Por quê?"

"Porque beijei seu ex-namorado. Essa é a regra número um dos namoros. Não beijar o ex-namorado de uma amiga."

"Essa regra é *sua*, não minha. Eu acredito em avaliar os namorados das minhas amigas primeiro."

"Mesmo assim."

"Se eu tivesse continuado com Ethan, não teria encontrado Peter."

"Mesmo assim."

"Eu acho isso maravilhoso, estou muito feliz por você. Por vocês dois!"

"Se você quiser, posso parar com essa história aqui e agora, não preciso continuar." Ela me olhou desconfiada, como se eu fosse uma viciada dizendo ser capaz de parar a qualquer momento. "Não posso perder outra amiga. E você é minha melhor amiga. Nada justifica perder você."

"Você não perdeu Jill", explicou Katie. "Nós a perdemos."

"Por que ela levou Atlas embora e nem sabemos para onde?"

"Ela surtou", disse Katie. "Mas não foi por isso que nós a perdemos. E você nunca vai me perder. Não por causa de um cara, com certeza." Ela ficou em silêncio. Pensei que íamos voltar a dormir, mas ela perguntou: "Por que sua avó deixou um relógio para ele?".

"Tem uma bola de beisebol no relógio. Era do meu avô. E ela acha que nós vamos nos casar."

Katie gritou de novo. "Vamos ter um casamento duplo!"

"Katie, você perdeu a cabeça", eu disse.

Alguém bateu na porta. Jason enfiou a cabeça no quarto.

"Ouvi uns gritinhos", ele disse. "Podem ir contando a fofoca."

"Vá embora, Jason, não tem fofoca nenhuma. Estamos tentando dormir."

"Você e Ethan..."

"Não!", eu disse. E depois: "A gente se beijou". E depois ainda: "Como é que você sabe?".

"Ah, Janey, está na cara, né?" Ele revirou os olhos. "Até Lucas percebeu. Pode começar a contar tudo."

Bateram na porta de novo. Ethan enfiou a cabeça no quarto, com os olhos vermelhos, os cabelos arrepiados. "O que está acontecendo aqui? Por que tanto barulho? São cinco horas da manhã."

37

Pouco depois, Ethan voltou para dar aula. Katie e Peter, Jason e Lucas também foram para casa — para trabalhar, cozinhar, organizar um casamento, dar minhas aulas por mim e continuar com suas vidas. Embora Katie sentisse falta de Atlas e tivesse prometido que ia falar com Jill e exigir que... exigir alguma coisa, eu já a via se afastando de nossas vidas. Ela ia se casar em uma semana, começar uma vida nova, pensar em ter filhos. Como ela tinha certeza de que ia se casar — com um homem, não com as companheiras de casa — e que teria seus próprios filhos — não o da amiga —, talvez estivesse mais disposta a deixar tudo para trás. Será que ela amava Atlas como uma babá? Amava a mim e Jill como colegas? Como podia deixar tudo isso para trás para ficar com um cara que ela tinha conhecido havia apenas um mês? Para mim aquilo era impensável.

Impensável, mas não impossível. E impensável no sentido de que eu não conseguia mesmo pensar naquilo. Eu tinha minha própria bagagem a empacotar. Embora meu pai quisesse estender o aluguel do apartamento da minha avó por mais um mês, para nos dar tempo de encontrar outro lugar para as coisas dela ou jogar tudo fora, minha mãe queria acabar logo com tudo, acrescentando dor lancinante a mais dor lancinante, em vez de dor lancinante ao que seria, dali a cerca de um mês, ausência dolorosa, resignação entorpecida e arrependimento. Foi horrível.

Objetos não parecem romances, mas são. Se eu estivesse dando aula, estaria explicando isso a meus alunos. Como não estava, eu me distraía com esses pensamentos enquanto empacotava. Os objetos não existem por si sós. Eles não existem se não pertencerem a alguém, e por pertencer a alguém têm uma história. Algumas dessas histórias são notáveis. "Meu pai trouxe esses castiçais para minha mãe de Paris, quando ele ficou alocado lá durante a Guerra", contou minha mãe enquanto embalava os candelabros em plástico bolha. "Ele costumava contar, rindo, que os outros homens compravam perfumes ou joias para as mulheres e riam dele, mas que ele contou como minha mãe ficava linda à luz de velas, e, embora eles fossem grandes e pesados, ele os carregava para tudo quanto era canto, imaginando como iluminariam o rosto dela quando ele finalmente voltasse para casa."

Outras coisas, muito mais ordinárias e cotidianas, também têm histórias que valem a pena ser contadas. "Temos que guardar essas coisas monstruosas?", perguntei, puxando das janelas as cortinas de veludo verde vômito com flores laranja enormes bordadas.

"Argh, não, pode jogar fora", respondeu minha mãe. "Ela as achou na caixa de saldos numa loja em liquidação e achou o preço irresistível, você conhece sua avó. Eu disse que as cortinas eram horrorosas, mas ela falou que estava velha e que não ia viver tempo o bastante para gastar dinheiro com cortinas."

"Quando foi isso?", perguntei.

"Acho que mais de quinze anos atrás", disse minha mãe, rindo. Mas então ela desatou a chorar, arrependida por não ter lhe dado cortinas mais bonitas de presente de aniversário ou algo assim.

"E a mesa de carteado?", perguntou meu pai.

"Ponha no corredor", disse minha mãe. "Mary e Mabel sempre jogavam aqui com ela, e provavelmente não têm uma mesa na qual jogar." E nos lembramos de minha avó jogando bridge e sendo a anfitriã perfeita, até sua última semana na terra. "Dê-lhes os pratinhos de aperitivos também", acrescentou minha mãe. "Elas vão precisar." Exatamente como em um romance. Mesas de carteado como desenvolvimento de personagem. Candelabros como memória.

Entre as sessões de limpeza e empacotamento, voltamos à nossa casa, e as pessoas vieram, comeram, lembraram, esqueceram. Os judeus fazem isso — observam a shivá, passando a semana recebendo visitas e ouvindo reminiscências, além de empanturrar todo mundo de comida. De certa forma é muito legal — essa insistência de que não, ainda não estamos prontos para seguir em frente. Mas também é muito tempo olhando para as mesmas caras tristes, lembrando as mesmas histórias e comendo rosquinhas. Passei quase toda a semana ajudando meus pais, visitando amigos deles e parentes distantes, colocando e tirando comida de potes de plástico de hora em hora, e tentando me convencer a enfrentar esse mundo novo. Nico veio uma noite e fomos dar uma longa caminhada.

"O que vou fazer sem ela?", perguntei.

"Você não está sem ela. Sempre terá as memórias, a sabedoria dela. Sempre que cozinho para o Natal ou outra ocasião especial coloco na geladeira uma foto de minha avó de avental, envolvendo-me com um braço e sacudindo uma colher enorme com o outro."

"Quando ela morreu?" Eu não tinha conhecido os avós de Nico. Quando o conheci, eles já tinham morrido.

"Eu ainda estava no fundamental. Mas aquela foto... ter cozinhado com ela naquele dia é uma das minhas recordações mais antigas. Foi naquele dia que ela me deu o melhor conselho culinário que já recebi. Eu queria adicionar um saco inteiro de gotas de chocolate aos biscoitos que estávamos preparando. Ela me disse: 'Você sempre pode colocar mais, o que não pode é colocar menos'."

"Então é daí que veio isso?", eu ri. "Penso sempre nisso quando cozinho." E admiti: "Acho que tive muita sorte por ter tido minha avó por tanto tempo. Eu não a perdi quando era tão novinha como você".

"É, mas acho que isso é bobagem", disse Nico. "Você teve mais tempo com ela, mas em compensação sofre mais. Foi triste não ter podido passar todos esses anos com minha avó, mas, por outro lado, quando ela morreu eu tinha doze anos. Fiquei triste, mas também queria ir brincar com meus primos no jardim e esquecer aquilo tudo, e foi o que fiz. Foi mais fácil pra mim, sob esse aspecto."

Pensamos nisso por um tempo. E, pouco antes de voltar para casa, Nico segurou minha mão.

"Tenho mais uma coisa para contar", ele disse. "Caroline está grávida."

Eu o abracei. Disse que estava muito feliz pelos dois e que ele seria um pai maravilhoso. Ele seria mesmo, mas eu não estava no clima pra isso. Eu estava numa fase completamente antibebês, antifamília.

"Gostaríamos que você fosse a madrinha", ele disse.

"Mas eu não sou católica."

"Tudo bem. Nós nem somos casados, acho que o fato de a madrinha ser judia vai ser o menor dos problemas para a Igreja. Na verdade, os critérios para madrinha são apenas dois: tem que ser sua melhor amiga e a pessoa que você gostaria que criasse seu filho se você e sua mulher morresse. Essa pessoa é você."

"Por que eu?"

"Porque você é minha melhor amiga. E uma ótima mãe."

"Eu não sou mãe", respondi.

"Mas tem sido uma mãe. E vai ser um dia."

Bufei. "O que faz você pensar assim?"

"Você é minha melhor amiga. E uma ótima mãe", ele insistiu.

Mais tarde naquela noite, Ethan me telefonou. Para saber como eu estava. Para me contar as novidades em casa. E para me dizer isto:

"Não quero deixar você nervosa, mas nós nos beijamos."

"Eu percebi", sussurrei, para não acordar meus pais. "Eu estava lá também. Foi bom."

"Eu também achei." Ele estava sussurrando também, mas não sei por quê. "E meio maluco."

"Como assim?"

"Não sei."

"Concordo, mas também não sei."

"O que você quer fazer a respeito?", ele perguntou.

"Quero fazer mais."

"Acho uma ótima ideia", Ethan respondeu. "Vamos colocá-la em prática quando você voltar." Depois não dissemos mais nada por algum tempo, ficamos apenas sentindo nossos corações se dilatando com o eco de nossos suspiros, da lembrança daqueles beijos e da promessa que tínhamos acabado de fazer de que haveria mais. Por fim, ele murmurou: "Você quer que eu vá para aí? Para fazer companhia, dar uma força?".

"Não, pode deixar, vou voltar para casa amanhã. As coisas estão confusas aqui. Mas obrigada."

"Mais uma coisa, Janey. Tenho um casamento este fim de semana — uma ex-namorada vai se casar — e gostaria que você fosse comigo."

"Claro", respondi.

38

Quando cheguei em casa, restavam apenas dois dias para começar e terminar a parte de romances do curso. Katie tinha dado a introdução, e ela e Ethan tinham distribuído tópicos para discussão, mas ainda havia muita coisa. Aquele não tinha sido um bom curso de verão para mim, mas eu teria outro para compensar. Em troca de sua ajuda frequente, eu daria as aulas de Katie enquanto ela estivesse em lua de mel. Quem poderia imaginar, em outubro, quando nos inscrevemos para o curso de verão, que minha avó faleceria no meio do meu e Katie casaria no fim de semana antes do curso dela começar? Quando fiz essa pergunta a Ethan, ele comentou que na verdade as duas coisas eram bastante prováveis. Tudo bem, mas não era sobre isso que eu estava falando.

O que eu queria dizer, conforme discutia com meus alunos, era que, obviamente, sabemos que o que acontece em um romance é importante, pois é por isso que lemos a história. Cada dia, cada momento tem sua própria história, mas a maioria deles é entediante. O romance seleciona esses momentos obscuros e os arranja em uma narrativa límpida e interessante. Quando eu era criança, achava muito pouco provável que o menino pobre que conhecera no primeiro capítulo fosse exatamente o menino que ia abrir a barra de chocolate e descobrir o último bilhete dourado. Entretanto, não é isso que importa. Uma história em que um menino abre uma barra de chocolate, não encontra bilhete nenhum, come e vai para casa não vale a pena ser contada, e é por isso que não a encontramos nos romances. Se aquele menino fosse para casa e encontrasse um coelho púrpura comendo seus sapatos dentro do armário, isso seria notável, e íamos querer ouvir essa história.

Meus alunos acharam isso tudo muito óbvio, mas essa é uma das dificuldades de entender um romance completamente. Com frequência somos atraídos pela promessa de um romance que trata de nós, e de fato reconhecemos pessoas como nós, mas suas vidas são tão empolgantes, tão devastadoras e improváveis, tão repletas de complicações, importância e coincidências, que deixamos de nos identificar com elas. Sabemos que o narrador não vai nos contar sobre o verão em que nada acontece; ele vai nos contar sobre o verão em que tudo acontece, em que tudo muda. No final das contas, talvez essa palavra — mudança — seja o ponto principal do romance. Não o que aconteceu, ou por que aconteceu, mas o que mudou e o que aprendemos por conta disso. E esse "nós" é muito abrangente. "Nós" somos os personagens principais, o narrador, os personagens secundários, os detalhes, o autor, e, talvez mais importante ainda, os leitores. Porque o leitor também esteve nessa jornada. Mas a jornada é só metade da batalha. A outra metade — a metade que fica com a gente — é descobrir o que aprendemos ao longo do caminho.

Meus alunos me receberam como velhos amigos, e não estou sendo apenas metafórica. Eles sentiam muito por minha avó, perguntaram por meus pais e queriam saber como eu estava. Estavam preocupados com Atlas. Perguntaram sobre os preparativos para o casamento de Katie (do qual sabiam um monte de coisas). Levando-se em conta que eram pessoas de quem eu não era amiga propriamente dita (eles estudavam; eu dava as notas) e que eu tinha conhecido todos ao mesmo tempo apenas algumas semanas antes, eles sabiam um monte de coisas sobre a minha vida. Às vezes isso acontece em sala de aula, com alguns grupos. Especialmente nos cursos de verão — que são curtos, íntimos, intensos — e sobretudo, ao que parece, durante cursos de verão em meio a crises. Ter três professores — sendo que qualquer um deles poderia aparecer a cada dia — poderia ter deixado os alunos confusos, mas aparentemente isso só serviu para nos aproximar ainda mais. Quando eu dava os últimos detalhes sobre o fim do curso — prazos, onde deixar os trabalhos, como pegar as notas —, Eliza Alford, falando pelo grupo todo, levantou a mão, entre risos, e perguntou: "Posso perguntar só mais uma coisa? O que está acontecendo entre você e Ethan?".

Não consegui conter um sorriso, mas me abstive de responder a pergunta.

Em casa, Katie, Jason e Peter estavam empacotando as coisas de Katie, pois é claro que, como ia se casar, ela não ia mais morar comigo, algo de que eu devia ter me tocado muito antes. Eles também estavam empacotando as coisas que tinham ficado de Jill e Atlas. Fiz com que parassem. Eles podiam jogar as coisas de Jill pela janela, mas Atlas poderia — iria — voltar, e quando isso acontecesse ele ia precisar das mantas, dos brinquedos e dos livros. Jill e Daniel não tinham entendido nada quando acharam que levar os móveis de Atlas para uma casa nova com gente estranha fosse torná-la mais familiar para ele, como se Katie e eu não fôssemos também parte da casa. Mesmo assim, ele precisaria das coisas dele quando voltasse e me recusei a embrulhá-las e enfiá-las em uma caixa. Eu já tinha feito muito disso naquela semana e não ia fazer de novo. Resolvi ir para cima corrigir trabalhos.

Mais tarde, alugamos filmes e falamos de casamentos, pedimos pizza e nos sentamos no chão da sala, já que não tínhamos mais móveis, e amarramos alpiste com alfazema em quadradinhos de tule com lacinhos verdes e roxos que Atlas ficaria louco para comer, caso estivesse lá. Lucas passou lá mais tarde, e ele e Jason queriam levar Peter para algum lugar ("Passar a despedida de solteiro amarrando saquinhos de tule é patético", disse Jason), mas ninguém parecia muito interessado. Ethan tinha que corrigir provas e não pôde ir. A casa estava muito silenciosa. Jill não estava lá para gritar, brigar ou bater portas. Atlas não estava lá para berrar, chorar ou rir. Nossa casa não estava cheia de gente. Nossa casa não estava cheia de móveis. Atlas estaria dormindo se estivesse lá, e o silêncio dele era muito barulhento, pois sempre havia a ameaça de que ele fosse acordar e chorar ou acordar e querer colo, ou dormir a noite toda e acordar feliz, contente e rindo, ridiculamente cedo pela manhã. A ausência do silêncio de Atlas era ensurdecedora.

Katie e eu deixamos os rapazes lá embaixo e fomos experimentar o vestido dela com diversas combinações de cabelo: preso/solto, com pérolas/diamantes, com véu/sem véu. Ou, quem sabe, cabelo preso, com pérolas, sem véu. Foi divertido, mas também um pouco forçado, porque era para ser o dia mais feliz da vida dela, e o meu, por consequência, sendo a melhor amiga dela, mas era como se tivessem jogado um balde de água fria em tudo.

O telefone tocou, e pela primeira vez em semanas meu coração não parou de susto. Eu já nem ligava mais, tudo o que era ruim já tinha acontecido. Não podia ficar pior, só podia ficar mais trivial. "Estou indo para aí", disseram ao telefone, sem preâmbulo nem amabilidades. "Livrem-se dos outros." Era Jill, claro. Dissemos aos rapazes que eles não tinham de ir embora, mas ninguém os conseguiu convencer a ficar.

Jill entrou sem bater na porta uns quarenta minutos depois. (Seria uma indicação de onde ela estava morando? Ou estaria fazendo hora para nos despistar? Teria parado em algum lugar para comer alguma coisa? Impossível saber.) Katie e eu estávamos no meio da sala vazia para ver o que ficava melhor, buquê/sem buquê com o cabelo preso/solto e véu/sem véu. A porta se abriu e Jill entrou, com as mãos nos quadris.

"Katie, você está ridícula", ela disse.

"Então... fica melhor sem o buquê?"

"Por que você está vestindo isso?"

"Porque vou me casar..."

"Não esta noite."

"Estamos vendo o que fica melhor com o cabelo e as joias."

Isso não tinha começado nada bem. E, é claro, não era disso que estávamos falando.

"Você não trouxe Atlas", eu disse.

"Ele está dormindo", disse Jill, como se eu tivesse obrigação de saber isso, mas não foi o que eu perguntei. Ela entendeu. "Ele está em casa, com o pai."

"A casa dele é aqui", eu disse.

"Não tem mais nenhum móvel aqui", disse Jill, como se fosse por isso que ela não o trouxera. Como se não houvesse mais móveis porque Katie e eu éramos péssimas mães, e não porque os péssimos pais de verdade de Atlas tivessem levado tudo embora. Ninguém sabia o que dizer. Jill ficou um pouco mais amorosa.

"Você está linda, Katie. Só fiquei surpresa em vê-la de vestido tão cedo. Sempre gostei do seu cabelo preso."

"Obrigada", respondeu Katie. "Será que você pode ser um pouquinho mais gentil?"

Jill refletiu sobre a pergunta. Por fim, perguntou: "Vocês têm alguma coisa para comer? Estou morrendo de fome".

Ofereci-lhe o pote de alpiste e lavanda. Katie foi esquentar o resto da pizza. Sugeri que ela se trocasse primeiro, mas ela disse que ia ter cuidado. Katie adorava ficar vestida de noiva.

"Sinto muito pelos móveis", disse Jill. Como se nos importássemos com os móveis.

"Como se a gente se importasse com os móveis, Jill", respondi.

"Janey, eu estou fazendo um esforço. Mas você me assustou. Você estava muito ligada a ele. Eu achei que você fosse mesmo tirar Atlas de mim. Eu não conseguia entender por que você tinha mentido, por que estava lá com ele, impedindo que eu entrasse."

"Janey nunca faria isso", interrompeu Katie. "Ela nunca tentaria tirá-lo de você. Foi *você* que o tirou..."

"O bebê é meu", interrompeu Jill.

"Agora. Agora que você tem outra pessoa para ser a babá..."

"Dan não está de babá, é o pai dele."

"Agora que você tem outra pessoa para fazer as coisas por você e aguentar seus colapsos nervosos e suas alterações de humor, alguém que vai colocar a própria vida de pernas para o ar para tomar conta das suas responsabilidades, alguém para trocar as fraldas e consolar Atlas quando ele acordar no meio da noite ou antes do amanhecer."

"Você vai se casar depois de amanhã", disse Jill. "Não ia mesmo ficar por perto."

"Você está muito enganada", disse Katie, "se acha que não teríamos alugado uma casa no mesmo bairro e alterado nossos horários e nossas vidas para continuar tomando conta de Atlas."

"Ele também é nosso bebê, Jill", acrescentei. "Só porque não o colocamos no mundo não quer dizer que não seja verdade. Você sabe disso. Eu não queria afastá-lo de você, ele estava doente. Ele precisava da mãe, e eu era a mãe que ele tinha naquele momento. Não era nenhuma mentira. Isso se chama ser uma boa mãe. Era disso que ele precisava, e foi o que fiz."

"A única pessoa que queria levar o bebê embora", explicou Katie, "era você."

Jill não disse nada. Ela parecia infeliz. E disse, com muita, muita delicadeza: "Eu tinha a chance de ter Daniel de volta". E ainda mais baixinho: "Temos a chance de ser uma família de verdade".

"Nós éramos uma família de verdade", eu e Katie dissemos ao mesmo tempo. "Só você não percebeu", completou Katie.

39

O trabalho final do curso de verão é um projeto criativo. Quando chega o final do período regular, todo mundo já está de miolo mole com as provas finais, quatro ou cinco disciplinas sendo encerradas e mais um zilhão de outras preocupações, e nada disso contribui para a criatividade. Mas no verão os alunos não estão matriculados em aulas de cálculo, química e história da América Latina, e podem dedicar toda a sua capacidade intelectual a criar seu próprio significado. Os verões em Seattle são encantadores e inspiradores; há algo de mágico em toda aquela luminosidade, naqueles longos dias com luz do sol. É como um estopim para a criatividade. Ofereço diversas opções a meus alunos — alguns poemas, um conto, um ato, um ensaio, o começo de um roteiro ou de um romance. O que mais recebo de volta, contudo, são memórias, às vezes disfarçadas de outra coisa. Eles consideram suas vidas épicas — e talvez elas sejam mesmo, talvez todas as nossas vidas sejam — e aproveitam essa oportunidade para colocar tudo no papel.

Eu tinha perdido grande parte do tempo que deveria passar com esses alunos. Para compensar, fosse por culpa ou por solidariedade, resolvi fazer a mesma coisa, e daí surgiu esta história — meu projeto final do curso de verão. Algo entre memória, autobiografia, teoria literária e tratado pedagógico, mas não são assim todas as coisas?

Os últimos dias são sempre meio tristes. Embora eu me sentisse encorajada — afinal, estava prestes a entrar num período de quase dois meses de férias —, mesmo nas piores turmas sempre há alguns alunos dos quais vamos sentir falta. Dessa turma, eu sentiria falta de todos eles. Eles compartilharam trechos de seus projetos criativos — lendo um poema ou capítulo, um trecho de suas memórias ou parte de um conto. Muitos deles persuadiram os colegas a apresentar parte do roteiro ou de um ato. Foi fantástico, não somente porque eram todos brilhantes — em vários níveis de qualidade, eram apenas rascunhos, é claro —, mas porque eram íntimos, francos e dramáticos. Meus alunos estavam certos: suas vidas — ou as vidas que eles tinham imaginado — *eram* épicas, cheias de drama, de tramas. Não fui só eu; muitos deles também tiveram cinco semanas daquelas.

Os últimos dias também inspiram reflexão, é claro. Tentamos nos recordar daquelas cinco semanas que passamos juntos, pasmos em ver quanta coisa mudara, e talvez mais pasmos ainda por ver quão pouco, de fato, havia permanecido igual.

Depois das despedidas, encontrei Ethan na escada do prédio, exatamente como no primeiro dia de aula.

"Como foi?", perguntei.

"Bem. Falei sobre a importância do estudo da história, refletimos sobre o que aprendemos com o progresso humano ao longo dos cerca de quinhentos anos que estudamos. Você sabe, uma visão geral. E você?"

"A mesma coisa."

"Sério?"

"Eles leram trechos do que escreveram."

"E como é que isso pode ser a mesma coisa?"

"É isso que a literatura faz; indica o que mudou, o que aprendemos."

"Interessante", divagou Ethan. "Não sei quanto a quinhentos anos, mas podemos tentar com cinco semanas. O que você aprendeu?"

"Eu?"

"Todos nós."

Pensei um pouco. "Katie aprendeu a organizar um casamento de última hora, um talento que tenho certeza de que vai precisar de novo."

"Jason e Lucas aprenderam a ser pais em situações de emergência", sugeriu Ethan. "Um talento que eles *vão* usar de novo, várias vezes."

"Minha avó aprendeu a prever o futuro."

Ethan sorriu. "Peter descobriu no que se meteu."

"E você também", eu disse.

"É, eu também."

"Jill aprendeu que é mesquinha e louca. Aprendeu que não liga pra mim, não confia em mim e não gosta de mim."

"Não acho que seja bem assim."

"E você?"

"Aprendi que me importo com você, confio em você. E até gosto bastante de você", disse Ethan. Ficamos sentados, calados, os olhos fechados por causa do sol, nossas pernas e nossas mãos se tocando. "E você?", ele perguntou após um longo tempo.

"A mesma coisa. E, nos últimos trinta segundos, que isso é justificado." Ele sorriu de novo. "E mais algumas coisas que ainda não sei."

"Atlas?"

Ri, mas também chorei um pouco. "Atlas aprendeu a fazer bolhas com a saliva. Aprendeu que gosta de bolo de casamento, aprendeu a mastigar blocos, aprendeu a bater em objetos com outros objetos. Ele conheceu o pai. Perdeu a bisavó. Perdeu a mim e Katie. Que cinco semanas para Atlas."

"Para Atlas", disse Ethan, "isso é só o começo."

Ethan foi andando comigo até em casa. Katie e eu passamos a tarde cuidando dos últimos preparativos, respondendo a perguntas dos amigos, explicando aos parentes como chegar lá, lembrando o pessoal do bufê dos convidados que tinham restrições de comida e procurando alguma coisa azul para Katie. Uma hora percebemos que estávamos famintas.

"Vamos pedir comida", eu disse.

"Não", respondeu Katie, subitamente horrorizada. "Você tem que me ensinar a cozinhar. Antes que eu me case."

"Eu tentei. Mas você não estava muito interessada."

"Naquela época eu não estava querendo aprender a cozinhar para valer. Na verdade, eu queria mesmo é que você e Jill ficassem minhas amigas."

"Sério?"

"Claro que sim."

"E Peter, sabe cozinhar?"

"Não faço a menor ideia", ela respondeu, atônita. E, com um risinho: "Eu só o conheço há cinco semanas".

"Bom, vocês não vão para longe e você vai apenas se casar, não vai virar outra pessoa. Eu ensino você a cozinhar na semana que vem."

A porta se abriu de repente, e era Jill com sua oferta de paz — pizza —, sem saber, é claro, que tínhamos comido pizza na noite anterior também. E ela estava com Atlas.

"Quero ir ao casamento amanhã. Você não pode se casar sem mim. Eu dei minha bênção, afinal de contas. Bom, sei que você pode se casar sem mim, é claro, mas não quero que isso aconteça."

Fui direto até ela e peguei Atlas no colo. Ele gritou de felicidade. Subi as escadas e fui para o quarto dele, que ainda estava mais ou menos como antes, fechei a porta e me deixei cair ao chão, no canto, soluçando e embalando Atlas no meu colo. Achei que Jill viria correndo atrás de mim, mas ela obviamente tinha decidido que isso fazia parte do negócio, ou havia me perdoado, ou simplesmente tinha resolvido deixar para lá. De qualquer forma, conseguimos ficar sozinhos por algum tempo. "Eu te amo e sempre, sempre vou te amar. Nunca vou ficar longe de você. Pode parecer que eu não estou por perto, mas estou, sempre vou estar. Sempre estive e sempre estarei. Você é meu e sempre será. Seremos sempre uma família, você e eu." Atlas nem deu bola para minha histeria ou para o fato de que sua camiseta agora estava encharcada. Ele estava absorto no coelhinho amarelo, do qual obviamente sentia falta. Ele estava saudável, feliz, recuperado, bem. Atlas estava em casa, mas eu sabia que ele não ia ficar lá.

Depois de algum tempo, Jill e Katie se juntaram a nós no chão. Jill tinha um discurso pronto, recitado enquanto ela brincava com os blocos, empilhando e desempilhando e empilhando de novo, sem olhar para nós nem uma vez. Ficamos olhando para os blocos também. "Eu sinto muito, mas não por tudo. Peço desculpas por ter gritado, mas eu estava com raiva. Desculpe por você ter sido presa, mas eu estava assustada. Desculpe por eu ter exagerado, mas eu estava com raiva e assustada. Desculpe por ter levado os móveis, mas eu estava querendo me vingar. Desculpe por não dizer onde eu estava, mas eu estava sendo dramática. Quero pedir desculpas por todas essas coisas, mas não por tudo. Eu tinha o direito de estar com raiva e assustada. E tenho o direito de fazer o que quiser com Atlas, mesmo que vocês não concordem, mesmo que seja loucura. Eu também acho que vocês têm direito a Atlas, mas não totalmente. Eu ainda preciso de ajuda para cuidar dele, sobretudo durante o curso de verão, e acho que vou ter que arrumar um trabalho em tempo integral. Como vocês vão continuar na pós, terão mais flexibilidade de horário do que eu. Quero que vocês continuem a fazer parte da vida dele, e muito. Quero que sempre façam parte da vida dele. Mas não quero morar com vocês para sempre. Quero viver com Dan. Vamos tentar de novo. Nós já nos amamos, e quem não amaria Atlas? Quero aprender a compartilhar, mas não tudo."

Esse era o tema de Jill — não tudo. E descobri que por mim tudo bem, porque eu não tinha outra escolha. Ela insistia em nos considerar mais babás do que família, e ainda por cima, de acordo com os horários dela, não os nossos. Estava sendo condescendente e egoísta, e ainda não tinha entendido. Mas ela estava tentando. Eu tinha Atlas no colo, e descobri que podia aceitar o resto.

"Nunca achamos que viveríamos juntas para sempre", disse Katie.

"Não", concordei.

"E não somos babás", disse Katie.

"Não", concordei de novo.

"E além disso", prosseguiu Katie, "somos suas amigas. Esqueça essa história de família, esqueça o que você deve à gente. Somos suas melhores amigas, já há algum tempo. Queremos o melhor para você e para aqueles que você ama. Podemos conversar sobre essas coisas. Não somos maldosas nem tontas. E não somos personagens. Somos amigas e tratamos você como tal. E você tem que nos tratar da mesma forma."

"É isso aí", concordei. "E eu fico com a cadela."

*

Como Jill é Jill, depois que trocamos abraços e sorrisos, fizemos as pazes e concordamos em tentar novamente, ela perguntou se podíamos tomar conta de Atlas para que ela e Dan saíssem juntos uma noite. "A gente precisa muito disso", ela revelou com ar conspiratório. Deixei minha irritação para lá porque isso significava que eu ficaria com Atlas. Katie foi para a casa de Peter para uma última noite como solteiros. Liguei para Ethan e lhe pedi que viesse, mas não contei o motivo. Enquanto esperava, contei a Atlas tudo o que ele tinha perdido — como ele tinha ficado doente, como eu tinha ficado preocupada, como os pais dele tinham mandado me prender, como ele estava melhor agora, como a bisavó dele tinha morrido, como eu e Ethan tínhamos nos beijado e queríamos nos beijar de novo. Eu sabia que ele não ia entender, mas queria que soubesse. Dei-lhe as abotoaduras do bisavô para que ele as chupasse. Depois as coloquei de volta na caixa, para guardá-las por mais alguns anos, até que Atlas estivesse pronto, como minha avó desejava. "Você pode chupar as abotoaduras sempre que quiser quando vier me visitar", expliquei, e ele pareceu satisfeito.

"Olhem só o meu bebê", disse Ethan, deliciado, ao chegar e encontrar Atlas no chão, brincando com os blocos de empilhar. Ele o pegou no colo, mais gritinhos de deleite. Atlas achava que todas as pessoas do mundo o amavam porque todo mundo que ele via o amava. "O que aconteceu aqui? Janey, que progresso. A menos que você realmente o tenha sequestrado desta vez. Você não fez isso, fez?"

"Jill veio aqui. Ela quer ir ao casamento amanhã e pediu desculpas, mas não por tudo. Disse que queria compartilhar, mas não tudo, e que precisa de muita ajuda para cuidar de Atlas. Irritante, mas não completamente. E disse que ela e Dan precisavam ficar um pouco sozinhos."

"Que coragem..."

"Realmente..."

"E por isso temos Atlas esta noite", ele concluiu.

"Exatamente", respondi feliz. Sentamo-nos no chão com Atlas entre nós para assistir ao jogo e comer mais pizza, já que era o que havia.

"Jill aprendeu a compartilhar", disse Ethan durante um dos comerciais.

"Acho que sim. Ou aprendeu que não tem outra escolha."

"Você aprendeu a perdoar", disse Ethan, afirmando e perguntando ao mesmo tempo, estendendo-se na direção de Atlas e tocando a parte de trás da minha cabeça.

"Estou aprendendo", eu disse.

"Aprendeu que nunca vai perder esta criança."

"Talvez."

"Porque ele sempre estará em sua vida."

"Talvez."

"Porque isso é que é ser uma família."

"Talvez."

"Porque você é uma ótima mãe e uma ótima amiga, e uma pessoa muito, muito legal."

"Você quer me fazer chorar?", perguntei.

"Talvez."

Ethan foi embora cedo. A montagem do casamento (tarefa dos homens) começava mais cedo do que a troca de roupas de Katie (tarefa das mulheres). Ela veio para casa, ainda nas nuvens, e depois chegou Jill, nem tanto. No passado, costumávamos nos sentar no chão durante essas noites bobas, ou íntimas, ou para ver Atlas brincar. Agora fazíamos isso porque Jill tinha levado nossos móveis, mas ainda assim restava um pouco daquele mesmo espírito. Eu não conseguia resolver se esse pensamento me deixava alegre ou triste, devido ao abismo enorme entre aquela época e agora. As duas coisas, acho. Como a última noite antes do casamento de sua melhor amiga — eu estava feliz por ela, mas também triste por mim. O casamento era também uma perda, sob vários aspectos.

"Você está nervosa?", perguntou Jill a Katie.

"Na verdade, não."

"Pois deveria estar. Você mal o conhece. Casamento é para sempre." Jill, indelicada como sempre. Contive minha irritação. Conforme os recantos mais distantes de minha memória insistiam em lembrar, era por isso que amávamos Jill — por sua franqueza e sua honestidade.

"Eu sei que é assim que tem que ser, que isso é o que Deus tem em mente para nós. Sei que Peter me ama, e eu o amo. Sei que ele é perfeito para mim, e eu para ele."

"E você sabe que transar dói à beça, né?", perguntou Jill.

"Sério?"

"Muito. Sua primeira vez vai doer muito."

"Não é assim tão terrível", interrompi. "Não dói tanto assim. Basta usar lubrificante; já coloquei vários no bolso lateral da sua mala. Presente de casamento. Vai ficar tudo bem."

"Que nojo", disse Katie.

"É melhor ir se acostumando com a ideia", disse Jill. "Só faltam o que, dezesseis horas? Você sabe o que tem que fazer, né?"

"Eu sei, não sou burra, sabia? Eu leio."

"Você é vitoriana", explicou Jill. "É mais divertido do que eles dizem, sabe? Mas não da primeira vez."

"Fique por cima", aconselhei. "É mais fácil."

"Não fique nervosa", disse Jill séria. "Ficar nervosa só vai piorar tudo."

"Ele é um cara legal, Katie", tentei soar encorajadora. "Vocês vão dar um jeito."

"Tentem caprichar nas preliminares", sugeriu Jill, zombeteira. "Você nunca tocou no pênis de um homem adulto. E ele não sabe o que é ter um mamilo na boca desde que foi amamentado pela mãe. Eu levei três anos para passar das preliminares ao que interessa, e você quer fazer isso tudo em vinte minutos. Talvez vocês devessem adiar a coisa por uma ou duas noites."

"Até que é uma boa ideia. Vai criar uma expectativa, um objetivo para a lua de mel."

"Todo mundo transa na noite do casamento", insistiu Katie.

"Quem disse isso, Deus?", perguntou Jill.

"Todo mundo. Todo mundo sabe que a gente transa na primeira noite de casados. Tenho certeza que vai ser ótimo. Parem de me apavorar. E você, está nervosa?"

"Eu? Por quê?"

"Porque de uma hora para outra você voltou para o cara que te deixou quando você estava grávida, e ainda por cima foi morar com ele."

"Ele não me deixou", disse Jill, ficando taciturna novamente.

"Não, é verdade, ele não teve nem a cortesia de te deixar. Ele simplesmente desapareceu e depois reapareceu do nada, sem desculpa nem explicação", disse Katie, cuja condição de mulher quase casada havia obviamente lhe conferido parte da franqueza de Jill.

"Ele me deu uma desculpa e uma explicação, sim", respondeu Jill, embora ela não parecesse convencida. "Dan estava assustado e com raiva, e se sentiu manipulado. Ele precisava de um tempo para terminar de ser jovem, de ser universitário. Ele achava que ainda teria muitos anos de liberdade pela frente, mas aí arrumou um emprego, foi morar sozinho e percebeu que estava solitário. Não era um bebê que estava cerceando a liberdade dele, era a maturidade. O que você queria, que eu nunca o perdoasse e arruinasse nossas vidas por causa de um pouco de confusão e medo?"

"Mas você não se sente como se fosse a segunda opção dele? Ele está se sentindo sozinho, então volta para você. Já que é para ser responsável, por que não ter um bebê?"

Achei que Jill ia explodir ou mandar nos prender de novo. Mas em vez disso ela continuou conversando com a gente e foi ficando tão desanimada que resolvemos mudar de tática e passamos a soar encorajadoras.

"Tenho certeza de que ele ama você e Atlas, ou não teria voltado", disse Katie.

"Se morar com ele não der certo, você sempre pode tentar viver sozinha por um tempo, ou com sua mãe. E sempre pode voltar a viver comigo", sugeri.

Ela olhou para mim. "Você faria isso de novo?"

"O quê?"

"Viveria comigo outra vez?"

Dei de ombros e admiti que sim. Foi meio constrangedor, mas era verdade.

"Porque você ama Atlas?", perguntou Jill.

"Sim. E porque amo você."

Foi então que Jill pediu desculpas — por tudo. "Casamentos são um saco", ela disse. Não soou como um pedido de desculpa no início, mas era um desculpa. "Bolo seco, roupas horrorosas, parentes esquisitos. Aquela dança ridícula da galinha. Promessas piegas e vãs — honrar, obedecer, esquecer as outras pessoas —, quanta bobagem. Katie, sem querer ofender, sempre achei isso tudo uma babaquice. Hoje em dia, contudo, não sei. As coisas mudam. O amor é uma coisa instável. Eu nunca obedeceria ninguém, é claro, mas sei que sempre estaremos juntas — que estamos ligadas para sempre — porque vocês são parte da família de Atlas. Da minha família", disse Jill. "Isso nunca vai ser diferente. Outras coisas vão mudar, todo o resto pode mudar. Mas, aconteça o que acontecer, isso nunca vai mudar."

Ficou tarde, e tínhamos um dia importante pela frente. Jill disse que preferia não dirigir de madrugada, mas acho que o que ela queria mesmo era dormir na nossa casa. Como minha cama era a única que restava, todas subimos nela e pegamos no sono.

40

No dia seguinte, tivemos um casamento no jardim. Fiquei de pé na frente com Katie e Jill, sentindo o sol e o vento, e refletindo, conforme o bispo havia pedido, sobre o significado daquilo tudo. Esta história termina com uma morte e um casamento. Será que isso faz dela uma tragédia ou uma comédia? Termina com a dissolução de nossa pequena família, embora não completamente, e com o reagrupamento e formação de dois casais, talvez três. Será que isso significa que ela reforça as noções tradicionais de família? Ou da narrativa? Impossível, porque nenhuma de nós acredita nisso. Jill, Katie e eu estamos de mudança, não porque vamos viver juntas, mas porque vamos ficar mais próximas, como nunca antes. Porque Jason e Lucas vão ter um bebê. Porque Ethan me prometeu que Atlas sempre será minha família, e não disse isso só para eu me sentir melhor (acho). Porque estamos todos apaixonados demais para ser apenas amigos. Porque às vezes eu odeio todos eles, mas não importa. Quem mais você poderia perdoar por mandar te prender se não sua família?

Mas também porque esta jornada não é uma jornada para a morte, nem para o casamento, para se tornar um casal ou mesmo se tornar pai. Esta jornada começa com a amizade e termina com a amizade. Minha avó achava que tudo tinha começado no Waldorf-Astoria, mas isso porque, para ela, a história era minha. Mas eu sei que não é assim. Foi na seção de bolachas do supermercado, foi ao conhecer Jill, ao ensinar Katie a cozinhar. O começo desta história, da história de Atlas, somos nós três. E aqui, no final — ou no final desta parte, pelo menos —, percebi como tínhamos nos transformado em algo muito maior. Atlas estava sentado no colo de Jason, pelo menos naquele instante mais à vontade com ele do que com Daniel, agarrando o dedo indicador de Lucas com sua mãozinha. Diane estava sentada ao lado de Lucas, tentando prestar atenção no casamento, mas sem conseguir tirar os olhos de seu lindo neto. Dan estava sentado ao lado dela, olhando volta e meia para seu lindo filho, mas sem conseguir tirar os olhos de Jill. Meus pais estavam lá também, felizes pela primeira vez em semanas, tentando impedir que Tio Claude invadisse o altar. Ethan estava lá, sorrindo para mim com algo entre respeito e admiração. Aquilo tudo me agradava. Mas nada disso indicava que aquela não era uma história que tinha começado e terminado com a amizade. No começo, no fim, era a nossa história, nosso casamento, de nós três.

Katie estava feliz. Realmente feliz. Bastava olhar para ela. Peter deveria mesmo ser o cara certo para ela. O casamento deles não seria baseado em anos de amizade que compartilhavam, mas talvez tudo tivesse que ser mesmo na base do erro e do acerto. Talvez fosse Deus. Quanto a Jill, eu não tinha tanta certeza. Ela estava irritada, deprimida e ensandecida. Eu não sabia se Dan ficaria, se ela o perdoaria. Não sabia nem se era a coisa certa para ela fazer. Não sabia se ela seria capaz de dar conta de Atlas sem que outras pessoas morassem com ela. Teria então sido tudo em vão? São dois contrapontos que se anulam? A segurança de Katie contra a incógnita de Jill? A felicidade de Katie contra a insanidade de Jill?

E eu? Eu era o que um narrador sem credibilidade deve ser. Mais triste, mas também mais sábia e feliz. Mais cética, mais magoada, mais apaixonada. Mais envolvida. Nem trágica nem cômica. Sem final feliz, mas sem final triste. Ambígua. Com ênfase nos motivos, em vez de no desenrolar, que já estava bem claro havia um longo tempo. Com ênfase no amor, mais do que na raiva, por ter experimentado boas porções de ambos, já que isso é uma família. O amor vence no final, porque é assim que os finais têm que ser. É assim que sabemos que chegamos ao final, pelo menos por um momento — quando reencontramos o amor. Você o recupera, ou ele — eles — recuperam você. É por isso que tantos livros terminam com casamentos. Não porque um casamento seja um fim em si mesmo, mas porque é difícil continuar a história depois de tanto amor. As palavras se tornam muito banais para descrever. É algo tão majestoso e extraordinário que torna impossível retornar ao trivial e ao cotidiano. É notável perceber que, apesar de tudo nos indicar o contrário, esse ato de fé ainda seja possível. É como se nos perguntasse: e se você pudesse amar e ser amada tanto assim? Em palavras, em espírito, ou mesmo em pessoa é quase impossível de acreditar. Mas temos que acreditar, e acreditamos, e no final, com nossa família, nossos amigos, com aqueles que são ambas as coisas, com nossos filhos e com os que escolhemos criar como filhos, com os que beijamos na boca, com os que recebemos de volta, com os que nos deixam, com os que voltam, com os que recordamos, somos capazes de mais um ato de fé. No final, damos esse voto de confiança, sempre damos.

Agradecimentos

Uma das razões pelas quais escrever um livro é melhor do que ganhar um Oscar é que seus agradecimentos podem se estender o quanto você quiser e ninguém vai tocar uma música cafona para fazer com que você vá embora. Meus agradecimentos são muitos e longos, e vêm do fundo do meu coração, portanto vão levar algum tempo.

Agradeço a Molly Friedrich, capaz de operar milagres, cujo telefonema foi o melhor da minha vida e cuja orientação foi sempre absolutamente perfeita.

Agradeço a minha editora, Lindsay Sagnette, que trabalhou muito neste livro e cujo entusiasmo só se equiparou ao de minha mãe, o que não é pouca coisa.

Agradeço a minha querida Lucy Carson pela orientação, pela paciência e pelo carinho, e a Paul Cirone pelo apoio e pelo trabalho duro.

Agradeço aos que leram o livro no início e torceram por mim: Paul Mariz, Susan Frankel, David Frankel, Erin Trendler, Lisa Corr, Sam Chambers, Rebecca Brown, Alicia Goodwin, Jennifer Crouch, Helen Heffer, Paul Capobianco e, sobretudo, Lil Maughan.

Agradeço a Barbara Catlin por me deixar usar sua história, a Adrienne Grau-Cooper e Alicia Goodwin pelo aconselhamento médico e a Mike Everton, com desculpas, pela parte sobre *Moby Dick*.

Agradeço a Daniel por ter voltado para casa.

Agradeço a meus pais, Susan e David Frankel, cujo apoio a este livro começou muito antes que eu soubesse ler e nunca esvaneceu. Eles são e sempre foram os pais mais amorosos, ternos, generosos e encorajadores que posso imaginar, e por isso os pais de Janey não são nada comparados a eles.

Sobre Paul Mariz, o que mais posso dizer...? Dos 6,8 bilhões de pessoas neste mundo, ele é a melhor. Muito deste livro é dele — em espírito, em criação, em ideia, em vontade, em amor e apoio, de todas as maneiras práticas e verborrágicas. Ele leu, releu e discutiu incessantemente, consertou o que não funcionava, deu alento ao que estava esmorecido e acreditou nele desde o começo. Tenho muita sorte.

E, por fim, eu gostaria que houvesse uma maneira de agradecer a minhas avós, Doris Hess e Reba Frankel. Ambas estão presentes neste livro e ficariam absolutamente extasiadas em vê-lo publicado.

LANÇAMENTOS

paralela

SCARPETTA

Patricia Cornwell

Uma anã chamada Terri Bridges é estrangulada em seu apartamento em Manhattan e a polícia, após descobrir duas outras vítimas que morreram em circunstâncias parecidas, acredita estar lidando com um assassino em série. Oscar Bane, namorado de Terri, é o principal suspeito, mas para cooperar ele faz uma exigência: ser examinado pela famosa médica-legista Kay Scarpetta.

Após decidir se envolver no caso, Scarpetta deixa temporariamente seu laboratório de patologia forense e, quando finalmente chega à Nova York, Bane conta uma das histórias mais bizarras que ela já ouviu.

Para piorar as coisas, detalhes da vida pessoal dela vão parar na internet, graças a um site de fofocas escrito por um colunista perverso e misterioso.

Scarpetta e sua velha equipe terão que deixar as mágoas para trás e decifrar dois enigmas: quem é o assassino de Terri Bridges e como um colunista virtual pode saber tanto sobre suas vidas.

"Ninguém é melhor que Patricia Cornwell." — *Sunday Express*

"Patricia Cornwel é a rainha dos thrillers [...]" — *Heat*

LANÇAMENTOS

O LIVRO DE JULIETA

Cristina Sánchez-Andrade

Um biquíni novo da Hello Kitty, um passeio de mãos dadas com os irmãos, uma piscina de bolinhas, a chuva, a rotina... Para Julieta, a felicidade é isso. Já para sua mãe, a jornalista espanhola Cristina Sánchez-Andrade, a felicidade é algo um pouco mais complicado, principalmente depois que sua filha foi diagnosticada com síndrome de Down. "Ela vai te fazer companhia a vida inteira", "É um presente de Deus", "Você é forte, vai superar" — é tudo o que tem ouvido desde então.

Numa sucessão de memórias, bilhetes, cartas, diálogos, sonhos e impressões, este livro narra a história real de Cristina e sua filha. É uma história de atividades, de trabalho, de constância, de cobrança, de médicos. Mas é também uma história de amor, de carinho, de brincadeiras, de beijos e de cócegas.

Ao mesmo tempo grave e divertido, leve e profundo, doce e mordaz, *O livro de Julieta* é, acima de tudo, a tentativa de uma mãe de atravessar a distância que a separa de sua filha e adentrar seu território, enxergando-a exatamente como ela é.

PRÓXIMOS LANÇAMENTOS

O instinto de morte, Jed Rubenfeld

A idade dos milagres, Karen Thompson Walker

A estrela de Strindberg, Jan Wallentin

Doze passos para uma vida de compaixão, Karen Armstrong

Como ser mulher, Caitlin Moran

Contágio criminoso, Patricia Cornwell

Para saber mais sobre nossos títulos e autores, enviar seus comentários e cadastrar seu e-mail para receber nossa newsletter, visite o site WWW.EDITORAPARALELA.COM.BR ou mande um e-mail para ATENDIMENTOAOLEITOR@EDITORAPARALELA.COM.BR

TIPOLOGIA Adriane por Marconi Lima

DIAGRAMAÇÃO Verba Editorial

PAPEL Pólen Soft

IMPRESSÃO Prol Editora Gráfica, julho de 2012

FSC
www.fsc.org
MISTO
Papel produzido a partir de fontes responsáveis
FSC® C012418

A marca FSC® é a garantia de que a madeira utilizada na fabricação do papel deste livro provém de florestas que foram gerenciadas de maneira ambientalmente correta, socialmente justa e economicamente viável, além de outras fontes de origem controlada.